À L'OMBRE DE NOS FRÈRES

Tome 2 :
Hésitation

Virginia Etxé

À L'OMBRE DE NOS FRÈRES

Tome 2 :

HÉSITATION

Virginia Etxé

So ROMANCE

www.soromance.com

CHAPITRE 1
Jonas

Louise vient de me mettre à la porte. J'essaie de contenir ma colère, mais je n'y arrive pas. Mon cœur bat à tout rompre, j'ai chaud, je n'ai qu'une envie, c'est de faire demi-tour pour lui faire face une nouvelle fois. Mais étant donné la façon dont elle m'a hurlé dessus il y a quelques secondes, il est hors de question que je remonte.

Pourquoi est-ce si dur de communiquer tous les deux ? Pourquoi ne pas lui avoir dit tout simplement que j'avais besoin d'être auprès d'elle ?

Putain de fierté à la con ! Mais comment est-ce qu'elle peut penser que je profite d'elle pour en savoir plus sur Jack ? Elle me connaît si mal que ça ?

Je dévale les escaliers en courant et défonce à coup de pied une poubelle pour évacuer ma rage. Mais cela ne suffit pas, j'ai conscience de toute cette colère encore en moi, lorsque je passe devant les boîtes aux lettres, je ne peux m'empêcher de donner de grands coups dedans. Je ne sens pas la douleur, j'ai besoin d'expulser ma fureur, je ne me concentre que sur mes poings qui tapent sans retenue sur ces boîtes de métal. Quand des taches rouges apparaissent dessus, je commence alors à me calmer un peu. Je suis si énervé que je ne ressens pas mes blessures malgré tout le liquide écarlate qui enveloppe mes phalanges. Je suis dans un état second, je cherche ma voiture du regard et me souviens que je l'ai garée à quelques rues d'ici pour ne pas que Louise sache que je l'attendais chez elle. Mais à quoi cela a-t-il servi ? À rien ! Elle vient de me jeter comme l'homme lâche que je suis.

J'ai vraiment besoin de bouger, je dois de me la sortir de la tête, elle et toutes ses conneries d'idées reçues à la con. La musique est le seul moyen que je connaisse. Quand j'arrive au studio d'enregistrement pour remplacer un gars malade, ma rage n'est pas retombée malgré le morceau que j'ai mis à fond dans l'habitacle. Little Lil, Jim et les autres qui fument une clope devant la porte se retournent vers ma voiture lorsque je me gare. Je suis à peine descendu que j'entends un :

— Alors bourreau des cœurs ? C'est à cette heure-là que tu débarques ?

Je dévisage le bassiste de Lily et l'envoie chier avec un magnifique doigt d'honneur sans décrocher un mot. Je passe à côté du groupe et pars directement me caler en cabine en attendant qu'ils s'installent. Je n'ai pas envie de parler, pas envie de m'expliquer, je veux juste ne penser à rien. Je regarde les partitions que je connais déjà et essaie de me concentrer, en me sortant Louise de la tête. Je pose mon casque lorsque je vois que Lily et les musiciens sont en place. Je fais le vide et commence à jouer ma partie pour oublier ce qui pourrait me parasiter l'esprit.

Après plusieurs heures dans mon bocal à gratter sur les cordes de ma guitare, je bouge enfin rejoindre les autres qui rangent leurs instruments. Jim me sourit en s'avançant vers moi :

— Tu viens boire un verre avec nous ?

— Je vous suis.

Après tout, j'ai besoin de penser à autre chose qu'à une belle brune avec un caractère merdique qui vient de me jeter. Lily, qui me regarde avec son air de Mère Theresa sur le visage, s'approche de moi :

— Vas-y mollo sur la boisson, OK ?

— J'ai déjà une mère, merci !

Même si je n'ai plus de nouvelles d'elle depuis une éternité et que je n'en veux pas. Après tout, elle savait pour Jack, pour ce que lui faisait subir notre géniteur, mais elle n'a rien dit, n'a rien fait. C'est pourtant le rôle d'une mère de protéger ses enfants. Je secoue la tête pour ne plus penser à elle, à eux, à ce qu'ils nous ont infligé. Lui en étant violent avec Jack car il n'acceptait pas son homosexualité et elle pour s'être retranchée dans le silence. Nos géniteurs n'existent plus pour moi. Ce sont deux inconnus qui ne se sont toujours préoccupés que d'eux et du regard que les gens, soi-disant bien-pensants, pouvaient avoir sur eux.

Je passe devant Lily pour sortir car j'ai besoin d'air, je n'ai pas envie de parler. Lorsque nous franchissons les portes du bar de Raphaël, la chaleur et la musique me happent. Un groupe joue du rock comme j'aime. Nous nous faufilons jusqu'au comptoir pour commander des bières et restons à discuter de tout et de rien. Le fait qu'il y ait beaucoup de monde me permet de me détendre, l'alcool aussi. Je vois Lily qui m'observe du coin de l'œil. Je lève mon verre en le buvant cul sec. Je m'approche de son oreille et lui chuchote :

— Pas de coma éthylique ce soir…

— Jonas, il faut que…

Elle est interrompue par un groupe de potes qui nous saute dessus pour nous dire bonjour. J'en profite pour m'éclipser et sortir pour fumer une clope. J'ai besoin d'air. Je m'adosse au mur extérieur et ferme les yeux en sentant la fumée, que je garde le plus longtemps possible dans mes poumons et n'en recrache qu'une infime partie. Mes paupières s'ouvrent sur le ciel étoilé, j'essaie de ne pas penser au visage de Louise, à notre énième engueulade de ce matin, à cette difficulté que nous avons tous les deux à communiquer. Je me laisse tomber au sol et tente de mettre de côté tout ce qui peut se rapporter à elle. Oublier quelques instants tout ce qui m'entoure. À travers les murs, je devine le morceau que joue le groupe dans le bar, je m'abandonne à ses sonorités rock que je connais si bien. Je perçois la musique, je vois les étoiles au-dessus de moi, mais j'ai l'impression de ne pas être là, je suis bien, je ne pense à rien. Juste à l'instant présent et c'est très reposant.

Quelqu'un vient briser cette quiétude en se jetant au sol à mes côtés. Inutile de tourner la tête, je le reconnais tout de suite :

— Comment tu te sens ?

— Jim… Je n'ai pas besoin d'une nounou…

— Je sais, je suis ton pote et je m'inquiète pour toi. Si tu veux en parler… Je suis et serai toujours présent pour toi…

Il prend ma clope des mains et tire dessus en se mettant dans la même position que moi.

— Laisse tomber, ça va.

— Oui, j'ai vu ça ! Mais comment as-tu pu en arriver là ? Un coma éthylique !

— Alors c'est ça ? Tu veux savoir pourquoi ?

— …

— Je n'ai pas accepté que Louise connaisse le vrai Jack et pas moi. Je n'ai pas accepté qu'elle ne veuille pas m'en dire plus sur lui, sur sa vie… Alors… j'ai disjoncté ! C'est tout !

— Oh… Et maintenant ?

— Maintenant, elle m'en a dit plus sur lui, mais… Quand j'ai vu comment il se comportait en dehors de nos relations, ça m'a mis un coup putain. Il n'était tellement pas lui-même en notre présence… Il a vécu tant de choses avec Louise et Loukas, alors qu'il aurait dû les vivre avec moi… J'étais… je sais pas… Ça m'a énervé, alors… Je me suis barré !

— Oh… Et ?

— Elle croit que je l'ai utilisée pour en savoir plus sur Jack…

— Et ?

— Et que j'en ai profité pour la baiser…

— Et ce n'est pas le cas ?

— Putain ! Mais tu vas arrêter oui ?

— Désolé mec, mais je te connais, et je sais qu'il n'y a pas si longtemps, c'est ce que tu aurais fait, non ?

— Comment ça ?

Je me retourne vers lui afin qu'il développe sa pensée. Je connais assez Jim pour savoir que je ne vais pas aimer ce qu'il va m'annoncer, mais il a la particularité de n'employer aucun filtre avec moi. C'est ce que j'apprécie chez lui, c'est sûrement pour ça que nous sommes potes depuis si longtemps.

— Aller la voir pour en savoir plus sur ton frère et en profiter pour la baiser…

— Parce que ce n'est pas ce que tu fais, toi ? Aller la voir pour la baiser ?

Il tourne la tête pour me fixer droit dans les yeux. Le silence s'étire entre nous jusqu'à ce que Jim me dise le fond de sa pensée :

— Je ne la baise pas Jonas, nous faisons l'amour. Et je n'ai pas d'idée derrière la tête lorsque nous nous voyons… C'est… Naturel, tu vois, pas calculé…

— Parce que tu crois que j'ai calculé tout ça ? Tu penses comme elle ? Que je pourrais en arriver à la baiser juste pour en savoir plus sur la vie qu'avait Jack ? Tu me connais si mal que ça ?

Je me suis relevé, je lui hurle dessus. Il se relève à son tour et allume une autre clope. Il reste impassible face à mes cris. Ce que je lui dis ne l'atteint pas, il a l'habitude de me voir sortir de mes gonds si souvent.

— Je ne sais plus, Jonas, tu as changé depuis que tu la côtoies...

— Arrête tes conneries, Jim !

— Non ! Je suis sérieux ! Elle te fait redevenir toi-même ! Le mec d'avant l'accident, celui qui passait ses journées à bosser pour payer le loyer et la fac, le mec qui a abandonné ses études pour que son frère puisse continuer les siennes. Le vrai Jonas quoi !

Je suis étonné que Jim en vienne à parler de ma vie avant leur accident car il sait comme moi que je n'étais pas si différent de maintenant.

— Et tu as oublié de dire le mec égoïste qui se tapait une à deux nanas par soir, qui passait toutes ses soirées à picoler avec le groupe, qui vivait avec un petit frère qu'il ne connaissait pas. Un mec qui avait des œillères, qui pensait que tant que son petit frère avait tout ce qu'il lui fallait matériellement, il était bien...

Je suis essoufflé par ma tirade, je lui reprends la clope et ferme les yeux.

— Jonas...

— ...

— Est-ce que tu ressens quelque chose pour elle ? Je veux dire, j'ai besoin que tu me confirmes ce que je sais déjà, mais c'est la première fois que je te vois baiser avec la même nana depuis… Toujours…

Je me retourne vers lui, étonné par ce qu'il me dit. Mais il est vrai que nous nous côtoyons depuis si longtemps que j'ai l'impression qu'il me connaît mieux que moi-même.

— Qu'est-ce que j'en sais ? Je n'ai jamais rien ressenti pour personne, tu le sais !

— Mais tu reviens toujours vers elle, non ? Jonas, tu n'as pas baisé depuis combien de temps ?

Je ne vois pas où est-ce qu'il veut en venir. Je le regarde en levant un sourcil.

— Hier soir, avec elle.

— Et la dernière fois où tu as baisé et que ce n'était pas elle ?

Putain, je rêve. Je ne m'en souviens pas, depuis que je l'ai rencontrée, elle, je me rends compte que c'est elle, toujours… Je reviens toujours vers elle. Non, c'est impossible. Et puis elle vient de me jeter comme une merde, pensant que je me sers d'elle alors qu'elle a tout faux. Je jette ma clope et me dirige vers le bar.

— Où vas-tu ?

— Démonter ta théorie.

Il se lève et fronce les sourcils en me suivant vers l'entrée du bar.

— Jonas…

— Il doit bien y avoir une gonzesse potable à baiser dans ce bar, non ?

Je suis happé par le bruit et la chaleur qui émane du bar lorsque j'ouvre la porte. Il y a plus de monde que lorsque j'en suis sorti. La musique est assourdissante, les gens crient pour se faire entendre, mais c'est tout ce que j'aime. Cette ambiance où les gens sont proches, rient, chantent, dansent ensemble. Je repère une blonde qui me regarde depuis un bon moment. Jim ne raconte que des conneries. Moi, des sentiments pour Louise ? Cette blague ! Je me dirige directement vers la femme qui ne me quitte pas des yeux avec un petit sourire en coin. Elle n'a pas l'air farouche. Je connais bien ce genre de femme, il y en a toujours une ou deux dans une soirée. Ou elles cherchent à s'amuser, ou elles cherchent un homme à harponner pour lui soutirer ce qu'elles veulent. Elles sont mal tombées avec moi, au final, c'est moi qui profite d'elles. Après l'avoir embrassée et fait comprendre ce que je veux, je l'attrape par le bras et l'entraîne à l'extérieur. Je sens le regard de Lily et Jim dans mon dos. Je m'en fous. J'ai besoin de me conforter dans l'idée que je n'ai pas de sentiments pour elle.

Elle glousse lorsque je la plaque contre le mur et lui embrasse le cou. Elle a un parfum entêtant que je ne supporte pas. Je pense aussitôt à celui de Louise que j'aime tant. Je secoue la tête pour penser à autre chose. J'appuie sur ses épaules pour qu'elle se mette à genoux devant moi, chose qu'elle fait sans hésiter. Elle déboutonne mon jean et s'active avec sa bouche. Je bande mou, je n'arrive pas à me concentrer. Je ferme les yeux et le tatouage de Louise apparaît devant moi. Son arbre sur son flanc que je caresse, les frissons sur sa peau, ses seins qui se dressent sous mes doigts. Je reviens à la réalité lorsque la femme à genoux devant moi arrête de me sucer et veut m'embrasser. J'ouvre les yeux pour la voir face à moi qui me regarde en souriant avec son rouge à lèvre rouge sang. Je ne peux pas. Je ferme les yeux et revois les yeux couleur miel de Louise qui me regarde avec envie, son sourire… Je n'y arriverai pas.

Putain ! Est-ce que Jim a raison ? Lorsque j'ouvre la porte du bar, j'ai l'impression d'ouvrir la porte d'un four, la chaleur qui émane de ce lieu est presque insoutenable. Si l'on y rajoute les odeurs de bouffe et de parfums qui se mélangent, c'est limite tenable. Mais toutes ces sensations disparaissent lorsque mes yeux s'arrêtent sur une silhouette que je ne connais que trop bien. Je me fige sur place. Elle est là, elle discute avec Lily, mais ce que je vois en premier, c'est la main de Jim posée sur sa taille et sa main à elle sur son bras. Un vrai couple ! Alors c'est pour ça que Jim est venu me parler, il voulait savoir s'il pouvait être avec elle, savoir si je ressentais quelque chose pour Louise. Mais est-ce que c'est le cas ? Je me dirige vers eux et décide de ne plus me prendre la tête ce soir. Même si je me rends compte que ça me fait mal de les voir collés l'un à l'autre… Je sens poindre une pointe de jalousie, je n'ai qu'une envie, c'est de m'interposer entre le couple qu'ils forment, lui montrer qu'elle ne veut que moi. Pas Jim. Juste moi.

CHAPITRE 2
Louise

Après que mon regard ait parcouru tous les coins du bar, je me détends enfin. Je suis soulagée de voir que Jonas n'est pas là. J'appréhendais tellement de le revoir après notre dispute de ce matin. Nous n'arrivons pas à communiquer, c'est indéniable. J'étais pourtant si bien dans ses bras, blottie contre lui. Mais je ne dois pas m'égarer et me laisser aller à mes sentiments. Il a profité de moi, de ma faiblesse sentimentale. Je lui ai montré, parlé de tout ce que je savais sur Jack. Il a pris ce qu'il voulait, il est parti. Il est hors de question que je lui laisse une chance de s'expliquer.

Jim me tend un verre de bière que je prends volontiers. Il est si avenant envers moi, c'est plutôt agréable. Je me rends compte petit à petit que j'apprécie Jim de plus en plus. Le regard de Lily se porte derrière moi et je vois qu'elle se tend. Je sais immédiatement qu'il vient d'entrer, la tension est palpable tout autour de nous. Je ne le vois pas, mais je ressens sa présence et me tends à mon tour. Je suis le regard de Lily, je sais que Jonas est plus proche à chaque pas, je ressens une chaleur qui me parcourt le corps, j'ai envie qu'il ne se soit rien passé ce matin, envie de retrouver la chaleur de ses bras. Jim se retourne vers lui en souriant :

— Alors ?

Il me jette un regard froid que je ne comprends pas mais qui me fait redescendre sur terre immédiatement. Quelle idée, je sais que jamais plus je ne pourrais revivre ce que nous avons vécu il y a à peine quelques heures.

— Tu avais tort, je viens de démonter ta théorie...

— Vraiment ?

— Ouais ! Contre le mur du bar...

Son bras frôle mon avant-bras lorsqu'il passe à côté de moi pour aller commander un whisky. Des frissons me parcourent le corps alors que j'ai l'impression que je viens de me brûler à l'endroit où nos peaux ont été en contact. L'effluve de son parfum me rappelle la nuit que nous avons passée ensemble, son odeur qui est restée dans mes draps, imprimée sur mon oreiller et que je vais retrouver en rentrant chez moi ce soir.

— Quelle théorie ? demande Lily.

Il se retourne vers elle, son verre à la main.

— Demande à Jim ! Il est plein de théories, ce soir.

Elle se retourne vers Jim, qui me jette un regard, puis regarde Jonas et enfin Lily :

— Je t'expliquerai plus tard...

Je me sens mal à l'aise tout d'un coup et complètement concernée. Je lui attrape le bras :

— J'aimerais bien connaître ta théorie aussi, Jim, tu nous expliques ?

Il jette un regard à Jonas qui lui fait un petit sourire en coin en levant les sourcils.

— Plus tard, ce n'est pas important.

Lily insiste aussi, mais Jim campe sur ses positions. Il n'est pas disposé à nous exposer sa théorie concernant Jonas. Celui-ci se met à rire et lui lance :

— Allez Jim ! Un peu d'aide ?

Il se met face à moi et me sourit avec un air carnassier :

— Alors la théorie de Jim est la suivante : il s'est aperçu que je n'ai baisé qu'avec une seule nana depuis quelque temps (il me montre du doigt.). Toi. Et que ce n'est vraiment pas dans mes habitudes. Et Jim, ici présent (il le montre du doigt) pense que moi, Jonas (il pose la main sur son torse) je suis tombé amoureux de cette nana, toi (il me montre à nouveau du doigt).

Je me retourne vers Jim et regarde ensuite Jonas, qui me fixe de ses grands yeux gris. Je sais qu'il attend une réaction de ma part, mais je suis sans voix, littéralement. C'est tellement irréaliste. Comme si Jonas pouvait avoir des sentiments !

— Mais je vous rassure tout de suite, je viens de lui prouver que sa théorie ne tenait pas la route, avec la blonde là-bas…

Il nous fait un clin d'œil et fait un signe de tête en nous désignant une grande blonde plantureuse qui vient de faire son entrée dans le bar dans une robe qui ne laisse aucune place à l'imagination.

— Jonas…

Je me tourne vers Lily, qui le regarde en bougeant la tête de droite à gauche.

— Quoi ? Tu voulais retrouver le Jonas d'avant ? Alors me revoilà ! La voix est libre, Jim !

Il lui donne une énorme claque sur l'épaule, vide son verre et retourne vers le bar pour en commander un autre. Une fois qu'il l'a en main, il le lève vers nous avec un clin d'œil :

— Bonne fin de soirée !

Il se dirige vers la blonde qui lui sourit en lui prenant le bras tout en se dirigeant vers la sortie. Je ferme les yeux, mon estomac se serre en le voyant avec une autre. Je bois une gorgée de ma bière pour me donner une certaine contenance. Mais alors pourquoi mon cœur ne veut-il pas cesser cette danse incessante ? Pourquoi mes jambes ont-elles du mal à me porter ? Pourquoi mes yeux ne veulent-ils pas se détacher de la main de Jonas posée sur la taille de cette femme ? Pourquoi la seule envie que j'ai en cet instant, c'est de prendre sa place ?

Des potes du groupe arrivent en nous bousculant. Mes yeux se détachent de Jonas pour croiser ceux de Jim et Lily qui me scrutent sans aucune discrétion. Ils se retournent en même temps vers les personnes qui viennent d'arriver, comme s'ils n'avaient pas remarqué mon désarroi face au comportement de Jonas. Étant donné qu'il est redevenu lui-même, je décide d'en faire autant et de me mettre la tête à l'envers pour ne plus penser à lui.

Je repense à ce qu'il m'a dit un peu plus tôt. Mais quelle théorie nulle, sérieusement ! Jonas, amoureux. De moi ! Je regarde Jim et éclate de rire. Il lève un sourcil en me regardant, mais continue de discuter avec un homme. Ma théorie à moi est que Jonas est un égoïste qui a bien caché son jeu en profitant de moi et de ma faiblesse. Lui avec son corps de rêve, son diable tatoué sur le ventre qui me recouvre lorsqu'il est au-dessus de moi, son piercing sur sa langue qui parcourt ma peau lentement jusqu'à mon intimité, sa voix rauque qui me murmure des… STOP ! C'est terminé. J'ai décidé de ne plus me laisser marcher sur les pieds, je bois mon verre cul sec et demande quelque chose de plus fort.

La soirée avance et je m'amuse de plus en plus, je me lâche, je danse, je chante avec Lily, mais il y a toujours un manque, je me retourne parfois pour chercher le regard de mon frère ou de Jack, que bien sûr je ne trouve pas. Ce besoin d'avoir quelqu'un qui termine mes phrases, quelqu'un qui a les mêmes délires que moi, à qui je n'ai besoin de ne rien expliquer. Mais ils ne sont plus là, je ne les reverrai plus jamais. En revanche, je croise plusieurs fois le regard de Jonas qui ne me quitte pas et suis le moindre de mes mouvements. Je pensais qu'il était parti avec sa blonde, mais elle n'est pas à ses côtés. Cependant, une autre femme est proche de lui, ils sont assis côte à côte, elle a sa main posée sur sa cuisse. Je sens son regard sur moi, mais je m'en fiche, je décide de me laisser aller. Après tout, je ne lui dois rien. Lily me prend par la main en me montrant la scène, elle y monte avec plusieurs personnes ainsi que Jim. Je décide de les suivre. Après tout, étant donné tout l'alcool que j'ai ingurgité, je me fous du regard des autres depuis bien longtemps ! Lily se met devant le micro, Jim à la guitare. Ils me tendent un micro aussi, que je prends en rigolant. Lily commence à chanter, je reconnais cette chanson que je chantais souvent avec Jack : Leaving on a jet plane.

All my bags are packed
Tous mes sacs sont faits
I'm ready to go
Je suis prêt à partir
I'm standing here outside your door
Je suis là devant ta porte
I hate to wake you up to say goodbye
Je déteste te réveiller pour te dire au revoir
But the dawn is breakin', it's early morn
Mais l'aube approche, c'est le petit matin
The taxi's waiting, he's blowing his horn
Le taxi attend, il klaxonne
Already I'm so lonesome I could die
Je suis déjà si seul que je pourrais mourir

So kiss me and smile for me
Alors, embrasse-moi et souris pour moi
Tell me that you'll wait for me
Dis-moi que tu m'attendras
Hold me like you'll never let me go
Serre-moi comme si tu n'allais jamais me laisser partir
Cause I'm leaving on a jet plane
Parce que je pars dans un avion à réaction
Don't know when I'll be back again
Et je ne sais pas quand je serai de retour
Oh babe, I hate to go
Oh bébé, je déteste partir

There's so many times I've let you down
Tellement de fois, je t'ai laissé tomber
So many times I've played around
Tellement de fois, j'ai fait l'imbécile
I tell you now, they don't mean a thing
Je te le dis maintenant, ça ne signifiait rien
Every place I'll go, I'll think of you
À chaque endroit où j'irai, je penserai à toi
Every song I'll sing, I'll sing for you
Chaque chanson que je chanterai, je la chanterai pour toi
When I comeback, I'll bring your wedding ring
Quand je reviendrai, je t'apporterai ta bague de fiançailles

Now the time has come to leave you
Maintenant l'heure est venue de te quitter
One more time
Une fois encore

Let me kiss you
Laisse-moi t'embrasser
Then close your eyes
Puis ferme les yeux
And I'll be on my way
Je partirai
Dream about the days to come
Rêve aux jours à venir
When I won't have to leave alone
Quand je n'aurai plus à partir seul
About the times, I won't have to say
Aux fois où je n'aurai plus à dire

Lily commence à élever sa magnifique voix, et j'enchaîne avec elle, nous chantons chacune notre tour. Nous nous sourions, c'est si naturel de chanter ensemble. Mon regard se déporte vers la salle et je croise à nouveau le regard de Jonas sur moi. Des frissons me parcourent tout le corps. Je ne peux m'empêcher de penser à lui en chantant cette chanson alors que ses yeux gris ne me quittent pas, il m'est impossible de m'en détacher, j'ai l'impression que nous communiquons ainsi. C'est la seule façon pour que nous ne nous sautions pas à la gorge.

Alors que Lily enchaîne avec une autre chanson, je descends de la scène et me dirige vers le bar pour commander quelque chose pour me désaltérer, j'ai la gorge sèche et ne rêve que d'une boisson fraîche. Lorsque le barman dépose mon verre sur le comptoir, je l'attrape et le bois presque d'une traite en appréciant chaque gorgée.

Je scrute la salle et mon corps se fige lorsque je vois Jonas se diriger vers moi, sans me quitter des yeux. J'ai la sensation encore une fois d'être un morceau de viande dont il ne va faire qu'une bouchée. Je prends le temps de le détailler alors qu'il s'avance lentement vers moi tel un félin sur sa proie. Il porte son éternel blouson en cuir, avec un tee-shirt blanc, ainsi qu'un jean brut troué aux genoux, je ne peux encore une fois pas le quitter des yeux. Mes frissons me reprennent et lorsque son corps est très proche du mien, je peux sentir son parfum musqué alors qu'il me touche presque. Je suis face à la salle, il s'assoit sur le tabouret à côté du mien et me tourne le dos pour commander un whisky. Il est si proche de moi, je sens la chaleur qui émane de sa peau qui frôle presque la mienne, son parfum, son odeur. Je ferme les yeux et me concentre sur le groupe, sur Lily. J'essaie de l'oublier, je me mets en tête qu'il m'a fait du mal, qu'il ne vaut pas la peine que je me mette dans cet état. D'ailleurs, il vient bien de se taper une blonde et maintenant, il est avec une brune ? Tout ça dans la même soirée ? Qu'est-ce que j'ai pu être naïve ! Je sens son souffle chaud à mon oreille :

— Alors, tu vas rentrer avec Jim ce soir ?

Je me retourne vers lui, étonnée qu'il puisse me demander ça.

— Qu'est-ce que ça peut bien te faire ? Tu viens bien de te taper deux nanas dans la même soirée, non ? Elles aussi connaissaient Jack ? Tu as pu en apprendre un peu plus sur lui ?

Il reste la bouche ouverte. Je suis contente de moi, j'ai réussi à clouer le bec au grand Jonas. Je profite de son état statique pour me lever et me diriger vers l'extérieur. Je sais que j'y ai été un peu fort, mais il m'horripile. Qu'est-ce que ça peut lui faire que je rentre avec Jim, John ou Joe ? L'air frais de la nuit me fait du bien, je prends le temps de respirer pour me calmer un peu.

— Louise !

Je me fige et continue d'avancer sans me retourner, je ne pensais pas qu'il allait me suivre jusqu'ici.

— Putain Louise ! Arrête-toi tout de suite !

Au contraire, j'accélère le pas pour qu'il ne me rattrape pas. Je sais que c'est chose vaine étant donné que ses jambes sont bien plus grandes que les miennes, qu'il n'a pas de talons aux pieds et que l'alcool que j'ai dans le sang me fait sérieusement ralentir… Je suis stoppée tout à coup par une grande main chaude qui m'attrape par l'épaule et me fait pivoter vers lui. Je manque de m'étaler par terre sous le coup de la surprise.

Bien sûr, mon corps se retourne vers lui, mais mon talon reste planté dans les cailloux ainsi que ma cheville. Une douleur fulgurante me cloue sur place, je ferme brièvement les yeux puis les relève vers lui, je ne veux pas lui montrer qu'il m'a fait mal. Je ravale ma fierté en même temps que mes larmes.

— Qu'est-ce que tu veux Jonas ?

— Ce que je veux ? Mais tu plaisantes ! De quel droit tu me parles comme ça ? Qui es-tu pour t'immiscer dans ma vie ? Pour me juger ? Hein Louise ?

— Arrête un peu ! Tu baises qui tu veux et moi aussi !

— Alors très bien ! Dans ce cas, tu peux me dire ce que les nanas que j'ai levées ce soir ont à voir avec Jack ?

Je souffle en regardant au sol. Il est vraiment bête ou quoi ?

— Eh ben je ne sais pas, réfléchis un peu !

Il souffle en tapant du pied.

— Après tout, tu m'as baisée pour en savoir plus sur Jack, alors qui me dit que toutes les nanas que tu lèves, comme tu dis, ne sont pas un moyen pour te rapprocher de lui ?

Il reste immobile un instant en me fixant intensément. J'ai l'impression que je lui ai encore une fois cloué le bec. Il ferme les yeux, pose ses doigts sur son nez, souffle puis les rouvre plus gris orage que jamais. Il reprend ses esprits en me hurlant dessus :

— Mais tu es complètement malade ! Mais regarde-toi un peu ! Louise la donneuse de leçon ! Louise la sainte nitouche ! Tu crois vraiment que je baise pour me rapprocher de Jack ? Mais t'as un grain, c'est pas possible !

Il se tape la tempe avec son index sans arrêter de me fixer. Je baisse les yeux en me rendant compte qu'il n'a pas tort, mais je ne veux pas le reconnaître.

— Je te déteste, Jonas ! Tu m'entends ? Je te hais ! Tu t'es servi de moi et de mes sentiments pour arriver à tes fins et ÇA, je ne pourrais jamais te le pardonner !

Il lève un sourcil.

— Tes sentiments ? TES SENTIMENTS ? Mais tu te fous de ma gueule là, non ? Alors Louise, la femme parfaite, celle qui n'a besoin de personne, a des sentiments ? Mais pour qui Louise ? À part pour toi-même ? Et tu veux me faire la morale parce que je me suis servi de toi ?

— Je ne parle pas de morale ! Mais du fait que OUI, tu as profité de moi !

— Oh, ma pauvre Louise... Mais dis-moi... Que penses-tu du matin où je t'ai chopée sur le comptoir de ma cuisine, où je t'ai fait jouir alors que tu sortais de la chambre du mec avec qui tu venais de passer la nuit ?

Je reste bouche bée. Il me ressort encore cette histoire, je ne l'avais pas sentie venir celle-là.

— Va te faire foutre, Jonas !

Je m'avance pour passer à côté de lui, mais ma cheville me rappelle à l'ordre. Il avance son bras pour me retenir et m'éviter de tomber mais je me dégage de sa prise et repars en claudiquant jusqu'au bar en retenant mes gémissements. Je m'assois tant bien que mal sur un tabouret au comptoir. Je sais que je devrais rentrer pour reposer ma cheville. Mais je n'ai pas envie d'être raisonnable, je suis trop énervée pour ça. Je lève la main pour appeler le barman et commande quelque chose de fort. C'est mon remède à moi ce soir pour oublier la douleur et Jonas, et Jack, et Loukas… Et tous les autres…

Le jour se lève lorsque nous décidons de rentrer. Jim me soutient en rigolant car je boite et Lily, complètement pétée, repart de son côté avec un couple… Jim me raccompagne jusque chez moi. Il m'aide à m'asseoir sur mon canapé et va me chercher de la glace dans le congélateur. Après l'avoir enveloppée dans un torchon, il enlève ma chaussure qu'il met sur mon ventre et dépose la glace sur ma cheville. Je sais qu'elle est gonflée et que je vais énormément souffrir demain, mais je suis trop alcoolisée pour m'en soucier ce soir.

— Ça va aller ? me demande Jim, soucieux.

— Mouais… Jusque-là, ça va…

— Tu peux m'expliquer ?

Je me retourne vers lui et décide de lui dire la vérité. Après tout, je sais qu'ils se disent tout.

— Disons que je me suis confrontée à un connard et que j'ai perdu…

— Quoi ? Attends ! C'est Jonas qui t'a fait ça ?

Il se relève en même temps.

— Oh, c'est bon… Il ne l'a pas fait volontairement… On va dire que mes chaussures y sont pour 50 %…

Je suis étonnée de le défendre, mais je sais qu'il ne m'a pas fait de mal intentionnellement. Jim se rassied à côté de moi, je pose ma tête sur son épaule. Je suis bien, détendue. Mes paupières se ferment toutes seules.

— Allez ma belle au bois dormant ! Au lit !

Je ris lorsqu'il me soulève du canapé sans aucun effort. Ma chaussure qui était sur mon ventre tombe.

— Tu devrais plutôt dire Cendrillon, non ?

Nous rigolons tous les deux alors que nous nous dirigeons vers ma chambre. Il m'approche du lit et lorsqu'il se penche pour m'allonger, il s'étale avec moi en rigolant. Sa main se pose sur ma joue, son regard croise le mien et nous nous arrêtons de rire. Il me demande l'autorisation d'aller plus loin, son visage se rapproche lentement du mien, il m'embrasse délicatement, tendrement, puis avec plus de fougue. J'ai envie de lui, j'ai besoin de tendresse. Alors je passe son tee-shirt par-dessus sa tête et j'admire encore une fois son torse musclé, ses tatouages et surtout, son diable qui m'observe. Je revois celui de Jonas et ne peux m'empêcher de penser à lui, à la nuit que nous avons passée ensemble. Il faut que j'arrête, il n'a aucun respect pour les femmes et encore moins pour moi. Il vient bien de passer la soirée avec deux femmes différentes ? Je me reprends lorsque Jim fond sur moi et me déshabille en un rien de temps. Ma cheville me fait mal, mais c'est supportable.

Lorsqu'il faufile son visage entre mes jambes, je pense encore à la langue de Jonas et son piercing. Mais je mets vite cette idée de côté lorsque mon premier orgasme arrive. Jim attrape un préservatif dans son jean au sol et l'enfile devant moi. Je me relève vers lui et attrape sa nuque pour le tirer vers moi et l'embrasser. Tout est naturel avec Jim, pas de prise de tête, tout roule. Sa langue descend dans mon cou, sur mes seins, sa main se pose sur mon intimité. Je ferme les yeux et profite du moment présent. Lorsqu'il s'introduit en moi, c'est doux et tendre. Il accélère ses mouvements, je m'accroche à ses hanches, je veux passer mes jambes autour de sa taille, mais ma cheville me rappelle à l'ordre. Je ne peux m'empêcher de gémir de douleur. Il arrête ses mouvements, relève le visage vers moi, inquiet :

— Ça va ?

— Mouais, j'ai juste l'impression d'être un tas de viande inerte avec cette cheville !

Il se rapproche doucement de moi et me susurre à l'oreille.

— Accroche-toi, car tu ne vas pas rester inerte très longtemps…

Il me fait un clin d'œil et accélère encore ses mouvements en moi. Je lâche prise, me laisse aller complètement. Après un autre orgasme, je me laisse choir dans mon lit auprès de Jim. Je me blottis contre lui, je suis bien, détendue. Je l'entends me dire avant de m'endormir :

— Tu mérites tellement mieux que lui…

CHAPITRE 3
Jonas

Une lumière vive m'éblouit et me donne mal au crâne quand mes yeux s'ouvrent pour se refermer aussitôt. Je pose mon avant-bras sur mon visage et rouvre lentement les paupières. Je suis dans une chambre que je ne connais pas, la place à côté de moi est vide. Tant mieux ! Je n'aurais pas supporté une conversation maintenant avec ma tête qui est à deux doigts d'exploser. Je me lève lentement et récupère mes fringues qui sont étalées partout. Une odeur de café envahit mes narines lorsque j'ouvre la porte discrètement et avance dans le couloir pour déboucher sur un petit salon cuisine, où s'affaire une brune qui est dos à moi. J'hésite à me barrer comme le connard que je suis ou à m'avancer vers elle. Elle décide pour moi en se retournant avec un immense sourire.

— Salut ! Un petit-déj ?

Je suis comme un con, je me souviens l'avoir croisée hier soir, d'avoir discuté avec elle, mais rien de plus. Pourtant elle est là, devant moi avec un immense sourire.

— Heu… Je dois bouger.

Elle pose des gaufres et des pancakes encore fumants sur la table.

— Allez ! Ne fais pas ton timide, Jonas ! Juste un petit-déj !

Je m'avance vers elle, qui me tend une tasse fumante de café, que je prends alors qu'elle me tourne le dos à nouveau. J'en profite pour la regarder un peu mieux. Elle a des formes, genre pin-up, très brune avec le visage pâle, une robe marine à pois blancs. J'ai l'impression d'avoir fait un bond dans le temps et de me retrouver dans les années 50.

— Tu peux arrêter de me mater le cul ?

Je sursaute et évite in extremis la chute de ma tasse de café brûlante sur le sol. Putain, elle m'a surpris. Mais je ne me souviens toujours pas de ma soirée d'hier. Alors soit je joue au connard et fais comme si je me souvenais de tout, ou pas. Encore une fois, elle décide pour moi :

— Tu ne te souviens plus d'hier soir, hein ?

Elle croise ses bras sur sa poitrine magnifique et me sourit.

— Je ne pensais pas qu'un mec pouvait oublier une nuit torride avec moi !

Je suis de plus en plus mal, je relève la tête vers elle et vois un sourire s'immiscer sur ses lèvres. Elle se fout de moi !

— Oh, Jonas, tu es si mignon…

— Mignon ? Moi ?

Elle s'assoit face à moi et me regarde droit dans les yeux. Leur couleur me déstabilise. Ils sont vairons, un vert et un noisette très clair, surmontés d'un trait d'eye-liner noir.

— Si ça peut te rassurer, nous n'avons rien fait hier soir. Et ce n'est pas ma faute hein ! Parce que je t'avoue qu'avoir un mec comme toi dans mon lit et qu'il n'ait pas envie de moi, ça m'a foutu un sacré coup au moral…

Je ne comprends rien. J'étais avec elle, dans son lit et je ne l'ai pas baisée ? Elle est magnifique.

— Putain… Je… Désolé… Tu es magnifique, pourtant… Je ne sais pas… J'avais bu et…

Elle me coupe.

— C'est la faute de Louise !

— Quoi ? Qu'est-ce que tu racontes ?

— Laisse-moi t'expliquer.

Elle tire une chaise et s'assoit dessus avant de continuer.

— Hier soir lorsque nous nous sommes rencontrés au bar, tu venais de baiser une nana qui faisait partie de mon groupe.

Elle s'arrête un instant, plisse les yeux en levant un sourcil et reprend :

— D'ailleurs, tu m'expliqueras pourquoi, car elle n'a rien dans la tête. Bref ! Ensuite, tu es venu avec elle vers nous, nous avons discuté, beaucoup même, et puis j'ai remarqué que tu avais le regard toujours dans la même direction, tu fixais une femme, magnifique je te l'accorde. Lorsqu'elle est montée sur scène pour chanter, tu ne pouvais t'empêcher de la bouffer des yeux. Ensuite, lorsqu'elle est descendue, tu es allé dans sa direction et vous êtes sortis tous les deux. Puis, elle est revenue… Sans toi. Elle a passé sa soirée à t'ignorer, tu as passé la tienne à la regarder et à picoler. Lorsqu'il a fallu rentrer, tu m'as embrassée à pleine bouche comme si ta vie en dépendait. Et puis nous sommes rentrés ici, au moment de passer à l'acte (on était à poil et tout hein !). Plus rien… Tu as fermé les yeux, tu as prononcé des choses incompréhensibles, son prénom, puis tu t'es endormi…

Je me passe la main dans les cheveux.

— Ce n'est pas possible… Écoute, je suis désolé, je vais partir…

— Non ! Ne t'inquiète pas ! Je comprends, tu sais… Elle t'a brisé le cœur, tu as voulu passer à autre chose, j'étais là… Et voilà !

— Tu as tout faux. Pour me briser le cœur, encore faudrait-il que je sois amoureux. Et ce n'est pas mon cas…

Elle lève les mains devant elle :

— OK, OK. Bon, la douche, c'est la deuxième à droite, la porte pour sortir, c'est par ici. Fais comme tu veux, Jonas !

Elle me fait un clin d'œil.

Je me lève et me dirige vers la salle de bain. Après une bonne douche, je vais rejoindre la brune dans la cuisine. Elle regarde l'heure en me souriant :

— C'est pas que je veuille te mettre à la porte, mais je dois aller bosser, moi !

— J'allais partir. Merci… Heu…

— Adela. Je m'appelle Adela.

— Merci Adela.

Elle attrape son sac et me suit jusqu'à sa porte.

— Je te dépose ?

Je regarde à l'extérieur et me rends compte qu'elle habite loin de chez moi, dans le quartier bobo de la ville.

— Heu… Ouais.

Lorsque nous rejoignons la rue, je ne suis pas étonné de la voir s'arrêter devant une Mini rose. Je croise les doigts pour ne croiser personne qui me connaisse. Après lui avoir donné mon adresse, nous restons sans un mot le temps du trajet. Je me déplie pour sortir de sa mini voiture et la remercie encore. Je m'avance vers l'entrée de chez moi lorsqu'elle m'interpelle :

— Hey ! I IDiavoli, c'est ça ?

Je suis surpris par sa remarque et hoche la tête.

— Je suis désolée pour ton frère. À plus, Jonas !

Elle passe la première et me laisse en plan sur le trottoir. Cette fille est une bouffée d'oxygène à elle seule. Je monte chez moi et regarde l'heure. On est en début d'après-midi, j'appelle Lily pour savoir comment s'est terminée sa soirée, mais elle ne me répond pas. Je décide d'appeler Jim qui décroche, je sens son souffle court à l'autre bout du fil.

— Quoi ?

— Salut mec, alors cette soirée ?

Il met du temps à me répondre.

— Écoutes, Jonas, je n'ai pas vraiment le temps, là. Je peux te rappeler ?

Il semble énervé.

— Non. Qu'est-ce qui ne va pas ?

— Mais rien ! Je te laisse.

Il me raccroche à la gueule. Putain ! Il sait que je déteste ça. Je le rappelle, mais il coupe tout de suite. Je décide d'appeler Lily. Je l'appelle au moins quatre fois avant qu'elle daigne me répondre.

— Ouais…

— Tu peux me dire ce qui se passe avec Jim ?

— Oh, bonjour à toi, Jonas.

— Lily !

— Il est énervé contre lui, contre toi, contre moi, contre Louise aussi…

— Mais qu'est-ce que tu racontes ? T'es encore pétée ou quoi ?

Elle rit au téléphone…

— Tu ne comprends vraiment rien, hein ?

Je ne réponds pas.

— OK, alors pour faire court, Jim a accompagné Louise à l'hôpital…

— Quoi ? Mais pourquoi ? Qu'est-ce qu'elle a ? C'est grave ?

— Je peux en placer une ? Donc, Jim a accompagné Louise à l'hôpital, car elle souffre de la cheville depuis hier soir. Apparemment, elle s'est fait mal quand elle était dehors. Bref, quand elle s'est levée ce matin, elle ne pouvait plus poser pied par terre et Jim l'a accompagnée à l'hôpital. Fin de l'histoire.

— Pourquoi Jim ?

— Quoi ?

— Pourquoi pas toi ?

— Disons qu'il était plus proche d'elle que moi…

Je me retiens pour ne pas balancer mon téléphone contre le mur en hurlant. Je rêve, ils ont encore passé la nuit ensemble. Ça devient une habitude, on dirait. Est-ce qu'ils en sont au stade de couple ? Alors c'est bien ce qu'il voulait savoir lorsque nous avons discuté hier soir, savoir ce que je ressentais pour elle. Et moi, comme un con, je suis allé voir la première venue ! Il a réussi à avoir ce qu'il voulait, et elle, elle s'est précipitée dans ses bras à cause de moi. Qu'est-ce que je peux être con, parfois !

— C'est grave ?

— Je ne sais pas. Je n'ai pas de nouvelles.

— Mais comment ?

— Elle a dit que c'était 50 % à cause d'un connard et 50 % à cause de ses talons… Tu vois de quoi elle a voulu parler ?

Je ne dis plus rien et repense à hier soir lorsque nous étions dehors. J'ai voulu la rattraper et je l'ai retournée. Je me souviens de la douleur sur son visage, mais je n'y ai pas porté attention, car j'étais bien trop énervé contre elle. J'imagine que je suis le connard en question…

— Tu me tiens au courant ?

— Pourquoi ne lui demandes-tu pas toi-même ?

— Lily…

— OK mon poulet. On se voit ce soir pour la répet ?

— À ce soir.

Je raccroche et regarde mon téléphone toujours entre mes mains. Et puis merde.

{Comment va ta cheville ?}

{Va te faire foutre Jonas.}

Au moins, ça a le mérite d'être clair. J'attrape ma guitare et m'assois sur le canapé en grattant les cordes.

CHAPITRE 4
Louise

Je vais le tuer. Des larmes me montent aux yeux pendant que le médecin palpe ma cheville. Il la fait tourner dans tous les sens. Mais il ne voit pas qu'il y a une boule dessus ? Il a besoin de me faire mal ? Mon mal de crâne s'accentue en même temps...

Journée de merde.

— Bien, nous allons devoir passer une radio et ensuite nous aviserons, mademoiselle, mais je pense que vous avez une fracture de la cheville. Bien entendu, le fait d'avoir attendu toute la nuit n'a pas arrangé les choses...

Il me regarde comme une merde...

— Je sais...

Je lui réponds en marmonnant et en croisant les bras sur ma poitrine. Mais qu'est-ce qu'il voulait que je fasse ? Que je vienne à six heures du mat complètement pétée ? Une infirmière passe la porte et je la reconnais tout de suite. Dolores. Décidément, elle est toujours là lorsque j'ai besoin de réconfort. Ce doit être ma bonne fée. Elle me fait un grand sourire et me tend un verre d'eau et deux cachets que je prends en fronçant les sourcils.

— Un pour la cheville, l'autre pour la tête !

Elle me fait un clin d'œil et repart. Un brancardier vient me chercher avec un fauteuil roulant pour me conduire à la radio. Après avoir patienté des heures, je passe enfin.

— Bien, me dit le médecin en me rejoignant dans ma chambre. Alors c'est bien une fracture. Nous allons devoir vous opérer pour la réduire, puis vous plâtrer. Vous en aurez pour trois semaines à un mois maximum sans poser le pied par terre. Ensuite, après une nouvelle radio, nous vous enlèverons le plâtre pour vous en mettre un plus petit avec une talonnette pour pouvoir marcher pendant un mois à un mois et demi et ensuite, rééducation avec un kiné pendant minimum trois semaines. Des questions ?

Je suis bouche bée devant lui. Alors si j'ai bien fait le calcul, je vais rester plâtrée pendant deux mois et demi et ensuite trois semaines de rééducation… C'est vraiment une journée de merde… Je baisse les yeux sur mon téléphone.

{Comment va ta cheville ?}

Il ne manquait plus que lui pour que ce soit complet ! Je lui réponds avec tout le tact dont je sais faire preuve…

{Va te faire foutre Jonas.}

Voilà, ça soulage un peu. Il ne me répond pas, parfait !

Le médecin me précise que je vais me faire opérer en fin de matinée et que je pourrai sortir dans la soirée. Jim entre dans la chambre avec un petit sourire. Dolorès entre à son tour avec une blouse et plein de choses sur son chariot. Je me sens défaillir. Jim s'assoit à mes côtés :

— Allez, courage ma belle, ça ne va pas être long…

Je me retourne vers lui :

— Tu plaisantes, j'espère ! Pas long ! Mais j'en ai pour plusieurs mois avec ce… ce… tout ça, quoi !

Il éclate de rire alors que Dolorès me tend une ordonnance où sont notés les médicaments et les béquilles que je dois aller chercher. Je souffle en la regardant, Jim me la prend des mains et il me tend la sienne.

— Quoi ?

— Donne-moi tes papiers, je vais aller les chercher pour toi, ça m'occupera !

Il me fait un clin d'œil.

— Jim, je t'adore !

Je lui montre mon sac du doigt et il prend mon porte-monnaie avant de sortir.

— Comment te sens-tu ? me demande Dolores.

— Oh, on ne peut mieux étant donné les circonstances…

Elle sourit.

— Et ton ami ? Il va mieux ?

Je fronce les sourcils, et puis ça me revient, elle parle de Jonas.

— Oh, lui, il va très bien !

— Vous n'êtes plus ensemble ?

— On ne l'a jamais été…

— J'avais pensé en vous voyant tous les deux…

Elle laisse sa phrase en suspens.

— Il ne faut pas se fier aux apparences…

Elle m'explique quoi faire avant l'opération : la douche, la blouse… Elle me demande de l'appeler lorsque j'aurai terminé. Je sens son regard sur moi parfois, mais j'essaie de ne pas y faire attention. Cette femme m'a ramassée à la petite cuillère cette nuit-là, un lien s'est tissé entre nous depuis.

Quelques heures plus tard, je me réveille avec un énorme mal de crâne. J'essaie de me retourner dans le lit, mais un gros poids pèse sur mon pied. Je relève le drap et hallucine en voyant la grosseur du plâtre.

— Mais je rêve ! C'est juste la cheville ! Pourquoi est-il aussi grand ?

Bien sûr, personne ne me répond. Je sonne pour appeler quelqu'un et demande un verre d'eau à une aide-soignante qui me demande comment je vais. Elle m'explique que je pourrai sortir d'ici quelques heures si je me sens bien.

Une fois le plâtre au pied et les béquilles en main, je monte dans la voiture de Jim, qui me sert de chauffeur. Je me retourne vers lui, il a un sourire en coin lorsque ses yeux se posent sur ma jambe plâtrée.

— Je peux savoir ce qui te fait te marrer, Jim ?

— Rien…

— Jim…

Il éclate de rire.

— C'est de savoir que toi, la fille super indépendante, tu vas avoir besoin d'aide pendant quelque temps…

Il me montre mon plâtre d'un geste de la tête. Je lève les yeux au ciel et me retourne vers la fenêtre pour ne pas lui répondre. C'est bien une chose à laquelle je n'avais pas pensé. Mais je devrais pouvoir me débrouiller toute seule, après tout, il existe des services de livraison à domicile et je travaillerai de la maison. Je verrais avec Lily pour qu'elle m'amène mes manuscrits et qu'elle les ramène à ma place. Lorsqu'il se gare devant chez moi, j'ouvre la portière et essaie de descendre. Bien sûr, ce plâtre est immense ! Il part de la partie supérieure de mon genou jusqu'à mes orteils qui sont gelés… Je grogne et m'énerve lorsque Jim se place devant moi avec mes béquilles à la main. Je les lui prends et arrive tant bien que mal devant la porte de mon immeuble. J'entre et reste bloquée devant les marches. Bien entendu, il fallait que j'habite au premier ! Je commence par une marche, puis une autre, je marmonne, je m'énerve… Jim se place dos à moi sur la marche du dessus.

— Quoi ?

— Grimpe ! J'ai la dalle et j'aimerais manger avant Noël…

— Très drôle !

Je lui donne une tape sur l'épaule et grimpe sur son dos alors qu'il se marre encore. Il souffle en se relevant et je souris de sa gentillesse. Arrivé en haut, il me dépose, ouvre la porte de l'appartement et se jette sur le canapé en soufflant encore une fois. Je suis dans l'entrée, je me tiens au chambranle de la porte et le regarde. Il se relève en sursaut en me voyant et s'avance vers moi avec mes béquilles en main en rigolant.

— Désolé ! Je vais devoir m'habituer !

Une fois assise sur le canapé, je respire enfin. Jim a commandé des pizzas que nous mangeons tranquillement. Lorsque son téléphone sonne pour la énième fois, il ne répond toujours pas.

— Tu ne réponds pas ?

— Ce n'est pas important.

— Tu peux répondre, tu sais…

Il regarde son téléphone, puis moi. Je vois inscrit Jonas dessus.

— Ouais ?

Il se lève et se dirige vers la cuisine, j'entends quelques bribes de sa conversation.

— Non, je ne peux pas passer maintenant.

— Qu'est-ce que ça peut te foutre ?... Jonas, merde ! Fallait y penser avant, non ?

Son regard se dirige vers moi. Lorsqu'il croise le mien, il se retourne vers la fenêtre et il reprend :

— Je vais voir, je ne te garantis rien… C'est sa vie, elle fait ce qu'elle veut…

Il sort sur la terrasse avec une clope à la bouche. Je croque dans un morceau de pizza, j'ai soif. Je sautille jusqu'à la cuisine pour me servir un verre d'eau et prendre un cachet contre la douleur. Jim a élevé le ton, je peux l'entendre, maintenant.

— On n'a pas baisé ! On a fait l'amour ! Et alors ? Elle ne t'appartient pas, Jonas, elle fait ce qu'elle veut ! Et moi aussi d'ailleurs.

Il baisse la tête en écoutant son interlocuteur tout en tirant furieusement sur sa clope. Il se prend la tête avec Jonas à cause de moi. Ça craint, ils se connaissent depuis si longtemps. Je sursaute lorsque Jim répond à Jonas en criant :

— Mais c'est une putain de blague ! Et comment t'as pu lui faire ça ? Elle a une fracture de la cheville, Jonas ! Une fracture ! Il fallait bien que quelqu'un s'occupe d'elle, non ? Et tu étais où, toi, hier soir, alors qu'elle avait besoin de toi ? Hein ? Encore en train de démonter ma théorie contre le mur du bar ?

Après un long silence, il reprend :

— Jonas, je ne vais pas m'effacer, parce que je tiens particulièrement à elle. Et il est hors de question que je te laisse lui faire du mal… Pas à elle…

Il raccroche, je me sens gênée d'avoir entendu leur conversation. Jim passe la main sur son visage et jette sa clope par-dessus la rambarde. Lorsqu'il se retourne, je ne peux que voir son visage crispé d'énervement, mais il se radoucit dès qu'il s'adresse à moi.

— Tu as tout entendu ?

— Une partie, oui. Qu'est-ce que voulait Jonas ?

— Savoir comment tu allais, et…

— Et ?

— Il voulait savoir si nous avions baisé…

Je le sens gêné de me dire ça, mais cela ne m'étonne même pas de Jonas.

— Tu lui as dit la vérité, j'espère.

Il rentre dans la cuisine et me tend mes béquilles, qu'il a été chercher au salon.

— Ouais, je lui ai dit la vérité, que nous avons fait l'amour, que nous avons aimé ça tous les deux et qu'il est hors de question que je le laisse te faire du mal encore une fois !

Il s'avance vers moi d'un air décidé et me serre dans ses bras. Je sens son parfum, la chaleur de son corps, je me sens bien. Il me soulève et me porte jusqu'au canapé où il m'assoit sur ses genoux. Son regard s'arrime au mien alors qu'une de ses mains se pose sur ma joue :

— Louise, j'aime beaucoup être avec toi, m'occuper de toi… Je veux dire, de plus en plus… Et…

Je lui mets un doigt sur ses lèvres. Je ne veux pas en entendre plus. Je ne veux pas réfléchir. Plus de complications.

— Chut…

Je m'avance pour lui faire un baiser chaste sur les lèvres et l'enlace tendrement. Il me réconforte, je suis bien, simplement. Lorsque je suis avec lui, j'ai l'impression d'être dans un cocon. Pas de cris, pas de hurlements. L'image de mon frère s'immisce dans mon esprit. Jim me fait souvent penser à lui.

CHAPITRE 5
Jonas

De colère, je balance le verre que j'avais en main par terre. Ils s'y sont mis à deux pour m'emmerder. Je pose mon téléphone sur le comptoir de la cuisine avant qu'il ne termine à côté du verre explosé au sol. Je hurle de rage. Mais pourquoi est-ce que je réagis comme ça ? Après tout, ce n'est pas comme si c'était la première fois qu'ils baisaient ensemble, non ? Mais putain… Je pensais qu'après les moments que nous avions passés tous les deux, Louise serait revenue vers moi. Mais non, elle se tourne vers Jim, mon soi-disant ami qui restait tapi dans l'ombre, attendant la moindre erreur de ma part.

Wow ! Je ne l'avais pas vu venir ! Je dois bouger, évacuer ma rage avant de refaire entièrement mon appart. J'attrape les clés de ma caisse, ma guitare, et me dirige vers le studio. Je devais répéter ce soir avec Lily, mais je n'ai envie de voir personne.

À cette heure-ci, il n'y a personne à part le vieux gardien de nuit dont je ne me souviens plus du prénom. Robert ou Gérard… Je le salue en passant devant lui et m'enferme dans une pièce insonorisée. Je me place devant la table de mixage, mets tout en route et pars m'enfermer dans le bocal. Je chante, je hurle, je crie, je suis en nage. J'oublie tout en chantant, j'enchaîne les titres que nous jouions avec le groupe il n'y a pas si longtemps. Chanter me fait du bien, cela fait si longtemps que je n'avais pas hurlé ma rage, que je n'avais pas lâché ma voix. Je ne pense plus à rien, plus à eux, à leurs corps enlacés, à leurs peaux qui se touchent, qui se frôlent… Je ferme les yeux.

Je prends un crayon, une feuille, et commence à écrire comme ça vient, je laisse aller ma colère sur le papier. Mes doigts enchaînent les accords sur ma guitare, ma voix porte les paroles qui sont couchées sur le papier. Je passe plusieurs heures ainsi, à écrire, à chanter, à enchaîner les accords, lorsque le bruit de quelqu'un qui frappe dans ses mains me fait sursauter. Je relève les yeux et tombe sur Little Lil. Elle a un casque sur les oreilles, les pieds posés sur la table de mixage et me fixe avec un sourire que je ne connais que trop bien.

— Qu'est-ce que tu fous là ?

— Salut à toi, cher ami !

— Lily…

— Ce cher Edgar m'a appelée en me disant qu'un ami à moi venait d'entrer dans mon studio et il voulait savoir s'il devait me décompter les heures sur mon temps…

Elle me sourit.

— Je te paierai les heures que j'ai passées ici. Quelle heure est-il ?

Elle regarde sa montre et me répond :

— Sept heures du mat.

— Quoi ?

Je me relève et prends mon portable pour vérifier. 7 h 04. Merde. J'ai passé toute la nuit enfermé ici.

— C'est bon. Très bon même !

— Arrête tes conneries, Lily !

Je me lève, récupère ma guitare et sors pour la rejoindre. Lorsque j'entre dans la pièce, elle appuie sur un bouton et j'entends ma voix qui sort des enceintes. Je m'assois et n'ose pas regarder Lily qui me fixe. Je ferme les yeux. C'est bon, très bon, oui, mais c'est mon histoire, ma vie, ma rage qui ressort de ces chansons et je veux que cela reste à moi.

Je me lève sans un regard pour elle, récupère mes feuilles, ma gratte et mon blouson et sors en lui jetant :

— Tu peux effacer tout ça. C'est de la merde !

— Jonas ! Attends ! Tu...

Je n'écoute pas ce qu'elle a à me dire, je claque la porte et file jusqu'à ma caisse. Je rentre chez moi et ignore tous les appels de Lily.

Je me fais un café et me pose sur le canapé en regardant dehors. Je ne lui ai même pas demandé si elle avait des nouvelles de Louise. Maintenant, je n'ai plus qu'elle pour savoir comment elle va. J'ai besoin de parler à quelqu'un. Je prends mon téléphone et fais le numéro de Lina. Après plusieurs sonneries, elle décroche enfin :

— Lina bonjour, que puis-je faire pour vous satisfaire ?

— Bonjour Lina,

— Oh ! Arthur ! Ça faisait un moment dites-moi.

— Tu... Lina, dis-moi, tu...

Rien qu'à entendre sa voix, je pense à Louise, lorsqu'elle me supplie de la prendre lorsque je suis au-dessus d'elle. Quand je pense que d'autres hommes se branlent en entendant cette magnifique voix.

— Arthur ? Tu es toujours là ?

— Oui, oui, je suis là, Lina...

— Alors, que puis-je pour toi de si bon matin, Arthur ? Tu n'as pas une jolie femme à câliner ?

Je me retiens de rire, si elle savait...

— Non Lina, plus depuis longtemps... J'ai merdé et voilà...

— Oh, avec ta pimbêche ?

Putain, comment peut-elle se souvenir de ça ?

— Oui, avec elle en effet.

— Dis-moi tout… Avez-vous été ensemble, au moins ?

— Oh oui, et de toutes les façons possibles et imaginables, Lina…

— Raconte-moi.

— Nous nous sommes rapprochés, nous nous sommes appréciés, nous nous sommes goûtés, nous nous sommes engueulés, nous nous sommes séparés…

— Oh, je vois. Et ?

— Et rien, Lina, nous avons un caractère fort tous les deux et je ne pense pas que nous ayons quoi que ce soit à faire ensemble en fait…

Finalement, c'est vrai. Nous sommes si différents ! Elle recherche la stabilité que je ne pourrais jamais lui offrir, elle veut rentrer chez elle tous les soirs et trouver un mari aimant et attentionné qui lui a préparé son repas et lui demande comment s'est passée sa journée… Je ne pourrais jamais être cet homme-là, ce n'est pas moi.

— Alors tu dois passer à autre chose, Arthur.

Ça me fait mal de l'entendre, mais elle n'a peut-être pas tort. Je dois passer à quelqu'un d'autre, quelqu'un qui me ressemble. Adela me revient en tête. Cette femme tout droit sortie des années 50, si naturelle avec moi.

— C'est ce que je pensais faire, Lina. Et toi ? Avec ton connard ?

— Oh ! Disons que nous avons approfondi les choses et finalement, nous ne sommes pas compatibles…

— Tu peux développer un peu ?

— Après tout, nous ne nous connaissons pas alors… Pour faire court, n'est-ce pas ?

— Je suis tout ouïe, chère Lina.

J'entends son rire résonner dans mes oreilles. L'image de Louise se fait de plus en plus présente lorsque je lui parle. Est-ce qu'elle devient une sorte de substitut ?

— Alors pour faire court, cher Arthur, disons que mon connard et moi nous sommes apprivoisés, puis nous avons eu des divergences d'opinions. Souvent même. Ensuite il a profité de moi de la plus horrible façon qui soit, je n'ai pas supporté d'être prise pour une abrutie. Je l'ai dégagé !

— Oh, et tu ne lui accordes aucune circonstance atténuante ?

— Non. Et je trouve que j'ai été plutôt sympa, même trop, si tu veux mon avis. Bref, j'ai été trahie par mes sentiments pour le roi des connards !

— Je peux te demander ce qu'il t'a fait pour te mettre dans cet état ? Il y a tellement de sortes de trahison, Lina... La tromperie avec une autre femme, avec un autre homme ?

J'ai envie de connaître le vrai fond de sa pensée.

— Rien de tout ça... Quoique... avec une autre femme... Bref, il m'a pris ce que j'avais de plus précieux au monde...

Je la coupe :

— Ta virginité ?

Elle éclate de rire. Que j'aime entendre ce son.

— Mais non ! Il y a bien longtemps qu'elle est partie !

Un long silence...

— Lina ?

— Mes souvenirs, Arthur...

— Je ne comprends pas comment on peut profiter de quelqu'un en lui volant ses souvenirs... Je veux dire, tu les as toujours en toi, non ?

— Je... C'est juste que c'étaient les miens, ceux que j'avais rassemblés et emmagasinés quelque part. Je ne voulais pas forcément les partager et... Il me les a en quelque sorte pris, sans me demander mon avis. Tous. Je n'ai plus de souvenirs rien qu'à moi, tu comprends ? Je dois les partager avec ce connard imbu de sa personne.

Je sursaute, ma respiration se bloque dans mes poumons. Bordel, c'est pas possible ! Combien de fois Louise m'a-t-elle appelé comme ça ? « Tu n'es qu'un connard imbu de ta personne, Jonas ! ». J'essaie de continuer la conversation, mais je n'arrive pas à me sortir Louise de la tête. Je me racle la gorge avant de continuer :

— Je comprends Lina, je comprends...

Je repense à tout ce qu'elle vient de me dire, à son connard, à ses souvenirs... Est-ce qu'elle me parle des photos et vidéos de Loukas et Jack ? Je ne sais plus quoi penser. Est-ce vraiment elle ?

— Est-ce que tu pourrais me chanter une chanson ? J'aime tellement ta voix.

— Si tu veux. Mets-toi en position !

Je m'allonge sur le canapé et ferme les yeux. Elle me chante une chanson de Sia : Salted Wound. Elle est lente et lascive. Une chanson d'amour ! Comme si j'avais besoin de ça. Je n'entends que sa voix. Lorsqu'elle termine, je n'arrive pas à rouvrir les yeux, j'ai encore envie d'entendre sa voix.

— Arthur ?

— Une autre ?

Elle rit.

— Je vais devoir te laisser, cher Arthur.

— Parfait Lina, à bientôt.

— À bientôt, Arthur.

Elle raccroche et je me sens comme un con. Je suis presque sûr que c'est elle, mais un léger doute subsiste quand même. Elles sont si différentes, est-ce que ce n'est pas moi qui voudrais qu'elles soient une seule et même personne ? Mais avec ce qu'elle vient de me dire… Comment est-ce que j'ai pu passer à côté de ça ? Comment faire pour vraiment savoir si Louise et Lina sont les mêmes ? Je repense à tout ce qu'elle m'a dit : je lui ai confisqué ses souvenirs. Une idée me vient. Mais si je le fais, elle saura que c'est moi qu'elle a eu au téléphone…

Je me lève et file chercher mon ordinateur. J'ouvre ma galerie et commence non sans mal à trier mes souvenirs, les photos de Jack, les vidéos. Il y a quelques vidéos de nos concerts, où l'on voit Loukas dans le public ou dans les coulisses. Je me rends compte que Loukas apparaît très souvent dessus, ils ne sont jamais loin l'un de l'autre. Je m'arrête sur une photo qui capte plus particulièrement mon attention. Nous descendons de scène, Jack est derrière moi, Loukas à côté de lui. Leur regard est dirigé vers moi qui leur tourne le dos, mais ce qui m'interpelle, ce sont leurs mains qui sont jointes. Je reviens en arrière et regarde plus attentivement toutes les photos où je peux les apercevoir. Sur toutes, sans aucune exception, ils sont en contact. Une main sur une épaule, des cuisses qui se touchent lorsqu'ils sont assis, une main glissée dans l'autre. Et leurs regards, mon dieu, pas besoin d'être devin pour deviner ce qu'ils ressentent l'un pour l'autre. Sur une des dernières photos en ma possession où ils sont ensemble, quelque chose me choque. Ce n'est pas le fait qu'ils s'étreignent, qu'ils soient dans les bras l'un de l'autre, non, c'est leur regard. Leurs yeux sont tournés vers moi, plus précisément sur mon dos. Ils ont l'air d'avoir pris une décision, avaient-ils l'intention de tout me dire à ce moment-là ? Qu'est-ce que j'ai bien pu faire pour les en empêcher ? Qu'est-ce que j'ai pu être fermé et con ! Je rassemble tout sur une clé.

CHAPITRE 6
Louise

Lorsque je repose mon téléphone rouge, je suis posée, reposée. Cela m'a fait du bien d'entendre sa voix. Elle me fait penser à celle de Jonas… Non ! Il faut que j'arrête de penser à lui. Il m'a fait du mal, j'ai tourné la page, enfin, j'essaie de m'en convaincre. Le fait de le voir avec cette pouffe blonde et après avec cette magnifique brune l'autre soir, cela m'a mis le cœur à l'envers. Jim était là, il est reparti ce matin. Nous avons dormi ensemble, juste dormi, je ne sais pas encore ce que je veux avec lui. Je sais qu'il veut plus, il me l'a dit. Je suis bien avec lui, mais je ne ressens pas la passion qu'il y a avec Jonas. Je regarde ma montre, déjà 8 h 30. J'attrape mes béquilles et me dirige vers la cuisine pour faire mon petit-déj. Je souris lorsque je vois posé sur le plan de travail tout le nécessaire pour moi ce matin : ma tasse, petite cuillère, toutes sortes de viennoiseries, du pain frais, du beurre, de la confiture, du jus d'orange et mon café prêt à couler. Un petit mot est posé sur ma tasse :

Ma belle, je ne voulais pas te réveiller, tu n'as plus qu'à faire couler ton café. Je passerais bien la journée avec toi, mais j'ai un boulot qui m'attend. Tout est prêt, si besoin, surtout n'hésite pas, je suis là pour toi. Je t'embrasse. Jim

Je reste là, le sourire aux lèvres, à regarder le mot de Jim. Il est tellement gentil et avenant. C'est l'homme parfait, doux, tendre, il prend soin de moi et de mes envies, mais il lui manque ce côté piquant que j'aime tant, le répondant. Il a du caractère, mais pas assez pour moi. Il me fait tellement penser à Loukas, parfois. Je m'installe pour mon petit-déjeuner quand je reçois un message de Lily.

{Ma jolie, dis-moi si tu as besoin de quelque chose au boulot. Je passe te voir dans la journée.}

Parfait ! Je lui demande de me rapporter de nouveaux manuscrits et je lui donnerai le corrigé en échange. J'ai vu avec mon directeur à qui cela n'a pas posé de problèmes de ne plus me voir pendant quelque temps, du moment que je fais mon boulot.

Lorsque Lily sonne à la porte, je suis en train de me débattre avec un sac-poubelle que j'essaie de mettre sur mon plâtre pour aller me doucher. Je cours jusqu'à la porte - enfin, je béquille jusqu'à la porte - et lui ouvre alors que je suis rouge et essoufflée.

— Salut ma jolie ! Ça va ? On dirait que tu vas exploser !

— Ça va, c'est juste ce sac-poubelle qui ne veut pas tenir sur mon plâtre ! Et puis regarde ! Il est énorme ! Je suis sûre qu'ils se sont trompés de taille et qu'ils m'en ont mis un pour géant !

Lily éclate de rire en me voyant. Elle s'avance dans le salon en posant un grand sac sur la table.

— Je t'amène du boulot ! Au moins, tu auras de quoi t'occuper ! Allez viens.

Elle avance vers moi.

— Qu'est-ce que tu fais ?

— Je vais t'aider à prendre ta douche !

Elle se dirige vers la salle de bain et je la suis en claudiquant. Je m'assois sur le rebord de la baignoire et lui tends mon sac plastique. Elle le met sur mon plâtre et l'attache avec du gros scotch.

— Parfait ! Allez hop ! À poil !

J'éclate de rire en la voyant. J'enlève mon short et mon débardeur quand je me rends compte que Lily est toujours dans la salle de bain avec moi.

— Heu… Lily…

— Quoi ?

— …

— Oh ! J'en ai vu d'autres, tu sais ! Et puis comment vas-tu faire pour grimper dans ta baignoire ?

Je me retourne vers l'objet en question et me rends compte que je vais avoir besoin d'aide pour monter dedans, en effet…

— Grrr ! J'en ai déjà marre !

— Allez ma jolie.

J'enlève mon soutien-gorge et lui tourne le dos pour enlever mon shorty. Je sens ses mains froides sur moi lorsqu'elle m'aide à enjamber la baignoire.

— Désolée !

Une fois à l'intérieur, je fais couler l'eau chaude. Je me retourne vers Lily, qui a toujours ses yeux sur moi.

— Quoi ?

— Rien ! Rien ! Je me disais que tu étais très belle et que ces deux nazes avaient beaucoup de chance…

Elle me fait un clin d'œil et sort en me criant :

— Appelle-moi quand tu as fini !

Je ferme les yeux en savourant l'eau chaude sur ma peau. Je me remémore soudain que Lily est bisexuelle. Oh merde ! Et moi qui me montre à poil devant elle ! Mais à quoi je pense ! Mais comment vais-je faire, surtout ? Je n'ai que cette baignoire et pas de douche, à moins que mon proprio me la change pour une douche demain, je suis dans la merde… Et je me vois mal demander à Lily de venir chez moi tous les jours pour m'aider à y entrer. Je suis certaine que ça ne la dérangerait pas, mais moi si. Je n'aime pas être dépendante de qui que ce soit. Je profite au maximum de l'eau chaude lorsque Lily frappe et passe sa tête dans l'embrasure de la porte.

— Bientôt fini, ma jolie ? Je dois repartir dans 10 minutes…

— Oh ! Oui oui. Je sors tout de suite !

J'éteins l'eau et m'apprête à enjamber la baignoire, mais mon plâtre se rappelle à moi, je glisse alors que Lily s'avance vers moi pour me rattraper. Sa main gauche se pose sur mon sein et sa bouche est beaucoup trop près de la mienne à mon goût. Je me recule, mais elle me soutient et m'aide à enjamber. Je suis nue devant elle et elle me regarde ouvertement. J'attrape ma serviette et me couvre alors qu'elle sort et que je l'entends marmonner :

— Beaucoup trop bien pour ces deux cons…

Je secoue la tête en riant et m'habille avec un autre short et un débardeur. Lorsque je m'avance vers le salon, Lily est prête à partir. Elle me lance :

— Il va falloir trouver une solution pour ta douche. Je veux bien me dévouer pour te mater tous les jours à poil, mais j'ai un emploi du temps chargé avec le boulot et tous les concerts qui arrivent.

Je rougis en la regardant et en levant les yeux au ciel.

— Ne t'inquiète pas, je vais me débrouiller.

Elle se dirige vers la porte et j'entends un mouais pas convaincu sortant de sa bouche. Elle n'a pas tort, je vais devoir trouver une solution. Demander l'aide d'une aide-soignante pour la douche ? Après tout, je dois avoir droit à une aide pour ça, non ? Pour les courses aussi peut-être. Je me pose et entreprends des recherches pour tout ça. Après presque une heure à passer des coups de fil, je me rends compte que finalement je n'ai droit à rien… Super ! Je m'affale sur mon canapé avec un nouveau manuscrit que je commence à lire.

La sonnerie de mon interphone me réveille. Je regarde l'heure : 14 h 15. Je m'avance vers la porte et décroche.

— Oui ?

— C'est le livreur.

— …

— Le livreur, oui ! Mlle Louise…

— Oui, c'est bon, montez, premier étage.

Le livreur m'apporte toutes sortes de courses. Lorsque je lui demande combien je lui dois, il me dit que tout a été réglé et quand je lui demande par qui, il me regarde bizarrement. Quand il repart, je déballe tout sur le comptoir. Il y a un peu de tout, je me demande qui a bien pu… La sonnerie de mon téléphone m'interrompt dans mes pensées. Un message de Jim.

{Je me suis permis de commander quelques courses. Le livreur devrait passer en début d'après-midi. Bisous ma belle.}

Mais je rêve ! Ils me prennent tous pour une gamine ou quoi ? Je sais que ça part d'une bonne intention, mais j'ai l'impression d'être maternée et je déteste ça.

{Merci, mais abstiens-toi la prochaine fois… Je suis une grande fille}

{Je voulais juste te faciliter les choses…}

{Ça ira pour cette fois… Mais c'est la première et dernière fois !}

{Ok. Besoin d'autre chose ?}

{N.O.N. !}

Je balance mon téléphone. Je n'ai pas envie d'avoir de nounou. Je peux très bien me débrouiller toute seule. Je me pose sur mon canapé pour continuer à travailler. La sonnerie de mon téléphone rouge me fait lever la tête de mon manuscrit. Ce bon vieux Georges...

— Lina bonsoir, que puis-je faire pour vous satisfaire, Georges?

— Oh, ma Lina, j'ai tellement envie de te prendre en pleine rue.

— Mais bien sûr, Georges, si nous allions nous balader tous les deux...

Après plus d'une heure à discuter avec Georges, je raccroche, épuisée. Il était très excité ce soir et avait envie de me prendre dans la rue, contre un mur, sous un porche... Et avec des passants pas loin, bien évidemment... Lorsque je regarde dehors, je me rends compte qu'il fait déjà nuit. J'ai un message de Jim que je n'avais pas vu, car j'étais prise avec Georges.

{Tu veux que je passe ce soir?}

Est-ce que j'ai vraiment envie que Jim passe ce soir? J'ai envie de compagnie, mais pas de petit ami... Et je ne sais pas comment lui faire comprendre. J'ai envie de ses bras, de sa gentillesse, de sa tendresse, mais pas de son amour, du moins pas comme il l'entend. Je n'ai pas envie de profiter de lui en lui demandant de passer et de lui donner de faux espoirs. Même si j'en meurs d'envie, je sais qu'inconsciemment, je penserais à Jonas et au fait que je suis avec Jim pour lui faire du mal tout comme il m'en a fait en passant la soirée avec des femmes différentes.

{Ça va aller papa, je vais réussir à gérer pour ce soir}

Il me répond aussitôt :

{N'hésite surtout pas. Même en pleine nuit...}

{Promis}

Je passe la soirée tranquille à regarder une série lorsque je reçois un message de Lily.

{J'ai réfléchi à ta situation. Prépare tes affaires, je passe te chercher demain, tu emménages chez moi le temps du plâtre…}

Quoi ? Mais ils se sont donné le mot ou quoi ? Je n'ai pas le temps de répondre qu'elle rajoute :

{Tu auras ta chambre, ta salle de bain et ton bureau… Mais surtout TON INDÉPENDANCE !!!!!!}

Je ris en lisant les mots qu'elle a écrits en majuscules et en gras. Je crois que je n'ai pas vraiment le choix. Et puis si je peux avoir mon indépendance… Pourquoi pas ?

Le lendemain matin, je débarque chez Lily. Son appartement est super grand et nous avons largement la place pour nous deux. Et puis, elle n'est là que très rarement le soir à cause de ses concerts, du coup je vais pouvoir me reposer et bosser.

CHAPITRE 7
Jonas

Ça fait plus de deux mois que je me suis mis à retravailler comme un dingue, comme avant. Au départ, j'étais en colère, contre elle, contre moi, contre tout le monde, ensuite j'ai eu ma période de manque. Manque de tout : de sexe, de tendresse, d'engueulade. J'ai été jaloux aussi. Énormément. Surtout lorsque j'ai appris qu'elle avait emménagé chez Lily, j'ai cru que j'allais tout péter. Alors j'ai fait en sorte d'aller le moins souvent possible chez Lily, ou alors je m'arrangeais pour qu'elle ne soit pas là. Je ne sais pas quelle est sa relation avec Jim, est-ce qu'ils sont toujours ensemble ou pas ? Est-ce qu'ils l'ont jamais été ? Aucune idée, même si je crève d'envie de le savoir. Finalement, je fais tout pour la sortir de ma vie, de mes pensées.

Mais j'ai toujours cette idée qui trotte dans la tête. Louise… Lina, Lina… Louise. Alors je l'ai appelée souvent, elle m'a fait bander plus que de raison, mais plus je l'entendais et plus je pensais à Louise. J'ai envie de revoir Louise, pour affirmer ma théorie… Ou pas. Après tout, ce n'est peut-être qu'un fantasme, que Louise et Lina soient la même personne ! Mais cela fait beaucoup de choses accumulées. D'abord sa façon de parler de son connard imbu de sa personne, c'est exactement comme ça que Louise m'appelle, ensuite, Lina m'a parlé du fait que son connard lui a volé les seuls souvenirs qu'elle avait et auxquels elle tenait énormément. Est-ce qu'elle voulait parler des photos et vidéos que j'ai copiées ? Ça fait beaucoup trop de coïncidences. Maintenant, comment faire pour savoir si elle est vraiment Lina ? Je vais devoir y réfléchir. J'ai vraiment envie que ce soit elle. Je le sais, je le sens. Mais surtout, si c'est elle, comment est-ce que je vais devoir réagir ? Et elle ? Je secoue la tête pour me remettre les idées en place.

Je pense à Little Lil, elle a compris que je lui en veux un peu d'avoir proposé à Louise d'emménager chez elle sans me demander mon avis, alors on laisse couler. On sait aussi bien l'un que l'autre que si nous avons besoin, nous serons là. Je vois Jim plus souvent, nous avons repris le groupe. Pas comme avant, mais nous recommençons les répétitions au studio, tranquillement. Il s'est chargé de trouver un bassiste, je n'ai pas pu. C'est finalement un gars dans notre cercle d'amis qui joue. Stan, le batteur, a repris aussi, on a eu du mal à le convaincre, mais finalement il a accepté pour quelque temps. On verra plus tard. Le plus important pour nous est de rejouer ensemble. Au début, nous avons repris nos anciennes chansons, puis, petit à petit, nous avons enchaîné sur de nouvelles, dont la plupart sont celles que j'ai écrites le soir où je me suis enfermé seul au studio lorsque j'ai appris pour Louise et Jim. D'autres encore parlent de la perte d'un être cher impossible à oublier.

Jim ne me parle pas de Louise, je sais qu'il la voit, mais je ne sais pas s'ils baisent toujours ensemble. J'aimerais me dire qu'au fond, je m'en fous, mais je sais que non. Alors je fais profil bas, je fais celui qui ne s'intéresse pas à leur vie alors qu'en fait, je laisse traîner mes oreilles un peu partout. Je fais en sorte de ne pas aller aux soirées où je sais qu'elle sera là, c'est moins compliqué pour moi. Heureusement, elle ne sort pas beaucoup, ce qui me permet de bouger. Malgré tout je ressens ce besoin de la voir, de sentir son odeur, sa chaleur. J'essaie de détecter son odeur sur Jim, en vain. Je suis en manque, j'ai besoin de ma dose, je suis comme un drogué à qui l'on a confisqué sa poudre d'étoile. Alors j'ai craqué parfois, lorsque j'allais chez Lily quand je savais que Louise n'y était pas, je faisais en sorte d'aller dans sa chambre, de sentir son odeur si particulière de jasmin que j'aime tant. Je prenais ma dose d'elle pour tenir quelques jours de plus.

Adela m'aide beaucoup dans ces moments-là. Cette femme que j'ai rencontrée il y a plusieurs mois déjà est devenue un pilier sur lequel je peux me reposer. Elle est la seule qui connaît tout de ce que je ressens. Elle a vu mon attitude envers Louise, et elle a un sens aiguisé sur les gens. Il faut dire qu'avec son boulot, cela peut aider. Elle est danseuse burlesque. Je pense parfois à Little Lil, et si je sais qu'elle se doute que je me suis rapproché à un moment donné de Louise, je ne peux pas tout lui dire. Après tout, elle est son amie aussi et je veux qu'elle reste neutre. De ce fait, je me suis rapproché d'Adela et nous sommes devenus des sortes de sex friends. Lorsque j'ai envie, ou elle, nous baisons, ou nous faisons l'amour. Si j'ai envie de baiser une autre nana ou elle un autre mec, aucun souci. Nous sommes libres comme l'air. La seule chose qui nous différencie, c'est que je n'ai envie de personne d'autre pour l'instant. Je ne peux m'empêcher de penser à Louise. Et même si Adela me comble sexuellement, j'éprouve toujours un manque, quelque chose, un lien que je n'ai pas avec elle, mais que je ressens avec Louise.

Je regarde ma montre, ça fait déjà une demi-heure qu'on l'attend et ça commence sérieusement à m'emmerder.

Qu'il avertisse au moins ! Mais sans guitariste, je ne vois pas comment on va pouvoir faire. Les gars discutent tranquillement tandis que moi, je ronge mon frein…

— Putain ! Il fait chier là !

Je me lève, balance les partitions que j'ai en main et sors de la pièce sous le regard des autres, habitués à mes sautes d'humeur fréquentes ces derniers mois. Jim me répond après plusieurs sonneries.

— Ouais ?

— Ça fait une demi-heure qu'on t'attend ! Qu'est-ce que tu fous ?

— …

— Jim ! Ne me dis pas que t'as oublié ?

— Jonas… Je…

— Putain t'as oublié !

Je lui hurle dessus. Je l'entends qui parle à quelqu'un.

— T'es avec qui ?

— Écoute, Jonas, je peux venir dans… allez, une heure.

— Putain ! Tu déconnes, j'espère ? Tu crois que le studio est gratos ?

Il se met à me gueuler dessus aussi :

— Putain ! J'ai oublié OK ? Ça ne t'arrive jamais à toi ? J'avais un truc de prévu et…

— Non ! Quand ça concerne le groupe, je n'oublie pas !

J'entends une voix derrière lui que je reconnais aussitôt.

— Alors c'est pour ta gonzesse que tu nous as oubliés ? On devait enregistrer aujourd'hui, merde !

— Ce n'est pas ma gonzesse ! Elle avait besoin de quelqu'un pour l'accompagner à l'hôpital !

— Elle avait qu'à appeler un taxi !

— Jonas, merde. Je serai au studio dans une heure et…

— Laisse tomber, on va faire sans toi. Tu as qu'à rester avec ta copine...

— Jonas ! Ce n'est pas ce que tu...

Je lui raccroche à la gueule. Je ne veux plus l'entendre. Putain, ça fait presque deux mois qu'on bosse sur cette maquette, on en voit enfin la fin et monsieur joue au chevalier servant pour la pimbêche ! Mais je rêve ! Elle lui a complètement retourné le cerveau, c'est pas vrai !

Je retourne au studio en claquant la porte derrière moi.

— Allez, on s'y met !

— Et Jim ? me demande Stan.

— Oublie-le pour aujourd'hui ! On va faire sans lui.

Je prends ma guitare et vais m'enfermer dans le bocal. Je vais faire sa partie et je poserai ma voix plus tard. Je respire un bon coup pour oublier où et avec qui il est. Qu'est-ce qu'il fout avec elle à l'hôpital ?

— Jonas ? C'est bon pour toi ?

— Ouais, on y va.

Je commence à poser les accords sur la guitare et oublie tout. Je me concentre sur la musique que je joue. Cette maquette représente notre résurrection en tant que groupe. Après plusieurs chansons, je vois la porte qui s'ouvre sur Jim, essoufflé. Il attend que nous ayons terminé pour entrer dans le bocal en enlevant son blouson et son sweat. Je le regarde en levant un sourcil.

— C'est bon, je suis là, maintenant.

Je me lève sans rien dire, pose la guitare sur son socle et sors pour prendre ma place derrière le micro. Lorsque je passe la porte, je l'entends me dire :

— Putain, Jonas...

Je ferme les yeux pour me concentrer, mais le fait de savoir qu'il était avec elle il y a quelques minutes à peine, je n'y arrive pas. J'ai l'impression de sentir son odeur sur lui, cette odeur de jasmin que j'aime tant. Impossible de me concentrer alors qu'il n'est qu'à quelques mètres de moi. Après plusieurs prises ratées, je dois sortir. Je m'assois sur un banc en fumant une clope tout en regardant le ciel.

— Je suis désolé.

Je ne relève pas et continue de fumer en faisant comme si je ne l'avais pas entendu. Il m'arrache la clope de la main pour la porter à sa bouche.

— Tu serais dans cet état si j'avais été en retard pour une autre raison ?

Je le fixe en fronçant les yeux.

— Qu'est-ce que tu racontes ?

— Si j'avais été avec Little Lil ou quelqu'un d'autre, est-ce que tu serais dans cet état ? Ou tu m'en veux juste parce que j'étais avec elle ?

— Arrête ! Tu dis n'importe quoi !

— Mais ouvre les yeux, Jonas ! Tu fais la gueule parce que j'étais avec elle. Avec Louise. Même pas parce que j'étais en retard. Tu es jaloux ! Tu ne supportes pas qu'elle m'apprécie et qu'elle te déteste pour ce que tu lui as fait !

— Mais arrête de dire de la merde, putain. Et tu peux me dire ce que je lui ai soi-disant fait ?

— Tu lui as volé ses souvenirs, Jonas…

— Je ne les lui ai pas volés, elle les a toujours avec elle, c'est du gros n'importe quoi, sérieux !

— Tu ne comprends toujours pas, hein ?

— Faut croire que non !

Je me lève et rentre au studio. Je me remets derrière le micro et essaie de penser à quelqu'un d'autre. Mais rien que de voir les paroles sur les partitions, je repense à elle. Je les ai écrites en pensant à elle, au mal que j'avais à la savoir avec un autre que moi… Jim se met en place et nous recommençons encore et encore. Après plusieurs heures d'enregistrement, nous décidons d'aller manger un morceau à notre restaurant habituel.

Quelle n'est pas ma surprise de la trouver là, assise à une grande table en train de boire un verre avec Little Lil et d'autres potes qui nous attendaient sûrement. J'hésite à faire demi-tour, mais je ne peux m'empêcher de la regarder. Mon cœur entame une danse frénétique que je n'arrive pas à contenir. Je la détaille des pieds à la tête, des frissons parcourent ma peau, mon ventre se tord, je commence à être à l'étroit dans mon jean. Je me retiens pour ne pas m'avancer vers elle et l'embrasser. Je n'ai qu'une envie, c'est de l'amener avec moi et qu'on se retrouve seuls tous les deux pour lui montrer à quel point elle m'a manqué, à quel point j'ai toujours envie d'elle, mais est-ce qu'elle me suivrait ?

Ses cheveux ont poussé, elle est maquillée plus qu'à son habitude, ses vêtements aussi ont changé. Il faut croire que quelques mois passés à côtoyer Little Lil l'ont transformée. Elle se tourne vers moi et nos regards ne peuvent se détacher. Ses yeux couleur miel montrent leur étonnement et leur surprise en me voyant. Mon intuition me dit de foncer, de me diriger vers elle et la prendre dans mes bras, mais ma raison me dit que non. J'ai l'impression qu'elle en a autant envie que moi, qu'elle a envie de venir vers moi. Mais elle détourne son regard sous l'intensité du mien. Je vois ses joues rougir. Est-ce que je lui fais toujours autant d'effet ? Est-ce qu'elle ressent la même chose que moi ? Je vois Jim qui s'avance vers elle, et je reviens brusquement à la réalité. J'attrape mon téléphone et envoie un message à Adela. Que le jeu commence.

CHAPITRE 8
Louise

Je sens mes joues devenir écarlates. Je baisse le regard face à ses yeux gris orage qui me scrutent sans retenue. Depuis qu'il est entré, je n'ai qu'une envie, sentir son odeur, ses bras tatoués autour de moi, la chaleur de son corps contre le mien. Mon cœur et mon ventre ont envie de revivre tous ces bons moments en sa compagnie. Jim s'approche de moi et coupe notre connexion visuelle. Je redescends immédiatement sur terre. Mais qu'est-ce qu'il fait là ? Lily m'a dit qu'il n'y aurait que quelques personnes en plus avec nous. Moi qui voulais profiter de ma soirée sans ce plâtre après plus de deux mois d'immobilisation, c'est raté ! Jim s'avance vers moi sous le regard torve de Jonas. Il m'enlace, me fait une bise sur la joue et s'assoit à côté de moi.

— Ça va ma belle ? Enfin libérée ?

— Carrément. Je suis libre de mes mouvements, plus de béquilles, rien !

— Mais tu dois faire encore attention, non ?

— Oui, maman. Non, je dois commencer la kiné lundi pendant quelques semaines encore et ensuite, ce ne sera plus qu'un mauvais souvenir !

— Alors à la tienne, ma jolie.

Nous trinquons ensemble et buvons nos bières en souriant. Un homme face à Jim lui demande :

— Qu'est-ce qu'on fête, Jim ?

— La liberté de Louise !

— Cool ! Alors, célibataire ?

Il me fait un clin d'œil. Je recrache ma bière dans mon verre et manque de m'étouffer. Jim et Little Lil explosent de rire. Il me tape dans le dos gentiment pour que je me calme enfin.

— J'ai toujours été célibataire ! On fête la libération de mon plâtre !

Le gars face à moi me regarde avec un petit sourire.

— Mais ça ne change rien au fait que tu sois célibataire !

Je ris et trinque avec lui. Je sens sur moi le regard de Jonas, qui est de l'autre côté de la table à quelques places sur ma droite. Jim est assis à ma gauche et Little Lil est face à moi. Lorsque tout le monde est enfin assis, nous commandons tout en discutant tranquillement. Jim nous parle de l'avancement de leur maquette. Ils parlent tous de musique, de concert… Après quelques verres et les entrées, je sens à nouveau les yeux de Jonas posés sur moi. Lorsque je relève le visage vers lui, il me fixe intensément, je n'arrive pas à me détacher de ses yeux ardoise, mais lorsque je sens mes joues devenir écarlates, je baisse le regard pour ne pas qu'il devine ce que je ressens sous ses yeux inquisiteurs.

Il me fait toujours autant d'effet, c'est indéniable.

Mais je ne dois pas oublier ce qu'il m'a fait. Il a profité de moi pour obtenir ce qu'il voulait et je suis toujours énervée contre lui. Son visage s'illumine lorsqu'il regarde derrière moi, il se lève alors que je le suis du regard. Il accueille une magnifique brune. Je ne l'ai jamais vu sourire autant, il la serre dans ses bras et lui murmure quelque chose à l'oreille. Elle le regarde dans les yeux avec un petit sourire et effleure ses lèvres avec les siennes. C'est un baiser chaste mais si sensuel que j'ai l'impression que mon cœur vient de se briser. Je me rends compte qu'elle n'est pas comme les autres qu'il baise entre deux portes. Il y a plus, beaucoup plus entre eux, et ça me fait mal, très mal.

Je ne peux détacher mon regard de cette femme, elle dégage une sensualité et un sex apeal évident. Elle porte une robe qui lui arrive au-dessus des genoux tout droit sortie des années 50. Ses jambes interminables sont perchées sur de hautes bottes à talons et son décolleté met en avant ses magnifiques seins sans trop en montrer. Tout est suggéré.

Lorsqu'ils passent devant moi, je baisse les yeux pour que Jonas ne voie pas mon trouble. Sa main est posée sur sa taille, la sienne sur son bras. Je ne l'ai jamais vu aussi avenant avec quelqu'un, surtout avec une femme. Tout le monde se décale pour lui faire une place. Elle se retrouve à la droite de Little Lil et donc presque face à moi. Je sens son regard sur moi. Lorsque je relève les yeux, je plonge dans les siens. Ils sont vairons. Magnifiques, relevés par un trait d'eye-liner noir. Alors qu'elle me sourit, j'ai comme l'impression qu'elle me connaît déjà. Son regard se détourne lorsque Jonas lui parle. Mon cœur se serre à nouveau lorsqu'elle lui adresse un magnifique sourire et prend le verre qu'il lui tend. Ils sont si proches, si complices, il lui chuchote des choses à l'oreille et je vois son sourire illuminer son visage.

Après le dessert et plusieurs digestifs, l'ambiance s'est un peu détendue. J'ai bu, plus que de raison, mais le voir avec cette femme magnifique me rend jalouse. Il est avenant, lui touche le bras, sa main repose sur sa cuisse de temps en temps, il lui remet une mèche derrière son oreille. Toutes ces petites attentions sont comme des piques que l'on m'enfonce dans le cœur. C'est avec la tête qui tourne un peu que je me lève pour suivre tout le monde qui sort. Little Lil vient vers moi.

— Tu viens avec nous ?

— Heu… Oui. Où ?

— Dans un endroit où je suis sûre que tu n'as jamais mis les pieds, Louise ! Partante ?

— Oui, pourquoi pas ?

— Parfait ! Je monte avec les gars, tu suis avec Jim ?

— Ça marche !

Je cherche Jim du regard. Lorsque je le vois enfin, il est en pleine discussion avec la compagne de Jonas alors que lui a disparu. J'hésite un peu avant d'avancer vers eux, elle m'intimide, elle est si belle, si sûre d'elle, si féminine… Je me sens banale avec mon jean noir, mes bottes plates par-dessus et mon chemisier blanc. Lorsque j'approche d'eux, Jim me sourit.

— Hey, ma belle ! Tu viens avec nous pour la suite ?

— Heuuuu… Oui ! Je ne sais pas où on va, mais je viens !

J'ai l'impression d'avoir trop bu, mais j'assume, cela me permet d'accepter plus facilement le rapprochement de Jonas avec cette femme. Elle se rapproche de mon oreille et me susurre :

— Tu vas adorer, ma belle.

Même sa voix est sensuelle et douce. Mon esprit me montre des images d'eux ensemble et j'ai tout de suite envie de vomir.

Un SUV noir se gare devant nous. Jonas. Et merde, je l'avais presque oublié, lui… Adela monte à l'avant tandis que Jim m'ouvre la porte pour que je monte à mon tour. Je me retrouve coincée entre lui et le gars qui me drague depuis qu'il a appris que j'étais célibataire. Lorsque je relève les yeux, je croise ceux gris acier de Jonas dans le rétroviseur. J'ai l'impression qu'il va me bouffer, mais il rompt notre connexion lorsque Jim lui dit :

— On y va quand tu veux !

Je ne peux m'empêcher de le regarder. Il est toujours aussi beau, c'est évident. Mais quelque chose a changé chez lui. J'ai l'impression qu'il est moins en colère qu'il y a quelque temps, il a l'air plus posé. Est-ce que c'est grâce à Adela ? Il la regarde de temps en temps avec un sourire en coin, mon cœur se serre lorsque sa main se pose sur sa cuisse dénudée et qu'elle pose sa main sur la sienne, ils ressemblent à un vieux couple. Je ferme les yeux pour ne plus voir ça et pose ma tête sur le dossier.

— Ça va, ma belle ?

J'ouvre les yeux et tourne la tête pour tomber dans ceux de Jim qui me regarde, inquiet.

— Ça va.

Il pose sa main sur ma joue et se rapproche un peu plus de moi.

— Je suis là si tu veux… Toujours…

Je jette un œil devant moi et aperçois Jonas qui me regarde. Les voir si proches me fait du mal, j'ai besoin de réconfort et la chaleur du corps de Jim contre le mien soulage un peu ma douleur. Après tout, Jonas est avec Adela, maintenant, et ils ont l'air de bien s'entendre. Je m'avance vers la bouche de Jim qui est si proche et l'embrasse tendrement. Son baiser se fait tendre et sensuel. Sa main se pose sur ma nuque pour me rapprocher un peu plus de lui. Je passe ma jambe sur la sienne…

— Hey ! Prenez une chambre !

On s'écarte tout à coup.

— Tu n'es plus célibataire, j'imagine ?

J'éclate de rire devant la mine déconfite de mon voisin dragueur.

— Hey non, mec ! Louise n'est plus célibataire…

Jim lui sourit en posant sa main sur ma cuisse. Je sens le regard de Jonas sur nous. En relevant les yeux vers lui, je vois ses sourcils froncés, sa mâchoire serrée, il a l'air contrarié. Est-ce qu'il est en colère ? Il se tourne vers Adela alors qu'il vient de s'arrêter à un feu. Il s'approche d'elle et l'embrasse à pleine bouche, elle répond à son baiser avec entrain. Mon cœur se serre à nouveau, surtout lorsque je vois sa main qui monte sur sa cuisse et qui passe sous sa robe pour découvrir ses bas. Je pose ma tête sur le torse de Jim et passe ma main sous son polo noir. Je sens ses abdos se contracter.

— Sérieux, ça va finir en partouze ! Magne-toi d'arriver, Jonas ! À moins que vous ayez besoin d'un cinquième, je suis partant ! Avec deux femmes aussi magnifiques qu'elles, je ferais n'importe quoi !

On éclate tous de rire. Jonas se détache de sa compagne et continue sa route. Il se gare dans un parking souterrain et nous avançons tous vers une rue où énormément de personnes se pressent devant un club. Ils font la queue pour entrer. On va y passer des heures. Alors que je pense que nous allons dans ce club, on passe devant et nous tournons dans une petite ruelle adjacente. Adela s'arrête devant une porte rouge et frappe. On lui ouvre la porte immédiatement. Un homme qui ressemble énormément à Thor lui sourit et la prend dans ses bras.

— Chérie ! Tu devrais aller calmer Aaron !

— J'ai eu un petit contretemps. Je te présente des amis.

Thor nous scrute et nous laisse entrer.

— Les amis d'Adela sont nos amis…

Il me regarde des pieds à la tête puis regarde Adela.

— Oui, je sais, mais elle ne savait pas où elle mettait les pieds ce soir. Je m'en occupe…

Je la regarde en levant un sourcil. Elle me sourit et nous la suivons en nous dirigeant vers la musique et la salle. Je m'arrête net en découvrant l'endroit où nous sommes. J'ai l'impression de replonger des années en arrière. Je suis purement et simplement dans un cabaret. Les lumières sont tamisées, les tables sont rondes avec des chaises anciennes autour, des petites lampes sur chacune d'elles. Les gens sont tous très bien habillés, sexy, très sexy pour les femmes qui portent toutes une jupe ou une robe ainsi que des talons. Les hommes sont presque tous en costumes, ils ont la classe. J'aperçois un homme qui nous fait de grands signes derrière le bar. Il est magnifique. Un grand brun avec des bras qui font la grosseur de mes cuisses, une chemise blanche ouverte sur un torse parfait, un gilet sans manches gris… Je suis sous le charme. Nous avançons vers lui en suivant Adela. Il la serre dans ses bras en la faisant voler.

— Putain Adela ! J'ai cru que tu n'arriverais jamais !

— C'est bon, Aaron ! Je suis là !

— Allez, va vite te changer. Je m'occupe d'eux !

Elle se dirige sur le côté de la scène et se retourne en me faisant signe de la suivre. Je jette un coup d'œil à Jim, qui me fait un signe d'approbation de la tête. Je ne dis rien et m'exécute. Je sens malgré tout le regard de Jonas qui pèse sur nous. Je suis certaine qu'il nous compare, je n'ai aucune chance face à cette magnifique femme.

— Une certaine tenue est exigée pour entrer ici… Je vais te prêter quelques vêtements, ça te va ?

Je hoche la tête sans rien dire. J'ai remarqué les femmes autour de moi et il est vrai que je fais tache dans le décor. Je la suis jusqu'à une loge où elle entre sans frapper. Je reste sur le seuil, la bouche ouverte. Il y a des centaines de robes, de boas, de lingeries de toute sorte et de toutes les couleurs pendues le long du mur.

— Ferme la bouche, Louise ! Bienvenue dans mon univers…

— Mais… Je…

— Choisis-en une, ou une jupe si tu préfères, je dois me préparer…

— Te préparer ?

— Oui, pour la scène.

Elle me fait un clin d'œil et passe derrière le paravent en ayant attrapé au passage un bustier noir ainsi que d'autres vêtements que je n'ai pas pu voir. Je regarde tous ses vêtements et porte mon dévolu sur une jupe noire en cuir ainsi que de magnifiques chaussures à talons rouges qui me font penser à Mary Poppins… Lorsqu'elle sort de derrière le paravent, je suis scotchée. Elle s'est métamorphosée sous mes yeux. Elle porte une robe noire magnifique qui tombe au sol. Elle s'assoit pour se maquiller et finit son maquillage avec une touche de rouge cerise sur les lèvres. Elle se lève et me tourne autour.

— Tu sais que tu es belle, Louise ?

Je ne peux m'empêcher de rire à sa question. Elle se fiche de moi ?

— Non, je suis insignifiante. Toi, tu es magnifique, Adela, tu attires tous les regards.

— Ça, c'est parce que j'ai appris à me mettre en valeur, ma jolie.

Elle se dirige vers son dressing immense et me tend un bustier noir à lacets ainsi qu'une veste en cuir rouge courte.

— Enfile ça.

— Je… Mais…

— Fais-moi confiance, ma belle.

Après tout, pourquoi pas ?

Je me regarde dans le miroir, mais ne me reconnais pas. Je me trouve belle et sexy. Et j'adore définitivement ses chaussures…

— Elles te plaisent ?

— Quoi ?

— Les chaussures de Mary Poppins, elles te plaisent ?

— Elles sont magnifiques.

— Elles sont à toi.

— Sérieux ? Non, je ne peux pas accepter, Adela, elles doivent coûter une blinde et…

— Et j'ai largement de quoi m'en payer une autre paire !

Elle me fait un clin d'œil et sort. Je la suis, elle se dirige vers la scène alors qu'un technicien m'indique la salle. Je rejoins le groupe, ils ont tous les yeux rivés sur la scène d'où une femme en sort en petite tenue. Je me dirige vers la seule place de libre… entre Jim et Jonas face à la scène. Je me demande s'ils le font exprès, parfois. Je tire la chaise vers moi pour m'asseoir, lorsqu'ils se retournent vers moi.

— La place est réserv…

Jim s'arrête net en me regardant.

— Ferme la bouche, Jim. Tu vas avaler une mouche.

Lily éclate de rire et je lève les yeux au ciel.

— Lily !

— Tu es une putain de bombasse, tu sais ça, ma belle ?

— Lily, ton langage !

Elle tire la langue à Jonas et lui tourne le dos en croisant les bras sur son torse. Je baisse les yeux vers lui et rougis en sentant son regard scrutateur me détailler des pieds à la tête. Nous nous retrouvons dans l'obscurité, seules les petites lampes sur les tables éclairent les tables. Cela donne une ambiance très intimiste à la salle. Je ne peux empêcher mon corps de réagir face à la proximité de celui de Jonas. Nos cuisses se touchent presque, je sens à chacun de ses mouvements son parfum qui me replonge dans les moments intimes que nous avons partagés.

— Mesdames et messieurs...

Mes pensées sont stoppées par une voix suave et sensuelle qui s'élève de la scène. Adela apparaît. Elle est juste magnifique sous la lumière des projecteurs. Je me retourne vers Jonas et me rends compte qu'il me fixait. Il se détourne, pris sur le fait. Elle continue.

— Bienvenue au Double A. Aaron et moi-même sommes heureux de vous accueillir ce soir.

Un tonnerre d'applaudissements accompagne ses paroles.

— Nous espérons que vous passerez une agréable soirée en notre compagnie... Comme à votre habitude...

Elle fait une bise sur sa main et l'envoie vers le public avec un clin d'œil.

— Ce soir, un ami très cher et très talentueux va m'accompagner...

Elle regarde dans notre direction alors que Jonas se lève et la rejoint sur la scène. La voix suave d'Adela nous enveloppe alors que la scène s'éteint :

— Que le spectacle commence.

Jonas s'assoit au piano et ajuste le micro devant lui. Depuis quand est-ce qu'il remonte sur scène ? Et depuis quand il chante ? Lily se retourne vers Jim et moi d'un air interrogateur. Celui-ci hausse les épaules et lui fait signe de regarder. Une lumière s'allume sur lui. Il a enlevé son blouson. Son tee-shirt noir en V moulant laisse apparaître ses bras tatoués et musclés. Une autre lumière éclaire Adela. Ils se regardent, c'est assez intense vu de la salle. Il commence à jouer les premières notes au piano. Je reconnais immédiatement la mélodie de Beyoncé, Crazy in love.

Got me looking, so crazy, my baby,
I'm not myself, lately i'm foolish, i don't do this,
I've been playing myself, baby I don't care,
Cuz your love's got the best of me
And baby you're making a fool of me,
You got me sprung and I don't care who sees,
I look and stare so deep in your eyes
I touch on you more and more every time
When you leave i'm begging you not to go
Call your name two or three times in a row
Such a funny thing for me to try to explain
How i'm feeling and my pride is the one to blame
Cause i know i don't understand
Just how your love your doing no one else can
Got me looking so crazy right now, your love's
Got me hoping you'll page me right now, your kiss
Looking so crazy in love's

Tu me fais avoir l'air, si folle, mon bébé

Je ne suis plus moi-même, récemment je deviens idiote, je ne fais pas ça

Je me suis joué de moi, bébé je m'en fous

Parce que ton amour donne le meilleur de moi
Et tu fais de moi une imbécile
Tu me fais rejaillir et je me fous de qui le voit
Je te regarde et te fixe profondément dans les yeux
Je te touche de plus en plus chaque fois
Quand tu pars je te prie de rester
Je t'appelle deux ou trois fois dans la foulée
C'est une chose étrange pour moi d'essayer d'expliquer
Comment je me sens et ma fierté est la seule à blâmer
Parce que je sais que je ne comprends pas
Juste comment ton amour peut faire ce que personne
d'autre ne peut
Tu me fais avoir l'air si folle maintenant, ton amour
Me fait espérer que tu vas m'appeler maintenant, tes
baisers
Me font espérer que tu vas me sauver maintenant
J'ai l'air follement amoureuse

Il joue lentement, beaucoup plus que la mélodie officielle. Lorsque sa voix suave commence à chanter les premières notes, je défaille, mon corps est parcouru de frissons, je nous revois ensemble, enlacés. Mais c'est Adela qu'il regarde intensément, elle le regarde de la même façon. Cette femme magnifique commence à s'effeuiller petit à petit. Ils sont beaux tous les deux, le couple parfait. Je ne peux que m'incliner face à ces deux êtres tant faits l'un pour l'autre. Lorsque les gants d'Adela sont au sol, elle continue avec ses chaussures qu'elle délace sensuellement, puis elle en vient à sa robe. Elle défait les boutons un à un tout en fixant intensément Jonas, il n'y a plus qu'eux. Elle qui se déshabille pour lui, lui qui chante pour elle. Je suis bouleversée devant tant d'évidence.

Je sens une boule qui se forme dans ma gorge, mes larmes commencent à inonder mes yeux qui ne voient que ce couple si beau et si parfait. Je me lève discrètement alors que tous les regards sont rivés sur eux. C'en est trop pour moi. Je me dirige vers les toilettes et m'assois sur le lavabo en attendant que le supplice se termine. Mais qu'est-ce qui me prend ? Est-ce de la jalousie ? Mais pourquoi ? Je le hais pour ce qu'il m'a fait, je le déteste, il m'a pris une partie de mes souvenirs.

J'entends les applaudissements et décide de les rejoindre. Je me retourne vers le miroir et ce que je vois fait peur. Une femme triste et morte de jalousie qui vient de pleurer. Je m'essuie le visage avec un mouchoir mouillé, souffle un bon coup et souris à mon reflet dans le miroir. Pathétique. Je revêts un masque, celui qui dit à tous que je me sens bien, que je suis heureuse d'être ici, alors que je n'ai qu'une envie : partir en courant pour ne plus avoir à supporter leur parfait petit couple.

J'ouvre la porte et me retrouve face à Jonas. Mon cœur accélère alors que son corps fait barrage au mien. Il ne bouge pas. Moi non plus.

— J'aimerais passer s'il te plaît, Jonas.

— Tu as retrouvé la parole ?

— Je ne l'ai jamais perdue.

— Oh, alors c'est juste avec moi peut-être ?

— Bouge, Jonas.

J'essaie de le repousser, mais il m'attrape par le bras et me fait entrer dans les toilettes. Il ferme à clé et me pousse jusqu'au lavabo. Son regard se rive au mien.

— Louise… C'est quoi ton problème ?

— Je n'en ai pas. Alors, lâche-moi et laisse-moi partir.

— Pourquoi n'es-tu pas restée regarder ?

Je veux baisser la tête, mais il m'attrape le menton pour que je le regarde. Je ferme les yeux pour échapper à ses yeux gris acier.

— Une envie pressante…

— Oh, c'est vrai qu'à ton âge, tu ne peux pas te retenir quelques minutes…

— …

— Tu n'as pas apprécié ?

— Si. Elle est magnifique…

— Oh, ma petite Louise… Ferais-tu un complexe d'infériorité face à Adela ?

J'ouvre les yeux pour tomber dans ceux inquisiteurs de Jonas

— Quoi ? Mais qu'est-ce que…

— Il est vrai qu'elle est magnifique, et pas compliquée du tout, tu vois, et son caractère… Parfaite…

Je sens les larmes affluer, j'essaie de les contenir mais cela devient compliqué. Mais comment est-ce qu'il peut me rabaisser ainsi ? En fait, ce connard ne changera jamais. Monsieur Connard est de retour et je le hais.

— Alors pourquoi es-tu ici avec moi ?

— Oh, parce que je voulais te revoir pour me rendre compte qu'avec elle j'ai gagné sur tous les plans…

Il s'avance au plus près de moi et touche une mèche de mes cheveux en énumérant lentement :

— Elle est dans la lumière… Magnifique… Sensuelle… Femme…

Je ne retiens plus mes larmes ni la boule qui s'est formée dans ma gorge. Il se rapproche encore plus et me susurre :

— Ce que tu ne seras jamais, malgré tous les déguisements du monde…

Il se retourne et sort, me laissant là, comme la merde que je suis.

CHAPITRE 9
Jonas

Je me dépêche de sortir avant de faire demi-tour et de la prendre dans mes bras pour l'embrasser. Je sais que je lui fais du mal en lui crachant tout mon venin à la gueule, mais le fait de la voir avec Jim dans la voiture à se rouler des pelles, ça m'a foutu en rogne.

Ils font ce qu'ils veulent dans l'intimité, les imaginer ensemble a été compliqué, mais les voir là, sous mes yeux, impossible. Il fallait qu'elle paie pour ça. Et la mettre plus bas que terre est le meilleur moyen pour moi.

Je m'assois à ma place en attendant Adela. Louise met un petit moment avant de revenir vers nous. Je l'observe qui s'avance vers la table, elle est juste magnifique. Adela est belle, c'est vrai, mais elle est trop sûre d'elle pour moi. Je préfère les petites choses fragiles comme Louise. Ce bustier à lacets et cette jupe noire sont un appel à la débauche. Je me demande si elle porte des bas et des porte-jarretelles sous cette jupe. Je vais devoir trouver un moyen pour voir ça. Le côté rock de son blouson rouge et de ses chaussures lui va bien. Elle devrait vraiment changer de style… Elle est définitivement trop sage…

Jim se retourne vers elle, elle s'assoit et il lui murmure quelque chose à l'oreille. Elle sourit et le rouge lui monte aux joues. C'est incroyable comme elle est transparente, elle ne peut s'empêcher de rougir lorsqu'on lui fait des compliments ou quand on parle de sexe avec elle. C'est ce genre de détail qui me fait douter sur ma nouvelle théorie selon laquelle Lina et Louise seraient la même personne. Est-ce que Lina rougirait de la sorte si on lui parlait de sexe ? Je ne pense pas. Adela nous rejoint, suivie d'une serveuse qui porte un plateau avec plusieurs bouteilles de champagne.

— À votre santé Messieurs Dames ! C'est la maison qui offre !

On dépose devant nous les bouteilles. Nous en attrapons chacun une avec Jim et sans nous concerter, nous les secouons avant de faire sauter les bouchons et d'asperger tout le monde autour.

— À notre renaissance ! crie Jim.

— À votre retour sur scène ! hurle Little Lil.

— À l'amour ! crie le gars qui était dans la voiture avec nous tout à l'heure. Tout le monde s'arrête pour le regarder.

— Ben quoi ?

Et exploser de rire ensuite. Nous sommes tous trempés. Le champagne coule à flots. Adela vient s'asseoir sur mes genoux, car toutes les chaises sont prises, sa jupe couvre à peine ses cuisses, et je peux apercevoir son bustier sous son chemisier transparent. Elle bouge sur moi, je pose ma main sur le haut de sa cuisse et remonte petit à petit, mes doigts passent sous sa jupe. Je relève la tête et vois le regard de Louise qui passe de ma main sur la cuisse d'Adela à mes yeux. Nous nous fixons un moment jusqu'à ce qu'elle tourne le visage et passe une jambe sur celle de Jim. Sa jupe remonte sur le haut de ses jambes. Celui-ci paraît surpris, mais il lui sourit et pose une main sur sa cuisse tout en continuant de discuter avec un gars à côté de lui. Louise passe sa main dans son dos et le caresse tout en posant sa tête sur son épaule. Très bien, elle veut jouer, allons-y. Je me penche vers Adela :

— Si tu n'arrêtes pas de bouger ton cul sur moi, je te prends là, sur cette chaise devant tout le monde…

Pour toute réponse, Adela bouge de plus belle. Elle se penche en avant pour attraper quelque chose sur la table et me met son cul sous le nez. Elle le fait exprès car elle sait que Louise nous observe. Elle se rassied et pose son dos contre mon torse et me susurre :

— Je suis toute à toi, Jonas…

Elle prend mes mains et les repose sur le haut de ses cuisses et continue de bouger. Elle sait y faire.

— Lève-toi.

Elle se lève et me tend la main pour que je la suive, tout le monde nous regarde, Jim me fait un clin d'œil et Louise reste sans voix. Je vois du dégoût dans son regard mais je l'ai bien cherché, après tout je devais la choisir elle et non Adela.

— On revient, leur dit Adela.

— Bonne baise !

Nous crie quelqu'un.

Nous rions ensemble et filons vers sa loge. Nous n'avons pas le temps d'arriver, Adela m'embrasse dans le couloir. L'envie devient pressante, nous nous arrêtons aux toilettes sur notre passage. Nous entrons dans une cabine en nous embrassant à en perdre haleine. Je sens ses mains partout sur mon corps, sur ma ceinture, ma braguette, je pose mes mains sur elle, je défais ses vêtements, nous sommes dans l'urgence, j'ai envie d'elle, de l'entendre crier sous mes assauts, besoin de ne plus penser à Louise et ses yeux larmoyants. Je découvre ses seins magnifiques que je lèche, que je mords sans retenue, elle ne retient pas ses gémissements de plaisir. Elle baisse mon pantalon et me prend en bouche. Je suis déjà tendu, je sens la chaleur de sa langue sur mon sexe, elle fait des mouvements plus rapides, je l'attrape par les cheveux pour qu'elle se relève et l'embrasse à pleine bouche. Il faut que je la possède là, je ne tiens plus. Je la retourne contre le mur, elle relève sa robe pour dévoiler ses jambes habillées de bas et de porte-jarretelles. Je décale sa culotte et m'enfonce en elle d'une poussée. Je l'attrape par les hanches et la baise sans ménagement, nos peaux claquent, nous gémissons ensemble. Elle appuie ses mains sur le mur sous mes assauts :

— Oh oui, Jonas… Oh encore… Plus vite, Jonas, encore…

Je ne peux me retenir lorsqu'elle me dit des choses comme ça. Adela aime le sexe brut, sans fioriture.

 Le silence règne autour de nous, seuls nos souffles rapides se font entendre. Elle se retourne et m'embrasse à pleine bouche. Je ferme les yeux et le visage de Louise apparaît devant moi. Je souffle. Mais pourquoi est-ce que je pense à elle maintenant ?

— Tu penses à elle, n'est-ce pas ?

Adela tient mon visage entre ses mains, ses yeux hétérochromes me fixent intensément.

— Jonas…

— Je… Après… Je ne sais pas…

Elle me fait un baiser chaste sur les lèvres tout en me fixant toujours.

— Vous savez que vous êtes complètement bêtes tous les deux ? Ça en devient même ridicule !

Elle se recule en boutonnant de sa robe.

— Vous devriez vous parler, Jonas, pour votre santé mentale à tous les deux...

— Tu sais que tu racontes n'importe quoi !

— Ça crève les yeux ! À croire qu'il n'y a que vous qui ne voyez rien ! Vous vous voilez la face. Mais pour elle, pour vous et un peu pour moi... Parlez...

Je la regarde, ne comprenant pas tout de suite ce qu'elle veut me dire. Ça a toujours été clair entre nous. Nous sommes amis et plus lorsque nous en avons besoin, mais je me rends compte que notre relation évolue pour elle, Adela commence à développer des sentiments pour moi, même si pour moi rien n'a changé. Je la prends dans mes bras pour lui montrer qu'elle se trompe.

— Viens là, ma belle...

Elle renifle. Je veux la regarder dans les yeux, mais elle me sert un peu plus pour que je ne voie pas son visage.

— Je t'apprécie énormément, Jonas, alors arrête de tout gâcher pour un ego à la con.

Je ris, car elle a entièrement raison.

— Je t'adore, tu sais ?

— Moi aussi, Jonas, moi aussi... Bon, on bouge ?

Elle se détache de moi et me tourne le dos, mais j'ai pu apercevoir son mascara qui a coulé ainsi que ses yeux rougis. Jamais je n'aurais pensé qu'Adela soit tant attachée à moi.

Je la regarde qui se remaquille devant le miroir de sa loge. J'ai toujours adoré regarder une femme se maquiller, elles sont tellement concentrées, avec leur langue sortie. Je suis adossé au chambranle de la porte à l'observer lorsque nos yeux se croisent.

— Tu devrais aller la rejoindre et lui dire ce que tu ressens, Jonas...

— Je ne pense pas que ce soit le bon moment. Et puis…
Je m'avance vers elle, elle me sourit.

— J'ai promis à une bonne amie de finir la soirée avec elle…

Je la serre dans mes bras. Nous restons ainsi un moment.

— On bouge ? Ou ils vont croire qu'on les a laissés en plan !

On sort pour rejoindre les autres en discutant de notre fin de soirée. Je regarde la table et constate que Jim et Louise ont disparu. Je cherche autour de moi et me rends compte que je ne les vois nulle part.

— Ils sont partis.

Je me retourne vers Little Lil.

— Ça va faire un quart d'heure maintenant.

— Et ?

— Jonas… Pas à moi !

— C'est bon ! Lâche-moi, Little Lil. Ils font ce qu'ils veulent, j'm'en fous.

Je m'avance vers le bar, Aaron m'accueille avec un grand sourire. La fin de soirée risque d'être sympathique. Je dois oublier qu'ils sont partis ensemble, je ne dois pas penser à ce qu'ils font en ce moment même… Je bois mon premier verre cul sec et le repose pour commencer le second.

CHAPITRE 10
Louise

Je jette les clés sur la table de l'entrée. Il est 3 heures du mat et je suis crevée. Ma cheville me fait un peu souffrir. Je prends de la glace au congélateur et la pose sur ma blessure. Jim arrive quelques minutes plus tard, après avoir garé la voiture. Il me regarde en levant un sourcil :

— La grande forme hein ?

— Ça va, elle me fait juste un peu souffrir. Je n'ai plus l'habitude de m'appuyer dessus.

Il s'assoit près de moi et je pose mes jambes sur ses genoux. Il enlève la glace et commence à me masser la cheville. Je laisse ma tête partir en arrière et savoure cet instant. Tout est calme, pas un bruit, j'apprécie ce moment. Je ronronnerais presque.

Je me réveille, car j'ai trop chaud. Je suis dans mon lit, sous la couette, seule. Je me redresse, il est 11 heures. Un mot est posé sur la table de nuit :

Ma belle, tu dormais si bien que je n'ai pas voulu te réveiller… Ça devient une habitude, on dirait… Je dois passer au studio. Je t'embrasse très fort, Louise… Jim

C'est quoi cette habitude qu'il a de me laisser des messages ? C'est gentil, mais j'ai l'impression qu'il se prend pour mon mec alors que ce n'est pas le cas. Il va falloir que nous ayons une sérieuse discussion tous les deux. Nous passons du temps ensemble, je suis bien avec lui, dans ses bras, mais je ne suis pas sûre d'avoir envie de plus. Je n'ai pas vraiment envie de me caser, et puis lorsque je suis avec Jim, je pense immédiatement à Loukas.

Je ferme les yeux et je vois la main de Jonas sur les cuisses d'Adela, sous sa jupe. Je les vois s'embrasser dans la voiture et partir je ne sais où en fin de soirée. Je sais ce qu'ils sont partis faire et j'arrive très bien à les imaginer ensemble. Adela est magnifique, sensuelle, à côté d'elle je suis insignifiante. J'imagine qu'ils ont dû passer la nuit ensemble. Ils étaient si parfaits sur scène hier soir. J'entends encore la voix de Jonas, cette voix sensuelle avec laquelle il a chanté cette chanson de Beyoncé, le regard qu'il avait pour Adela, si intense. Il y avait tant de désir entre eux, elle s'effeuillait pour lui, ils étaient seuls sur scène. Comme j'aimerais qu'un homme me regarde avec tant de désir…

J'ouvre les yeux et décide de me lever. Je dois arrêter de ressasser tout ça et avancer. Qu'est-ce que ça fait du bien d'être enfin de retour chez soi ! Il faut que je passe récupérer mes affaires dans la journée et que je réintègre pour de bon mon appart. J'envoie un message à Lily.

{Je peux passer dans la journée chercher mes affaires ?}

Elle me répond en suivant :

{Ma belle, je ne suis pas à la maison (studio), mais tu as les clés ! Fais comme chez toi ! À plus !}

Cette nana est incroyable. Elle m'a accueillie chez elle pendant presque deux mois, elle s'est occupée de moi, comme une sœur, et cela m'a énormément touchée. Je ne la remercierai jamais assez. Je décide de passer chez elle en début d'après-midi pour prendre le temps de bien tout récupérer. Je profite d'une bonne douche bien chaude sous laquelle je reste plus que de raison, mais au moins je ne crains pas que Lily débarque dans la salle de bain pour me mater. Il est vrai que je m'étais habituée à son petit manège du « Besoin de rien ? » À chaque fois que j'entrais ou que je sortais de la douche... Elle n'a pas été très discrète, mais je lui ai gentiment fait comprendre que je n'avais rien contre elle, et que je préférais de loin les hommes... Elle m'avait proposé d'essayer au moins une fois, mais j'ai refusé en rigolant, même si je savais qu'elle était très sérieuse. J'ai vu et entendu tellement de personnes chez elle la nuit que je crois que ses cris de jouissance n'ont plus aucun secret pour moi. Au moins, elle s'est vite habituée à ma présence.

Je file jusque chez elle en voiture. Ma cheville me fait toujours souffrir, mais je me dis que je vois la kiné demain et que ça ira beaucoup mieux. J'ouvre la porte avec mon jeu de clés et entre chez Lily. Je me dirige vers ma chambre lorsque je remarque des vêtements étalés au sol. Ils appartiennent visiblement à un homme... Aurait-elle oublié de me dire que sa conquête d'un soir était restée plus que prévu au lit ? Je ne m'en formalise pas et file à la salle de bain pour prendre le reste de mes affaires. Je ferme les yeux lorsque je fais tomber mon flacon de parfum dans le lavabo, sans conséquence heureusement. Alors que je continue de tout ranger dans mon sac, je sens une présence derrière moi. Je relève les yeux vers le miroir et mon cœur accélère, mes jambes ont du mal à me porter. Il est adossé à la porte, une main sur les yeux, et me dit d'une voix rauque enrouée d'un homme qui a fumé dix paquets de clopes et bu plus que de raison :

— Putain Little Lil, tu le fais exprès ou quoi ?

Je me retourne vers lui, et constate que ses yeux sont toujours fermés. Je m'adosse au lavabo et en profite pour admirer cet homme qui me fait de l'effet, bien malgré moi. Comment un être aussi abject peut-il être aussi beau ? Jonas est en boxer, ses cheveux bruns sont en bataille. Il passe une main dedans en grognant. Il a une barbe de quelques jours et je constate son air fatigué. Mes yeux descendent sur ses bras musclés couverts de tatouages qu'il vient de croiser sur son torse.

Mon cœur s'arrête, mon souffle se coupe, mon regard reste accroché à l'un d'entre eux. Une boussole, à l'intérieur de son biceps, en noir et gris, magnifique. Je pense tout de suite à Arthur, à nos conversations, au fait qu'il ait une boussole de tatouée lui aussi… Je descends mon regard sur ses abdos bien dessinés, son diable qui me tire la langue…

— Tu as fini ?

Je sursaute en remontant les yeux sur son visage et ce que je vois ne me plaît pas. Il a l'air en colère, énervé, je ne sais pas trop.

— Qu'est-ce que tu fous là, Louise ?

— Je viens chercher mes affaires.

— Et t'es obligée de foutre autant de bordel ?

Il me crie dessus.

— Jusqu'à preuve du contraire, cette chambre était la mienne…

— Était, Louise, était… Tu as laissé Jim dans ton lit ?

— Quoi ? Mais qu'est-ce que…

Je suis surprise par sa demande. Il m'énerve ! Et puis en quoi ça le regarde ?

— Et toi ? Tu devrais parler moins fort, tu risques de réveiller Adela !

Il ricane, me tourne le dos et repart vers la chambre en marmonnant un :

— Mais quelle emmerdeuse !

Je ne peux m'empêcher de le regarder s'éloigner. L'arbre dans son dos est magnifique, il prend tout un côté et remonte jusque sur son épaule. Ses jambes sont aussi tatouées...

— Arrête de me mater, Louise !

Je me retourne vers le miroir et remarque mes joues rougies d'avoir trop regardé son corps qui malgré tout me manque. Je dois prendre mes affaires dans la penderie de la chambre, j'allume le plafonnier et entends un grognement...

— Putain, la lumière !

— Je prends juste mes affaires et je m'en vais...

J'ai un autre grognement comme réponse. Je me permets de regarder dans le lit et remarque qu'il est seul, pas d'Adela. Elle est peut-être déjà partie. J'attrape une chaise pour attraper mon sac qui est sur l'étagère du dessus.

— Putain ! Mais tu le fais exprès ou quoi ?

Je sursaute encore une fois, je n'ai pas le temps de réagir que je le vois qui saute de son lit et me fonce droit dessus, il ne s'arrête qu'à quelques millimètres de moi, son souffle chaud sur ma peau.

— Tu t'es dit : tiens, et si j'allais emmerder Jonas ce matin en l'empêchant de dormir !

— Tu dis n'importe quoi ! Je ne savais même pas que tu étais là ! Et puis qu'est-ce que tu fais dans ma chambre ? Où est Adela ?

— Je fais ce que je veux, dors où je veux et avec qui je veux !

Son regard m'hypnotise, je n'arrive pas à détacher mes yeux des siens. Mon cœur bat plus vite, ma respiration se fait plus courte. Il se rapproche de moi, ses yeux couleur acier me subjuguent, je ne peux plus bouger. Nous restons ainsi pendant ce qui me semble être une éternité, jusqu'à ce que mon téléphone dans ma poche sonne. Nous sursautons tous les deux et nous écartons l'un de l'autre. Un message de Lily :

{Jonas doit encore dormir… Essaie de ne pas le réveiller…}

Je souris en le lisant. Elle aurait pu me le dire avant ! Je lui réponds :

{Trop tard… L'ours est réveillé…}

{Fuis !!! Va te mettre à l'abri au plus vite !!!}

Je ris ouvertement en lisant le message jusqu'à ce que mon téléphone s'évapore. Jonas le tient entre ses mains :

— Je peux savoir ce qui te fait te marrer ?

Il lit les messages en même temps. Il relève les yeux vers moi en fronçant les sourcils.

— Tu aurais dû suivre son conseil…

Il se rapproche de moi lentement, tel un prédateur.

— Lequel ?

— De fuir… Au plus vite…

Il s'avance vers moi, m'attrape et me jette sur son épaule.

— Jonas ! Mais qu'est-ce que tu fais ? Lâche-moi !

— J'en ai marre de t'entendre…

Je lui donne des coups de poing sur le dos, les fesses, il me maintient quand même et se dirige vers la salle de bain. Je hurle de plus belle en devinant ce qu'il veut faire et continue de le frapper. Il me stoppe en remontant ma robe sur la taille et en me mettant une fessée.

— Jonas ! Merde ! Qu'est-ce que…

J'entends l'eau couler. Il me remet sur mes pieds et me pousse sous l'eau froide. Je hurle.

— Mais tu es complètement malade ! Qu'est-ce qui ne va pas chez toi hein ? Je te déteste !

Il me fixe sans rien dire. Il est là, à quelques pas de moi, les bras croisés sur le torse, à me regarder m'égosiller en le traitant de tous les noms, mais il ne dit rien. Je ferme le robinet d'un mouvement brusque et sors de la douche. Je veux juste sortir d'ici, ne plus le voir me regarder sans rien dire. Je glisse sur le tapis de bain, et je ressens une vive douleur à ma cheville. Je ne veux pas lui montrer que j'ai mal, je m'assois par terre et me tiens la cheville en retenant mes larmes... et je murmure :

— Mais merde.

Je me masse lorsqu'une poche de glace apparaît devant moi ainsi qu'une serviette. Je suis tellement concentrée sur ma cheville que je n'ai pas remarqué que je suis frigorifiée dans ma robe trempée d'eau froide qui dégouline encore sur le tapis de la salle de bain. Je ne bouge pas. Il s'accroupit devant moi, enlève mes mains et pose la poche de glace sur ma cheville. Il prend la serviette et la pose sur mes épaules. Je n'arrive plus à bouger, j'ai mal et j'ai froid, mes larmes coulent, mais je m'en fous. Je suis fatiguée de tout ça. Il me soulève pour se diriger vers la chambre, j'ai besoin de lui dire ce que je ressens.

— Je te hais, tu sais ?

— Ouais, je sais...

— Mais vraiment ? Je ne te supporte plus... Je ne veux plus te voir, je ne veux plus te respirer, je ne veux plus te croiser...

Il me pose sur le lit.

— Lève les bras.

J'obéis comme un automate. Il soulève ma robe imbibée et me l'enlève. Je presse mes bras sur ma poitrine pour me réchauffer un peu.

— Louise...

Je tremble. Alors qu'il m'enlève mon soutien-gorge, je cache ma nudité, j'ai très froid.

Je remarque qu'il ne bouge plus, je relève les yeux vers lui et vois sa main qui est dirigée sur mes côtes nues, son doigt effleure le lutin des bois qui est tatoué sur mon flanc, caché à l'intérieur du feuillage de mon arbre. Je sursaute lorsqu'il se relève brusquement avec un « putain, c'est impossible ! ».

Il se passe une main nerveusement dans les cheveux puis brusquement il se retourne, me fixe et ferme les yeux en faisant des allers-retours devant moi. Tout à coup il s'arrête, rive son regard au mien en se tenant le nez entre ses deux doigts et repart de plus belle. Je ne comprends pas son comportement, la seule chose dont je sois sûre, c'est que j'ai froid, je tremble à moitié nue devant lui. Je fais un geste pour me lever mais il me précède, il prend un tee-shirt sur le lit et m'aide à le passer. Il a son odeur, je le renifle inconsciemment en l'enfilant, je ferme les yeux. Il pose ses mains sur mes cuisses, mais je les repousse vivement et me lève en boitant pour attraper une culotte dans mes affaires. J'enlève celle qui est trempée et enfile l'autre sous les yeux de Jonas que je sens dans mon dos. J'attrape un jogging et le mets pour ensuite attraper le reste de mes affaires et continuer de faire mon sac. Je sens toujours son regard, mais essaie de l'oublier. Lorsque j'ai récupéré toutes mes affaires, je me tourne et passe à côté de lui sans le regarder. C'est fini, tout ça, je suis fatiguée. Il attrape mon bras, mais je ne me laisse pas faire. Je le retire en lui criant :

— Tu n'arrives qu'à me faire du mal !

— Louise…

— Je n'en peux plus, Jonas. Tu es fait pour être avec elle.

— Louise…

Il fait un pas pour avancer vers moi en fronçant les sourcils mais je le stoppe avant qu'il n'aille plus loin.

— À jamais, Jonas.

CHAPITRE 11
Jonas

Je regarde la porte de la chambre depuis je ne sais pas combien de temps. « À jamais, Jonas ». Je ressasse ses mots dans ma tête. Moi qui voulais lui dire que j'étais toujours attiré par elle, c'est raté. Je revois son tatouage, c'est impossible ! Pourtant, c'est bien un lutin qui est tatoué sur son flanc, caché dans le feuillage de son magnifique arbre. Il faut que je sois un peu réaliste, combien de personnes ont des tatouages ? Il se peut qu'elle soit une femme tatouée parmi tant d'autres. J'avais déjà vu le sien, bien sûr, mais je n'avais jamais pris le temps de le détailler comme aujourd'hui. Plus ça va, et plus je pense qu'elle est Lina, cela fait un indice de plus à rajouter à la liste des choses qui me font douter de son identité. Mais comment en être vraiment sûr ? Cela fait beaucoup trop de choses pour aujourd'hui. Je ne vais pas me prendre la tête, de toute façon, elle ne veut plus me voir. C'est décidé, je vais reprendre ma vie où je l'avais laissée avant la mort de Jack. La maquette est enregistrée, il ne nous reste plus qu'à avancer avec le groupe.

Un message me sort de mes pensées. Little Lil :

{Louise doit passer chercher ses affaires… Essaie de ne pas la bouffer ! (Au propre comme au figuré…) On va rester au studio toute la journée. Rejoins-nous. Bises, beau gosse}.

Je souris malgré moi. Lily n'a jamais eu de bon timing pour nous dire les choses. Je me souviens, lorsque nous étions plus jeunes, au lycée, Jim sortait avec une nana depuis quelques semaines déjà. Je vois encore Little Lil arriver et lui dire :

— Au fait Jim ! J'ai vu Lara ce week-end, et il me semble qu'elle roulait une pelle à un autre mec...

— Le week-end dernier ? Putain Little Lil ! Mais on est jeudi !

— Oh... Déjà ?

Je revois Jim l'incendier de tous les noms en lui disant qu'il est cocu depuis plusieurs jours alors qu'elle le savait et qu'elle ne lui a rien dit. Ça, c'est du Lily tout craché. Elle a fait la même chose aujourd'hui avec Louise et moi... Je lui réponds...

{Trop tard... L'ours en moi s'est réveillé... Elle n'a pas eu le temps de fuir...}

Elle ne me répond pas. Je récupère mes affaires qui traînent au sol et file sous la douche. Je pioche un tee-shirt dans le placard des fringues oubliées par les amants de Lily et saute dans ma voiture. Je ne sais même plus comment je suis arrivé chez elle. Je sais que j'ai baisé avec Adela hier soir, dans les toilettes de son club, ensuite je me suis retrouvé au bar avec son frère, Aaron, j'ai bu, beaucoup, énormément, pour oublier qu'ils étaient partis tous les deux, sans même attendre que je sois revenu. Mais je m'attendais à quoi ? À ce qu'elle m'attende et me dise :

— Oh, Jonas, tu as fini de baiser Adela ? Tu veux bien me raccompagner ?

Après tout, je n'ai eu que ce que je méritais. Elle est partie avec Jim, encore une fois. Il me semble que cela arrive de plus en plus souvent, ils se rapprochent et baisent souvent ensemble. Il était là pour elle quand elle s'est pété la cheville, Little Lil aussi... Mais je me voyais mal m'immiscer dans leur petite routine à tous les trois.

Je me suis forcé pour ne pas débarquer ici, pour ne pas la surprendre, pour ne pas la voir et ce n'est pas l'envie qui m'a manqué.

Je me suis rapproché d'Adela, c'est marrant qu'une femme inconnue il y a quelque temps puisse prendre autant de place dans ma vie à présent. Elle est mon amie, amante et aimante. Mais même si nous nous sommes imposé des règles, cela devient de plus en plus difficile pour elle de les tenir. Je ne comprends pas ce qui l'attire chez moi. Je suis juste un musicien écorché de la vie qui n'arrive toujours pas à accepter le départ violent de son petit frère. Et elle, si belle, si magnifique, si femme… Elle pourrait avoir tous les hommes qu'elle veut, elle n'a qu'à claquer des doigts pour qu'ils soient tous à ses pieds. Il n'y a qu'à les observer, lorsqu'elle est sur scène, ils ont les yeux rivés sur elle, le ciel pourrait leur tomber sur la tête qu'ils ne le sentiraient même pas.

Adela sur scène me fait penser à une sirène, elle attire tous les hommes à elle. Elle se dévoile peu à peu, lascivement, elle bouge sur une musique sensuelle, elle fait onduler son corps, se caresse… Elle finit toujours dévêtue, mais ce n'est pas vulgaire, elle est magnifique. Elle joue, s'amuse du regard que peuvent porter les hommes sur elle, elle fait son job, comme elle le dit souvent. Mais je sais qu'elle a ça en elle, cette sensualité, l'attrait qu'elle suscite. Je vois de la jalousie dans le regard de certaines femmes, de l'envie pour d'autres, elle fait éprouver des sentiments ambigus aux personnes qui la regardent.

Lorsque j'arrive au studio, je pense toujours à Adela et une mélodie me trotte dans la tête. Je salue les membres du groupe et file m'enfermer avec ma guitare. Little Lil passe la tête par la porte. Je la regarde :

— Ça fait plusieurs heures que tu es enfermé ici… Tu viens manger ?

— Heu…

Ouais. Je relève la tête vers l'horloge, cela fait presque deux heures que je suis enfermé, mais à force de penser à Adela et à son travail de danseuse burlesque, des paroles et une musique se sont imposées à moi.

Nous sortons pour aller manger, on est en début d'après-midi. Je me retrouve à côté de Jim à table.

Il me demande :

— Alors, cette fin de soirée ?

— C'est plutôt à toi que je devrais le demander ! Ça devient sérieux entre vous ou quoi ?

Il rigole :

— Jonas… On est bien ensemble, c'est tout. On ne se pose pas de question…

— Sérieux, Jim, depuis combien de temps n'as-tu pas baisé une autre nana qu'elle ?

Il se marre encore :

— C'est marrant, ça me rappelle une conversation que nous avons eue il n'y a pas si longtemps… Mais il me semble que les rôles étaient inversés…

— Peut-être… Mais tu n'as pas répondu à ma question…

— Jonas… Je l'aime bien, c'est vrai, on passe de super moments ensemble et je sais qu'elle m'apprécie aussi alors, oui, je ne fais l'amour qu'à Louise parce que je n'ai pas envie d'une autre…

— Alors c'est vraiment sérieux ?

— Quoi ?

— Tu sais très bien qu'elle me plaît, Jim…

— Et Adela ?

— Ce n'est pas ce que tu crois avec elle…

— Pourtant, hier soir…

— Nous sommes de bons amis qui baisons ensemble lorsqu'ils en ont envie…

— Ce qui signifie quoi ?

— Comment ça ?

Je le regarde.

— Qu'est-ce que tu veux, Jonas ?

— Je te l'ai dit, Jim, Louise me plaît et…

— Et quoi, Jonas ?

Il élève la voix.

— Je devrais m'effacer parce que le grand Jonas a des vues sur la femme qui me plaît, c'est ça ?

— Jim, tu sais très bien qu'elle et moi….

— Elle et toi quoi, Jonas ? Vous ne faites que vous engueuler ! Et tu sais quoi ? Ça m'arrange !

Je suis surpris par ce qu'il vient de me dire, mais il continue :

— Car plus tu vas t'engueuler avec elle et plus elle viendra se consoler dans mes bras, Jonas ! Plus tu vas t'engueuler avec elle et plus elle se rendra compte que tu n'es pas un homme pour elle ! Tu n'as aucun respect, Jonas ! Tu la traites comme de la merde ! Et c'est moi qui ramasse les pots cassés !

Je m'apprête à répondre, mais il me coupe encore :

— Et tu veux connaître le fond de ma pensée ? Tu ne la mérites pas ! Elle te plaît ? Vraiment ? Alors qu'est-ce que tu foutais hier soir avec Adela ? Qu'est-ce que tu foutais avec la blonde au bar à démonter ma théorie ? Hein Jonas !

Lily l'interrompt :

— Jim…

Je lui fais un signe de la main :

— Non, non, Lily, laisse-le continuer, je suis curieux !

Il rit et continue :

— Tu veux que je te dise : elle a raison, tu n'es qu'un connard égoïste imbu de sa personne, tu ne penses qu'à toi. Elle te plaît ? Alors quoi ? Il faut que je laisse tomber pour que monsieur puisse avoir le champ libre ? Mais tu veux que je te dise ? Tu as fait assez de mal autour de toi et il est hors de question que tu fasses la même chose avec elle, tu ne la détruiras pas, pas elle…

Je suis sans voix, je ne pensais pas qu'il tenait autant à elle. Je le fixe sans rien dire, mon cerveau tourne à bloc, je me repasse ses mots en tête jusqu'à ce que Lily, qui est assise face à moi, nous interrompe :

— Vous savez que vous êtes deux cons ?

On se retourne vers elle.

— Ben quoi ? Cette fille est juste magnifique, elle a un super boulot, elle écoute de la super musique, elle est drôle… Et elle a un corps… Mais bon ça, vous le savez déjà, non ?

— Oui, et alors ?

— Alors, vous ne voyez pas qu'elle ne sait plus sur quel pied danser avec vous deux ?

On la regarde, ne voyant pas où elle veut en venir.

— Sans déconner ! Vous ne voyez vraiment rien alors…

— Lily…

— Elle a le cul entre deux chaises avec vous. Jim, tu représentes la stabilité, le mec gentil tout plein qui s'occupe d'elle, mais qui est un peu trop plan-plan.

Elle se tourne vers moi.

— Et toi ! Vous n'arrêtez pas de vous chercher, de vous chamailler, c'est plutôt chaud bouillant lorsque vous êtes dans la même pièce, mais vous vous épuisez à vous repousser. C'est passionnel, ouais, c'est ça entre elle et toi,

Jonas, c'est une relation passionnelle et avec toi, Jim, c'est une relation sécuritaire…

Elle se tait et nous regarde pour voir si on a bien compris ce qu'elle nous a dit.

— Et ? lui demande Jim.

Elle se tape la main sur le front.

— Mais vous êtes… Putain ! Vous représentez l'homme parfait à vous deux… C'est pour ça qu'elle ne sait pas sur quel pied danser avec vous… Ce serait tellement plus simple si elle était lesbienne !

On éclate tous les trois de rire. Finalement, Little Lil n'a pas tort. Nous sommes deux cons. Lily rajoute :

— Et vous savez ce qui va arriver ? Elle va partir avec un autre ! Et vous laisser en plan comme les deux gros nazes que vous êtes !

Elle se lève et se dirige vers le comptoir pour régler la note. Jim et moi nous regardons et sortons, il va nous falloir un peu de temps pour digérer cette conversation. Mais nous avons l'habitude de nous dire les choses tous les deux. Et puis je me dis que finalement, Lily n'a peut-être pas tort… Elle doit en avoir plus que marre de nous voir…

Lorsque nous arrivons au studio, je suis surpris d'y trouver Adela. Elle m'accueille avec un immense sourire et me fait un baiser chaste sur les lèvres lorsque je m'approche d'elle. Je sens sur moi le regard de Jim qui lève les yeux au ciel. Elle est toujours aussi magnifique, son short en jean dévoile ses belles jambes, sa chemise à carreaux rouge et blanche nouée au-dessus de son nombril et ses chaussures à talons vertigineux la rendent si belle. Son eye-liner lui fait des yeux magnifiques, les cheveux attachés sur le dessus, mais lâches dans le dos… Une beauté. Alors pourquoi ça ne me fait ni chaud ni froid de la voir ? J'aime sa présence, mais mon cœur n'accélère pas lorsque je la vois, pas comme avec elle. Je me dis que Jim n'a peut-être pas tort, il va falloir que je mette les choses au clair avec mes sentiments…

— Ça va, toi ?

— Oui, on peut aller discuter un peu, Jonas ?

— Heu ouais, viens…

Je l'amène dans la pièce où je me suis enfermé un peu plus tôt dans la journée pour écrire. Je m'assois en fronçant les sourcils.

— Qu'est-ce que je peux faire pour toi, ma belle ?

— J'ai… Je… C'est compliqué, Jonas, écoute, je…

Je me lève et me dirige vers elle, elle baisse les yeux. Je lui attrape le menton et lui relève le visage pour qu'elle me regarde droit dans les yeux.

— Adela, dis-moi ce qu'il y a.

— Est-ce que tu as vu Louise hier soir ?

— Non, je l'ai vue ce matin. Pourquoi cette question ?

— C'est par rapport à ce que nous avons dit hier soir… Que tu devais aller la voir pour… Tu sais quoi ?

— Oh oui… Eh bien, dis-toi que les choses ne se passent pas toujours comme on le voudrait. Je crois que les derniers mots que nous nous sommes dits ce matin c'est « À jamais ».

— Oh…

Je ne sais pas ce qui me prend, mais j'ai envie de la réconforter. Je l'embrasse à pleine bouche, elle me rend mon baiser en s'accrochant à mon cou. La voix de Lily me parvient derrière la porte :

— Je ne veux pas savoir ce que vous faites, mais à trois je vais rentrer !

Nous nous fixons et nous sourions. Lily continue de compter.

— 2…
— 3, je rentre !

CHAPITRE 12
Louise

Je suis dans la salle d'attente de la kinésithérapeute. Je patiente maintenant depuis plus de 30 minutes et commence à perdre patience. Je pense qu'elle va m'entendre lorsque ça va être mon tour. Une porte s'ouvre sur une femme d'un certain âge. C'est ma veine, ça ! Une kiné qui doit s'approcher de l'âge de ma grand-mère...

— Mademoiselle ?

Je tourne la tête vers elle.

— Venez, s'il vous plaît...

Elle me fait signe d'avancer et me retrouve dans un bureau à la décoration plutôt sobre et claire.

— Je vous laisse patienter quelques minutes, je reviens tout de suite.

Je m'assois et pose mon sac au sol en attendant que la grand-mère revienne avec mon dossier en main et s'asseye face à moi. Elle prend un papier et un stylo en regardant mes radios et les papiers divers que je lui ai donnés. Elle note beaucoup de choses et moi j'attends, ma patience s'étiole rapidement. Je commence à bouger sur ma chaise, je pensais qu'elle allait me donner des exercices à faire et puis c'est tout. Je regarde autour de moi, il y a des diplômes accrochés au mur au nom de Camille Armen. Lorsque je vois la date où elle a obtenu ses diplômes, je me dis qu'elle a dû commencer tard ses études, car elle n'est pas toute jeune... Elle doit avoir quoi ? 60, 65 ans ? C'est bien ma veine ! Je regarde ma montre, cela fait plus de 45 minutes que je patiente sagement, mais je commence à trouver le temps long. J'ai rendez-vous avec mon éditeur en fin de matinée, et je risque d'arriver en retard. Je la regarde, elle a toujours le nez fourré dans mes papiers.

— Excusez-moi ?

Elle ne relève pas et continue ce qu'elle fait. Il ne manquait plus que ça, en plus elle est sourde ! Je me lève et elle daigne enfin lever un œil vers moi.

— Mais qu'est-ce que... ?

— Écoutez, cela fait plus de 45 minutes que je poireaute ici sans qu'on m'adresse la parole, alors je m'en vais !

Je me dirige vers la porte pour sortir :

— Mais mademoiselle, attendez !

— Je ne peux pas, j'ai un autre rendez-vous ! La prochaine fois, essayez d'être à l'heure !

J'ouvre la porte et me cogne contre ce que je pensais être un mur, mais il s'avère que c'est un torse recouvert d'un blouson en cuir. Je relève les yeux et tombe sur des prunelles couleur miel qui me fixent. Il ne bouge pas. Je le pousse pour passer, mais il ne daigne pas faire le moindre mouvement. Je marmonne un « excusez-moi » et le bouscule plus durement pour le faire bouger.

La grand-mère me crie :

— Vous n'avez pas pris de rendez-vous !

Je me retourne et rentre à nouveau dans l'homme qui m'a suivie et qui fait accessoirement office de mur. Son parfum s'insinue en moi lorsque j'inspire avant de répondre à la grand-mère :

— Appelez-moi !

L'homme que j'ai bousculé a toujours une main sur la poignée de la porte du bureau et m'observe de haut en bas avec un petit sourire en coin. Je suis en retard mais je le regarde droit dans les yeux, lui fais mon plus beau sourire hypocrite et lui fais un beau doigt d'honneur avant de passer la porte pour sortir. J'entends un rire rauque qui me fait frissonner et qui n'appartient sûrement pas à la grand-mère kiné.

J'arrive avec plus de 20 minutes de retard, mais mon boss comprend lorsque je lui explique mon souci avec ma kiné âgée… Il voulait me voir, car il veut que je le représente à un salon. Forcément, je suis surprise de sa demande et encore plus lorsque je me rends compte de quel salon il s'agit… Je dois voir Lily absolument, elle est la seule que je connaisse pour m'aider. Elle n'est pas à l'accueil, mais celle qui la remplace m'explique qu'elle est à la salle de concert pour répéter.

Je repense à la première fois où je suis venue ici, c'était pour demander à Jonas s'il n'avait pas l'iPod de Loukas. J'ai l'impression que c'était il y a très longtemps… Quand je pense que depuis le début, il l'avait dans la poche. Mais quel égoïste ! L'homme, Marc, il me semble, me reconnaît et me laisse entrer. Je m'assois dans la salle et regarde Lily qui répète sur scène avec son groupe. Je suis étonnée de voir que Jim est là aussi. Elle chante merveilleusement bien, sa voix est rauque, elle me fait penser à la chanteuse PJ Harvey lorsqu'elle chante To Bring You My Love. Je ne peux m'empêcher d'admirer cette femme. Elle est si libre, ne se prend pas la tête, vit au jour le jour. Elle change de partenaire chaque soir et n'a de compte à rendre à personne. Finalement, je me dis que moi non plus je n'ai de compte à rendre à personne, alors pourquoi est-ce que je me prends la tête ?

La musique s'arrête, j'entends sa voix :

— Nickel. Jim, tu te plantes toujours au même endroit, il va falloir te sortir les doigts du cul si tu veux qu'on avance ! Little Lil, tu devrais y aller mollo sur la clope, tu ne vas jamais tenir…

Ils lui répondent tous les deux avec de somptueux doigts d'honneur. Il ne dit rien et se dirige vers la scène. Je ne peux m'empêcher de le fixer, il est impossible pour moi de détourner les yeux de son corps et cela, même s'il me tourne le dos. Tout en lui m'attire, sa silhouette, sa démarche, sa façon de s'habiller tout en noir, son bonnet et son sweat à capuche. Je ferme les yeux pour revenir un peu sur terre et les rouvre lorsqu'il monte sur scène pour discuter avec Lily et Jim. Certaines personnes partent, d'autres les remplacent. Jim, Jonas et Lily restent sur scène et discutent avec les nouveaux arrivants. L'un d'entre eux se met à la batterie, un beau pépère au crâne rasé qui doit faire au bas mot 110 kilos et un autre qui arrive avec une basse à la main. Il me semble que je l'ai déjà croisé quelque part, peut-être au restau après un des concerts de Lily. Oui, ça doit être ça. Jonas l'observe avec attention et ils discutent ensemble. À un moment, Lily descend de scène, vient dans ma direction et file prendre la place qu'avait Jonas quelques minutes auparavant derrière la console. Elle met un casque autour de son cou et leur crie :

— Quand vous voulez, les gars !

Je relève la tête vers eux et constate que Jonas a enlevé son sweat et qu'il a une guitare en main ainsi que Jim. Jonas se rapproche du micro, les regarde en leur faisant un signe de tête et ils commencent. Il me semble reconnaître le morceau, je l'ai déjà entendu sur l'iPod de Loukas. C'est une chanson de Pearl Jam : Oceans. C'est une chanson lente, magnifique. La voix de Jonas est rauque, un peu écorchée, comme celle d'Eddie Vedder. Je ferme les yeux pour ne pas me focaliser sur lui. Ils enchaînent plusieurs morceaux, certains que je reconnais, d'autres pas du tout, mais je reste envoûtée par sa voix. Lorsque je relève les yeux de temps en temps vers la scène, je suis étonnée de voir le peps qu'ils ont tous. Ils bougent et sautent dans tous les sens, ils s'arrêtent rarement, surtout Jim et Jonas. Ils ont une complicité évidente, ils se regardent de temps en temps, ils se sourient, se charrient. Lorsque je relève une dernière fois le visage vers eux, je me rends compte qu'ils sont torses nus, à part le bassiste. Ils arborent le même style de diable sur le torse. Si je connais celui de Jonas et de Jim, je vois que le batteur a le même. Est-ce qu'il faisait partie du groupe lorsque Jack jouait avec eux ? A priori oui. Ils finissent par une chanson beaucoup plus calme, une chanson que je reconnais tout de suite, Loukas et Jack aimaient beaucoup me la chanter. Je suis toujours assise au sol et regarde Jonas, concentré, qui regarde droit devant lui jusqu'à ce que ses yeux accrochent les miens. Il fronce les sourcils dans un premier temps en m'apercevant puis il ne me quitte pas des yeux, j'ai l'impression qu'il chante pour moi. Lorsqu'il termine, ses yeux se dirigent vers Lily.

— Super, les gars ! Jonas ! Tu devrais te calmer sur la clope et la boisson et reprendre le sport pour ton souffle, tu ne vas pas pouvoir tenir un concert entier… Et quand je dis le sport, je ne parle pas de baise entre deux portes hein ? Et toi, Jim, tu es tout mou ! J'espère que tu n'es pas comme ça tout le temps !

Ils rigolent tous, sauf Jim, qui part vers les coulisses en leur faisant un doigt d'honneur. Lily sort de son antre et tourne la tête vers moi.

— Ça va, ma belle ? Tu as aimé ?

— Tu savais que j'étais là ? Pourquoi… ?

— Oh, je ne voulais pas déconcentrer les gars s'ils te voyaient. Tu viens ?

Nous nous dirigeons vers la scène où une personne range les instruments laissés par les gars pour ensuite aller vers les loges. Lily entre sans frapper et je la suis. Lorsque je passe la porte, je m'arrête net. Jonas est de dos, des gouttes perlent sur son magnifique arbre tatoué, il est en boxer en train d'enfiler un jean. Je suis des yeux une goutte qui descend le long de son dos pour disparaître dans son jean qu'il vient de remonter. Un raclement de gorge me fait tourner la tête vers Jim, qui a un sourire en coin. Lui aussi est torse nu. Je lève les yeux au ciel et lui souris. Je m'assois à côté de Lily, qui l'air de rien se penche vers moi et me dit :

— Ce sont de beaux spécimens, non ?

Je me retourne vers elle en levant un sourcil. Elle me sourit et se rapproche un peu plus de moi :

— Tu as eu les deux dans ton lit… Imagine un peu, les deux en même temps ! Tentant, non ?

Je relève le visage vers elle et lui crie en me levant :

— Mais Lily !

Tout le monde se retourne vers moi. Je sens le rouge me monter aux joues.

— Qu'est-ce qui se passe ? Lily ?

L'intéressée se retourne vers Jim pour lui répondre :

— Rien ! Je disais juste à Louise…

Je la coupe.

— C'est bon ! C'est bon !

Jonas me regarde, les bras croisés sur son torse nu, et ne peut s'empêcher d'en rajouter :

— J'aimerais bien savoir…

— Ah tu vois ! Elle se retourne vers Jonas. Je lui disais le pied que ça devrait être de vous avoir toi et Jim dans le même lit !

Ils hurlent tous de rire en me regardant. Je ne sais plus où me mettre, je sens que mes joues vont exploser tellement elles sont rouges. Je me passe les mains sur le visage quand je relève la tête en entendant le batteur qui rajoute à leur encontre :

— Et puis ce ne serait pas comme si c'était la première fois que vous partagiez la même femme !

Je les observe tous les deux, ils ont une conversation silencieuse qu'eux seuls peuvent comprendre. Leur petit sourire en dit long, mais je ne veux pas savoir. Malgré tout, mon esprit commence à divaguer. Lorsque je m'imagine avec eux deux dans mon lit, j'en ai des frissons… leurs mains sur mon corps, la langue percée de Jonas sur mon intimité, leurs diables qui me recouvrent. Je n'ose imaginer tout ce que je pourrais éprouver en ayant ces deux spécimens dans mon lit. Je sais ce qu'ils valent indépendamment et c'est déjà le pied, alors avec les deux, ce serait l'extase assurée ! Je suis sortie de mes pensées par le batteur qui rajoute :

— Après, Louise, c'est quand tu veux !

Il me fait un clin d'œil, je vois qu'ils se foutent de moi, mais après tout, je ne suis pas prude et décide qu'ils se sont assez moqués.

— Mais bien sûr… Stan ? Alors, dis-moi (je prends mon téléphone) tu es disponible quand ? Après tout, plus on est de fous plus on rit, non ?

Il s'arrête et me regarde sans rien dire jusqu'à ce que Lily se mette à rire à gorge déployée… Je remue la tête de droite à gauche en lui faisant un clin d'œil.

— Au fait, Louise, pourquoi es-tu là ?

Jonas et son tact légendaire...

— En fait, je voulais voir Lily.

Je me tourne vers elle.

— J'ai besoin de ta garde-robe pour le week-end prochain.

— Sérieux ? Un rancart ?

— Si on veut... En fait, j'ai appris aujourd'hui que c'est moi qui dois représenter la boîte à un salon...

Elle me regarde et percute tout de suite.

— Non ! LE salon ?

— Ouais, LE salon.

— Hey ! Vous parlez de quoi ? demande Stan.

— Louise va représenter notre maison d'édition au salon de l'érotisme le week-end prochain !

— Trop cool !

— Mouais, si on veut...

— Ça risque d'être intéressant, dit Jonas.

— Écoute, passe ce soir à la maison, on va bien te trouver quelque chose...

Je me dirige vers la porte lorsque mon téléphone sonne.

— Oui ?

— Bonjour mademoiselle, cabinet de kinésithérapie, je vous appelle pour reprendre rendez-vous.

— Oh, je vous écoute.

— Alors le médecin vous a prescrit 12 séances, donc vous pourriez en faire 3 par semaine si cela vous convient ? Quand est-ce que vous êtes disponible ?

— Je suis assez libre, je travaille depuis chez moi.

— Très bien, alors...

Après avoir fixé les deux premiers rendez-vous, je file chez moi pour travailler un peu. Georges m'appelle et je reste avec lui pendant plus d'une heure. Je repense à

Arthur et me dis que je n'ai pas eu d'appels de lui depuis un moment. Cela a dû s'arranger avec sa pimbêche... En regardant l'heure, je me rends compte que je dois déjà aller chez Lily. J'ai envie de me coucher tôt, en plus ma première séance de kiné est demain matin et plus vite j'en aurais terminé avec la grand-mère, mieux ce sera !

CHAPITRE 13
Jonas

Cela fait presque une heure que nous sommes chez Lily. Nous discutons autour d'un verre en attendant les pizzas. Louise arrive avec une bouteille à la main et nous regarde tous. Lorsque Lily l'invite à s'avancer, je remarque que ses yeux s'arrêtent sur la main d'Adela qui est posée sur ma cuisse. Je relève les yeux vers elle, mais elle baisse immédiatement les siens, elle s'avance vers nous et ne peut s'asseoir qu'entre Jim et moi. Nous sommes tous assis à même le sol autour de la table basse. Nous discutons de nos futures dates de concert ainsi que de celles du groupe de Lily. Nous avons eu plusieurs propositions dans de petites salles intimistes, ce qui n'est pas plus mal pour repartir sans pression, même si on sait que nos fans sont déjà à l'affût.

Je remarque que Louise ne fait que bouger, elle met ses jambes sur le côté, quelques minutes après sous les fesses, puis elle les remonte devant elle. À un moment donné, elle les met sur le côté et se masse la cheville inconsciemment. Quand je pense que c'est à cause de moi, encore… Jim le remarque aussi, il n'arrête pas de tourner son visage vers elle puis il lui attrape la cheville :

— La grande forme hein ?

— C'est bon, Jim ! Je n'ai pas besoin d'une nounou !

Elle essaie de retirer sa jambe, mais il la garde sur lui et remonte son jean.

— Putain ! Mais elle est encore enflée !

— Bon ! Ça va, maintenant !

— Et ton kiné ne t'a pas soulagée ?

Elle baisse les yeux. Je connais ce regard, celui d'une petite fille prise sur le fait.

— Non ! Elle ne m'a rien fait ! Je suis partie avant qu'elle ne commence…

— Putain, Louise… C'est important…

— Elle était en retard et en plus, elle a l'âge d'être ma grand-mère !

J'éclate de rire, je ne suis même pas étonné. Elle se retourne vers moi, furieuse :

— Quoi ? Je peux savoir ce qui te fait tant rire ?

Je la regarde dans les yeux en la défiant :

— Toi, Louise… Toi qui n'as peur de rien… Une kiné grand-mère te fait tant peur que ça ?

— Mais non ! Et puis de quoi tu te mêles, Monsieur Conn…

— Louise !

Lily ne la laisse pas terminer.

Je vais me la faire, elle commence à me gonfler avec son Monsieur Connard. Je m'avance vers elle en la fixant dans les yeux. Je n'ai qu'une envie, c'est de la prendre, la jeter sur mon épaule, lui mettre une fessée et la jeter sous une douche froide afin de lui faire fermer sa grande gueule.

— Jonas…

Je sens qu'on me tire l'épaule en arrière. Adela. Je me lève d'un bond, Louise et Adela sursautent alors que je me dirige vers la terrasse. Je m'allume une clope pour me calmer et pose mes avant-bras sur la rambarde en admirant la vue devant moi. Je reste ainsi un moment, le temps que la pression redescende, lorsque j'entends la porte de la cuisine qui s'ouvre et se referme derrière moi. Deux bras encerclent ma taille, un corps se colle à mon dos, son visage sur mon épaule. Adela. Nous restons ainsi quelques minutes. Elle réussit à m'apaiser, même si je pense encore à Louise et à sa manie de m'appeler Monsieur Connard.

Je repense à ce qu'Adela m'a dit, il n'y a pas si longtemps. Elle n'arrivait pas à respecter notre accord, celui de non-attachement. Si j'y ai réussi et que j'y arrive encore, c'est parce que je sais qu'il y a Louise. Mais lorsque nous étions au studio, Adela m'a expliqué qu'elle n'y arrivait pas, qu'elle s'est attachée à moi. Mais qu'est-ce qu'elle peut me trouver, elle, cette femme aux magnifiques courbes, si féminine, si sensuelle, si belle, à moi le pauvre musicien paumé ! Le pire, dans tout ça, c'est qu'elle le sait, mais m'a dit quelque chose d'étonnant :

— Jonas, je préfère avoir un peu de toi de temps en temps que rien du tout.

Je suis resté comme un con, j'ai l'impression de profiter d'elle et de son attachement pour moi. Mais même si j'essaie, je n'arrive pas à oublier la pimbêche, elle me fait éprouver des sentiments contradictoires. J'aime la sentir près de moi, l'entendre rire, se comporter comme une enfant lorsque nous nous cherchons. J'aime aussi la faire enrager, la chercher. Elle démarre au quart de tour, elle a du répondant, ne se laisse pas faire et c'est-ce que j'aime chez elle. Si au début de notre rencontre, j'avais l'impression qu'elle faisait tout pour m'éviter car je lui faisais peur, je me suis vite rendu compte que c'était de l'attirance qu'elle avait envers moi. Quand je pense que nous avons eu un orgasme sans nous toucher la première fois. C'est bien la seule et dernière fois que ça m'est arrivé. Il y a quelque chose de spécial entre nous, et même si j'ai très souvent envie de la remettre à sa place, je me rends compte que nous nous cherchons constamment, que nous avons besoin de l'autre pour exister. Et puis il y a cette question que je me pose depuis un bon moment : est-ce que Louise et Lina sont la même femme ? Il va vraiment falloir que je me penche sur la question, car j'en ai plus que marre de me la poser. Lorsque je la vois avec Jim, j'ai juste envie de péter un plomb, de lui dire de la lâcher, qu'il arrête de la toucher, qu'il n'y a qu'avec moi qu'elle peut être.

Adela resserre son étreinte, je pose mes mains sur les siennes et les serre. Elle m'apporte du réconfort, je me retourne vers elle et pose un baiser sur ses lèvres. Elle me sourit et je vois ses magnifiques yeux vairons humides.

— Ça va, ma belle ?

— Oui, ne t'en fais pas, ce n'est pas comme si je ne le savais pas…

Je lui relève le menton.

— De quoi me parles-tu ?

— Tu ne t'en rends pas compte, n'est-ce pas ?

— …

— Depuis qu'elle a passé la porte, tu n'as d'yeux que pour elle…

— Mais non, Adela… Je…

— Si ! Tu avais les yeux sur sa cheville, tu regardais les mains de Jim sur elle, on aurait dit que tu surveillais chacun de ses gestes… C'est frustrant, tu sais…

— Adela…

Elle me sourit.

— Je le sais, mais c'est plus dur de le constater en vrai…

La porte de la cuisine s'ouvre sur Lily.

— Adela ? Je vais avoir besoin de toi !

— Oh bien sûr.

— Je dois trouver une tenue pour Louise…

— Pourquoi ?

— Elle doit représenter notre maison d'édition au prochain salon de l'érotisme…

— Je viens !

Elle me fait un baiser léger sur la bouche et suit Lily dans son dressing. Je rentre rejoindre les gars, qui viennent d'entamer une énième bouteille de whisky. Nous nous assoyons et prenons des guitares pour commencer à chanter. Après quelques minutes, on entend Louise crier.

— Oh non ! Hors de question ! On dirait une pute !

Nous nous levons et nous restons sur le cul en la voyant. Elle a un bustier noir à lacets, une jupe très courte qui ressemble à une jupe de danseuse avec du tulle et du tissu à carreaux rouge et noir, de grandes chaussettes qui lui remontent jusqu'au-dessus des genoux et des talons immenses. En fait, on dirait une héroïne de manga.

— Putain ! Tu es bandante comme ça ! lui dit Stan avec son tact légendaire.

Elle se retourne et nous fixe d'un air mauvais.

— Mais qu'est-ce que vous foutez là ?

Lily se tourne vers nous.

— Ah, voilà des mecs. Ils vont te donner leur avis, eux !

Jim et moi nous regardons en tournant la tête. Je ne peux m'empêcher de la mater, elle est magnifique, mais je n'ai pas envie que d'autres mecs la voient comme ça.

Jim commence :

— C'est sympa, mais… peut-être pas pour aller bosser.

— Rajoute des couettes et on dirait une nana de manga de mon enfance…

— OK ! OK ! nous dit Lily. Mais c'est quand même le salon de l'érotisme, merde ! Elle ne va pas y aller habillée en none, non ?

Louise se retourne vers nous et nous lance :

— Vous savez quoi ? Laissez tomber. Un jean, des talons et un chemisier ouvert feront très bien l'affaire… Vous pouvez bouger ? J'aimerais me changer !

Nous sortons tous les trois et retournons à nos verres. Qu'est-ce qu'elle était belle, mais je la vois mal se promener comme ça pour bosser ! Lily et ses idées à la con… Lorsqu'elles reviennent, Louise et Adela se sourient. Je sais déjà ce qu'Adela lui a proposé : de s'occuper de sa tenue et de son maquillage pour la soirée… Elle pourrait être jalouse d'elle, mais non, elle reste tout ce qu'il y a de plus naturelle. Je ne mérite vraiment pas cette femme qui ne peut se passer de moi.

CHAPITRE 14
Louise

Je regarde l'horloge face à moi. Si dans 10 minutes personne ne vient me chercher, je m'en vais ! Je patiente encore une fois dans cette salle d'attente, je regarde un magazine people sans le voir. Je relève les yeux vers la porte lorsqu'elle s'ouvre, la kiné grand-mère me demande de la suivre. J'entre dans son bureau et m'assois. Elle me sourit et sort sans un mot, je lève les yeux au ciel et regarde autour de moi. Je n'avais pas remarqué la première fois qu'il y avait plusieurs affiches de course à pied affichées derrière le bureau, j'ai du mal à imaginer la grand-mère faire du trail en montagne ! Je ne me retourne pas lorsque la porte s'ouvre dans mon dos et attends patiemment la grand-mère. Si elle me fait encore poireauter, je m'en vais.

— Mademoiselle, bonjour, excusez-moi pour le retard.

L'homme que j'ai heurté la dernière fois s'assoit derrière le bureau de la grand-mère et me regarde en souriant. Je ne sais pas quoi lui répondre, je veux juste commencer mes séances pour en finir au plus vite avec cette cheville.

— Oh… Bonjour.

Il attrape un dossier et feuillette les documents en m'observant de temps en temps. Ma patience commence à atteindre ses limites… Ils sont combien, ici ? Et combien d'entre eux vont lire mon dossier ? Je tape du pied en le regardant, il n'est pas mal du tout dans son genre. Les cheveux courts, bruns, une barbe de plusieurs jours, son regard miel qu'il relève encore une fois sur moi. Je ne suis pas du tout gênée, bien au contraire, je le fixe à mon tour. Il m'adresse un petit sourire en coin avant de replonger dans mon dossier. Je regarde ses avant-bras musclés, je suis hypnotisée par les veines qui les parcourent. Je relève les yeux vers l'horloge et commence vraiment à perdre patience.

— Bon, vous pouvez me dire ce que je suis censée faire ?

— Que voulez-vous dire, mademoiselle ?

— Eh bien je ne sais pas, moi ! Ne suis-je pas là pour ma cheville ? Alors vous pouvez me dire pourquoi je suis encore assise là à attendre ?

— Oh, je vois...

Il se lève et m'invite à le suivre. Je ne vois pas devant moi, il est si grand et si large qu'il m'obstrue la vue. Nous entrons dans une petite pièce attenante au bureau, il me fait un signe du bras vers une table de massage au milieu de la pièce :

— Enlevez vos chaussures, chaussettes et relevez votre pantalon.

Je le fixe dans les yeux sans bouger. Mais c'est qui, lui ? Elle est où la kiné grand-mère ?

— Vous attendez quoi ? Je croyais que vous en aviez marre d'attendre !

Je sursaute face au ton qu'il vient d'employer pour me parler, je crois que je l'ai un peu énervé. Je m'assois en le dévisageant pendant que je m'exécute. Je n'arrive pas à relever mon jean, ou très peu, il me regarde et je crois comprendre ce qu'il va me demander...

— Il va falloir l'enlever...

Je lève les yeux au ciel et commence à déboutonner mon jean lorsque je me rends compte qu'il me regarde. Sérieusement ? Il n'a pas autre chose à faire ?

— Vous pouvez aller chercher la kiné pendant que je l'enlève ? Au moins, vous ne resterez pas là à me mater le cul !

Il éclate de rire en sortant de la pièce. Je n'ai pas envie de me faire lorgner par un stagiaire qui ne doit rien savoir faire de ses dix doigts ! Je m'assois sur la table en attendant le retour de la kiné. Je relève la tête après l'avoir attendue plus de dix minutes, lorsque le stagiaire entre à nouveau dans la pièce. Je souffle :

— Ne me dites pas qu'elle va encore me poser un lapin !

Avec un sourire taquin, l'homme s'approche de moi et me tend la main :

— Mademoiselle, je ne me suis pas présenté : Camille Armen, votre kiné pour vos douze prochaines séances…

Je suis sur le cul, je ne sais pas quoi dire…

— Alors la femme…

— Linda, ma secrétaire…

Il a relevé un sourcil sans jamais se départir de son sourire taquin. Il se fout de moi ! Je baisse la tête en passant ma main sur mon visage afin d'éviter de lui faire ravaler son sourire. Ce n'est pas l'envie qui m'en manque, mais j'ai aussi besoin de lui pour me soigner. Je sursaute en sentant ses mains froides sur ma cheville mais il ne me regarde pas. Il est concentré sur ce qu'il fait, il la fait bouger dans un sens, puis dans l'autre, jusqu'à ce que je ressente une vive douleur.

— Eh ! Vous me faites mal !

J'essaie de la retirer, mais il la tient fermement.

— Au moins, je sais où travailler, maintenant. Allongez-vous.

J'ai envie de lui répondre un « Chef, Oui Chef ! » mais je me retiens in extremis. Je m'exécute gentiment, il remonte la table pour que ma cheville soit face à lui et il s'assoit sur un tabouret. Il prend de la crème qu'il fait chauffer dans ses mains, les pose sur ma cheville et commence à me masser. Si au début il me fait mal, je ressens ensuite de la chaleur qui émane de ma fracture. Je me relâche et pose enfin ma tête sur la table en fermant les yeux. Cet homme a un don, c'est clair, mais après tout c'est son boulot, non ?

Pendant qu'il me masse, je repense à hier soir, à la réaction que Jonas a eue à mon encontre, je ne sais plus quoi penser. J'ai senti son regard sur moi alors qu'il avait la main d'Adela sur sa jambe, il n'arrêtait pas de regarder les gestes de Jim lorsque celui-ci me touchait. Et lorsqu'il s'est foutu de moi, je n'ai pas compris, il m'a mise en colère, alors c'est sorti tout seul… Le Monsieur Connard… Heureusement que Lily s'en est mêlée, car j'ai l'impression qu'il allait me bouffer.

Je revois le regard d'Adela sur lui lorsqu'il s'est levé pour aller sur la terrasse, puis son regard sur moi. J'ai l'impression qu'elle sait quelque chose qu'elle ne veut pas me dire, quelque chose sur Jonas… Lorsqu'elle l'a rejoint sur la terrasse, je suis allée aux toilettes et je n'ai pu m'empêcher de regarder par la fenêtre lorsque je suis revenue. Je ne peux pas nier que les voir si proches m'a fait quelque chose. Mon cœur s'est mis à battre plus vite. Ils avaient l'air si intimes, se regardant dans les yeux, un vrai couple qui s'aime.

Une douleur me fait relever la tête.

— Hey !

Le kiné me regarde en relevant un sourcil.

— Vous me faites mal !

— J'y suis obligé, dites-vous que c'est un mal pour un bien…

Il baisse les yeux sur ses mains qui continuent de me malmener. Je murmure un :

— J'y crois pas, je suis tombée sur le seul kiné sado-maso de la ville...

Il s'arrête de me masser et relève la tête vers moi. Ses yeux miel rencontrent les miens, cet homme plus âgé que moi m'impressionne, il a une certaine prestance que je ne saurais décrire. Je suis tout de suite intimidée, il se lève et s'avance vers moi sans me quitter des yeux. Je n'arrive pas à me détacher de son regard si intense sur moi, mon souffle est suspendu à ses lèvres.

— Sachez, mademoiselle, que le sadomasochisme n'est pas dans mes habitudes. Maintenant, si vous avez des demandes particulières, je suis prêt à les entendre...

Il me fixe intensément, il est si proche de moi que je sens son parfum musqué, son souffle sur ma peau. Je me sens rougir, il a mal interprété mes propos... Il faut que je me reprenne, mais je n'arrive pas à me détacher de ses yeux,

— Non ! Non, je voulais juste...

Il me coupe tout en restant proche de moi.

— Juste quoi ?

Je le fixe sans me démonter en croisant les bras sur ma poitrine :

— Vous me faisiez mal !

— Et bien, dites-vous que dans quelques séances vous en demanderez encore...

Il se recule tout d'un coup, me tourne le dos et me dit en se dirigeant vers la porte :

— La séance est terminée.

Merde, je suis sur le cul. Mais pour qui il se prend ?

Je me rhabille et sors en passant devant la fameuse secrétaire qui me lance un :

— À dans deux jours, mademoiselle !

Je claque la porte en guise de réponse. Une fois rentrée chez moi, je file sous la douche, ma cheville chauffe encore. Je revois le regard miel de ce kiné, sa barbe de quelques jours, sa carrure impressionnante... Mais qu'est-ce qui me prend ? Ma vie est assez compliquée comme ça sans que je bataille avec un autre connard. J'ai l'impression d'être un aimant, c'est ça, je suis un aimant à connards ! Après ma douche, je prends mon téléphone et vois que j'ai un message d'un numéro inconnu.

{Ma belle, passe au club pour ta tenue de ce week-end. J'y suis toute la soirée. Adela}

Je prends mes clés et file la rejoindre. Je suis moins intimidée que la première fois, tout d'abord parce que toutes les lumières sont allumées et que le club est vide. Aaron m'accueille avec un grand sourire et m'accompagne jusque dans les loges.

— Adela ! Tu as de la visite !

Adela sort de derrière le paravent seulement habillée avec une magnifique culotte haute en dentelle. Elle se dirige vers moi et me fait la bise. Je suis un peu gênée par sa nudité, mais pas elle. Elle entre dans le vif du sujet :

— Alors, dis-moi ce dont tu as envie, Louise.

— Je veux quelque chose de simple, sexy, mais surtout pas vulgaire...

— Jupe, robe, pantalon ?

— Je pense que je serais plus à l'aise en pantalon...

— OK, je pense avoir ce qu'il te faut...

Elle se dirige vers son dressing et en sort plusieurs cintres qu'elle me tend.

— Change-toi et montre-moi.

Je passe la première tenue qui ne me convient pas du tout : un pantacourt et un bustier en cuir trop décolleté. Je lui tends et elle comprend tout de suite. La seconde est un combi-short, plutôt sympa, mais le short est si micro que j'ai l'impression de ne rien porter, et le décolleté est plongeant à tel point qu'on voit mon nombril… Elle me regarde et retourne à son dressing en me tendant une tenue kaki, je l'enfile et me sens bien dedans. Lorsque je me regarde dans le miroir, je ne me reconnais pas. Ce n'est pas vraiment mon style, mais cette tenue est de loin la moins vulgaire. La couleur kaki fait ressortir mes yeux, le short est court, mais il recouvre bien mes fesses, le décolleté est plongeant, mais pas au point de voir mon nombril, il arrive entre mes seins et le dos est décolleté jusqu'à ma taille, tenu par une chaîne dorée dans mon dos et sur ma poitrine. Je l'adore. Je m'avance vers Adela.

— Alors ?

— Tu es magnifique, attends !

Elle attrape une paire de chaussures qu'elle me tend. Ce sont des bottes compensées avec des talons vertigineux lacés sur tout le devant. Je les regarde et ai un peu peur de leur hauteur.

— Ne t'inquiète pas, ce sont des talons carrés et larges, essaie-les.

Je les enfile et marche un peu avec. En effet, je n'ai pas l'impression d'en porter, je devrais faire attention avec ma cheville quand même… En me déshabillant, je me rends compte que je ne peux pas porter de soutien-gorge avec cette tenue. Lorsque j'en parle à Adela, elle me sourit et me tend deux petites poches en plastique. Elle m'explique :

— Les demi-cercles se placent sous tes seins, ça sert à les maintenir et les étoiles ce sont des caches tétons, tu les mets dessus et… C'est tout !

Je prends le tout en la remerciant et file à la maison pour avancer dans mon travail en retard.

Cela fait deux jours que je ne suis pas sortie de chez moi. Je dois me rendre chez le kiné et filer direct au salon de l'érotisme, où mon éditeur m'attend pour me présenter l'équipe et le stand qui m'est alloué. Je prends donc toutes mes affaires avec moi dans un sac.

Cette fois-ci, je n'arrive pas en avance, mais avec cinq bonnes minutes de retard. Après tout, cet homme est toujours en retard, je ne vois pas pourquoi je ferais un effort. Lorsque j'arrive, la secrétaire me fait signe d'avancer vers la pièce où j'étais la dernière fois. Le kiné m'attend, il est en train de brancher une lampe rouge et relève la tête vers moi puis regarde sa montre.

— Vous êtes en retard !

— Bonjour à vous aussi ! C'est pour la première fois où je suis venue pour rien…

Il relève un sourcil et esquisse un petit sourire en coin…

— Si vous aviez eu un peu de patience, nous aurions pu commencer ce jour-là !

— Et si vous étiez arrivé à l'heure, je n'aurais pas été obligée de partir avant !

— J'ai eu une urgence !

— Et moi un rendez-vous important !

— Bien !

— Bien !

Nous nous tournons le dos tous les deux jusqu'à ce qu'il passe la porte en me crachant un :

— Déshabillez-vous !

Je lui réponds avec sarcasme :

— C'est si gentiment demandé…

Il marmonne quelque chose que je n'entends pas. J'enlève mon jean, fais descendre mon pull le plus loin possible sur mes cuisses et m'assois sur la table en attendant qu'il revienne. Je commence à avoir froid et surtout à perdre patience. Je me relève pour récupérer mon pantalon et partir lorsqu'il refait son apparition. Je lui lance :

— J'ai failli attendre…

— Remontez sur la table et tendez votre jambe.

Je m'exécute et le regarde toucher ma cheville. Ses mains sont froides, il positionne ma cheville et place la lampe rouge devant. Lorsqu'il l'allume, je ressens immédiatement sa chaleur.

— Je reviens dans quelques minutes…

Et il sort. Quelle amabilité ! Je me rends compte que je suis là à attendre quoi ? Je ne sais pas. J'ai besoin de m'occuper les mains. Je me relève et vais attraper mon téléphone dans mon sac, bien sûr, il choisit ce moment pour entrer.

— Ça v…

Il me regarde. Je suis en culotte, la main dans mon sac, et lui souris.

— Je ne partais pas ! Je voulais juste attraper mon téléphone !

Je lui montre en même temps.

— Remontez sur cette table !

Il me fait un signe vers elle et m'attrape le bras en même temps. Mon sac tombe au sol et mes affaires pour ce soir en tombent.

— Merde ! Non !

Je me dirige vers mon sac pour le ramasser. Il me tient toujours le bras et me tire vers la table. Il se pose face à moi, ses bras musclés croisés sur le torse que je ne peux m'empêcher d'admirer, et me dit :

— Maintenant, vous allez monter sur cette table afin que je puisse faire mon boulot correctement, je n'ai pas de temps à perdre avec une gamine qui ne peut pas passer dix minutes sans son téléphone !

Je suis sur le cul. Mais quel con ! Je ne me démonte pas et lui réponds :

— Si vous m'aviez expliqué pour combien de temps j'en avais, je ne me serais pas levée pour l'attraper !

— Montez !

Je souffle, mais obéis quand même. Je m'allonge sans qu'il ait à me le demander et ferme les yeux. Je ne sens plus la chaleur sur ma cheville, mais ses mains qui commencent à me masser durement. J'ai mal, mais je me retiens en me mordant la lèvre inférieure et en mettant mon bras sur les yeux. Après quelques minutes, je me détends enfin, et la douleur s'estompe légèrement.

— C'est terminé. Passez à l'accueil pour prendre vos prochains rendez-vous. On commencera les exercices la prochaine fois.

Il passe à côté de mon sac au sol et stoppe net. Il se penche et attrape une botte en la regardant et en me regardant après.

— Si vous tenez un tant soit peu à votre cheville, je vous déconseille de porter ces... choses...

— Merci, mais je me passerais de vos conseils vestimentaires...

Je me lève et me penche pour ramasser mon sac et mes affaires éparpillées au sol. Un raclement de gorge me fait relever la tête. Je deviens rouge écarlate. Dans ma colère, j'avais complètement oublié que j'étais en culotte. Je me rends compte qu'il a une vue imprenable sur mes fesses tendues vers lui. Je me relève et lui lance :

— Arrêtez de me mater le cul !

— Alors, arrêtez de le mettre sous mon nez !

Il s'est encore rapproché et n'est qu'à un souffle de moi. J'ai envie de lui mettre une gifle autant que j'ai envie de lui sauter dessus. Mais c'est quoi, ça ? Je le pousse et attrape mon jean au sol et l'enfile en lui faisant face. Je récupère mes affaires sous son regard imperturbable et passe devant lui pour sortir. Il se racle encore une fois la gorge, je me retourne et vois qu'il se retient de rire lorsque mes yeux se posent sur ma botte qu'il tient toujours dans sa main. Je m'avance vers lui en le fixant, toujours en colère, et attrape ma botte, qu'il retient lorsque je veux la récupérer. Il se penche encore une fois vers moi et me lance :

— Je vous aurais prévenue…

Je lui arrache des mains et sors sans prendre son foutu prochain rendez-vous. Cet homme que je n'ai vu que trois fois dans ma vie m'exaspère au plus haut point !

CHAPITRE 15
Jonas

Depuis que je suis entré, je la cherche. Il y a énormément de monde, j'avance au gré de la foule. Il y a plusieurs scènes sur lesquelles des shows se déroulent, certains plus ou moins hard. Ce que j'aime le plus dans ces salons de l'érotisme, c'est observer les gens qui regardent. Il y a toutes sortes de personnes, des couples qui sont ensemble depuis longtemps, des groupes d'amis hommes, des groupes de femmes, les deux parfois, de jeunes couples aussi. Ils ont tous un regard différent sur les shows. Je suis venu pour accompagner Adela et Aaron, ils sont là pour promouvoir leur club « Le Double A » et avaient besoin de moi pour les aider. J'ai bien sûr accepté, d'autant plus quand j'ai su qu'elle serait là aussi. Je sais que c'est malsain, mais même si je sais qu'elle me déteste, je ne peux m'empêcher de vouloir la voir.

Au détour d'un stand, je vois une banderole sur laquelle est inscrit le nom de sa maison d'édition. Je m'avance pour découvrir une femme plutôt âgée qui signe des autographes de son dernier livre, j'imagine. Je regarde autour, mais Louise n'est pas là. Je continue d'avancer, et je la reconnais tout de suite. Elle discute avec un homme qui semble très intéressé par ses propos, ou plutôt par son décolleté, si j'en juge par ses yeux qui n'arrêtent pas de descendre vers sa poitrine. Elle est canon. Je ne peux qu'admirer sa tenue. Adela a fait des merveilles, comme d'habitude. Elle est perchée sur des bottes à talons et porte une combinaison short kaki qui moule son cul à merveille, une ceinture qui marque sa taille et fait ressortir ses hanches, mais surtout, son dos est dévêtu, seule une chaîne dorée retient le tissu. Elle ne porte pas de soutien-gorge, je comprends mieux maintenant le regard de l'homme face à elle. Je reste là, à l'observer discuter avec lui. Elle sourit, elle rit, il sait y faire et je ressens tout à coup une envie d'aller lui démonter la gueule. Je me rends compte en observant autour d'elle que le gars tient un stand de sex-toys. Un couple s'approche pour lui demander un renseignement et j'en profite pour m'avancer vers elle alors qu'elle lui fait signe qu'elle l'attend.

Je m'approche derrière elle, colle mon torse à son dos et me penche en avant. Elle se retient à la table devant elle alors que je pose mes bras sur la table moi aussi de chaque côté d'elle. Elle est coincée entre moi et la table, penchée en avant, son cul contre mon bas ventre...

— Mais ! Qu'est-ce que...

Je lui susurre à l'oreille.

— Alors, Jim ne te suffit plus, tu as besoin de jouets pour te satisfaire ?

— Jonas ! Mais qu'est-ce que tu fous ? Bouge ! Lâche-moi !

— Non.

Elle essaie de se retourner, mais je la tiens fermement entre mes bras lorsqu'elle se relève. Elle a mon torse contre son dos, mes mains sur sa taille, ma bouche dans son cou. Je ne peux m'empêcher de me shooter à son odeur, ce parfum de jasmin que j'aime tant. J'ai envie de profiter un maximum de son corps chaud collé au mien, de sa peau dénudée pressée contre mon torse. Mais elle me fait vite redescendre sur terre.

— Jonas, je peux savoir ce que tu fais ? Je dois bosser, moi !

— On doit parler Louise, viens.

Je la tire avec moi dans un recoin du salon tout en la maintenant près de moi. Elle me repousse et s'adosse contre un mur.

— Qu'est-ce que tu veux, Jonas ?

— Te parler.

Elle croise les bras sur sa poitrine et me regarde :

— Je t'écoute.

Je me sens con. Elle me prend de court, je ne sais pas par quoi commencer.

— C'est sérieux avec Jim ?

Je viens vraiment de lui demander ça ?

— Tu es sérieux ? Qu'est-ce que ça peut te faire ?

— Louise… Réponds à ma question.

— Mais j'y réponds, Jonas : qu'est-ce que ça peut te faire ?

— Putain Louise…

— Quoi ? En quoi ça te concerne ? Tu m'as baisée, tu as obtenu ce que tu voulais et tu t'es barré ! Fin de l'histoire !

Elle s'interrompt et reprend :

— Ah non ! J'ai oublié : tu rencontres Adela, tu baises sa copine pratiquement sous mes yeux et tu te mets en couple avec elle. Là oui, fin de l'histoire !

— Nous ne sommes pas en couple…

— Ah oui ? Alors qu'est-ce que tu fais ici, si ce n'est pas pour la voir ?

— Je suis venu pour travailler, Louise.

Elle lève les yeux au ciel puis me fixe comme si elle allait me sauter à la gorge. Je vois bien qu'elle ne me croit pas, mais c'est pourtant une partie de la vérité. Je me rapproche d'elle, elle est furieuse, mais je m'en fous.

— Je voulais te parler et te donn…

Elle me coupe.

— Laisse tomber, Jonas, pour moi, c'est terminé, tu as abusé de ma confiance, tu m'as pris ce que j'avais de plus cher et tout ça en me faisant croire que tu tenais à moi ! Mais quelle conne j'ai été hein ? Encore une nana sur ton tableau de chasse ! Mais moi tu m'as volée, tu entends ?

Je me rapproche d'elle pour qu'elle comprenne bien, nos souffles se confondent, nos yeux se noient l'un dans l'autre.

— Je ne t'ai rien volé, Louise, tu as partagé tes souvenirs d'eux avec moi, tu as partagé, Louise, je ne t'ai rien volé…

— Mais…

J'élève un peu la voix afin qu'elle m'écoute :

— Louise, du moment où tu as posé cet ordinateur devant moi et que tu as fait défiler les photos et vidéos d'eux, tu m'as donné l'autorisation d'en profiter moi aussi.

— Mais non ! Je voulais juste…

Elle ne termine pas sa phrase, ses yeux se remplissent de larmes, ses poings se ferment, elle ne quitte pas mon regard. Elle sait que j'ai raison mais elle continue malgré ses larmes.

— Je voulais juste que tu voies ce que tu avais raté de leur vie, que tu voies à quel point tu t'étais trompé sur Jack, sur sa vie, que tu voies à quel point ils étaient heureux, à quel point NOUS étions heureux, Jonas. Et tu m'as pris mes souvenirs. Ils m'appartenaient, tu m'entends. C'étaient les miens, juste à moi… rien qu'à moi…

Putain, je viens de comprendre, maintenant. Je serre la clé USB que j'ai dans la poche, j'hésite à la lui donner, mais ses larmes finissent de me convaincre. Je lui tends, elle regarde ma main sans comprendre.

— C'est pour toi.

— Quoi ? Tu vas me rendre les souvenirs que tu m'as volés ? C'est trop tard, Jonas ! Trop tard, tu m'entends ?

Je ne cherche pas à comprendre, lui attrape la main et lui pose dedans en refermant ses doigts dessus.

— Ce sont les miens…

— Quoi ?

— Je te donne les souvenirs que j'ai d'eux.

Je me retourne et je pars. Je ne sais pas si elle a tout compris, mais au moins elle a tout en main. J'envoie un message à Adela pour savoir où elle se trouve, je la rejoins ensuite.

Elle est venue faire une démo de son spectacle et j'en profite aussi pour faire la promo de notre groupe. Il n'y a que moi et Jim, nous allons accompagner Adela sur une chanson de Imagine Dragons : I'm so sorry, en acoustique avec deux guitares. Nous sommes dans l'ombre, Adela est sous la lumière, elle est juste sublime avec sa perruque au carré blonde. Elle est face à nous et nous fait un clin d'œil lorsqu'elle se retourne vers le public. Elle est assise sur une chaise, les jambes écartées face à eux, et commence son show. J'aime observer le public lorsqu'Adela danse, ils sont subjugués par elle, sa volupté, sa sensualité… Mon regard est attiré par quelqu'un dans le public qui me fixe, Louise. Elle ne me quitte pas du regard. Je suis dans l'ombre, je la vois aussi. Nos regards s'accrochent, ses yeux sont toujours aussi brillants d'avoir pleuré par ma faute, encore une fois. Lorsque nous changeons de chanson, j'ai l'impression de chanter pour elle : Creep (salaud), une chanson de Radiohead.

When you were here before
Quand tu étais là, avant
Couldn't look you in the eye
Je ne pouvais pas te regarder dans les yeux
You're just like an angel
Tu es comme un ange
Your skin makes me cry
Ta peau me fait pleurer
You float like a feather
Tu flottes comme une plume
In a beautiful world
Dans un monde merveilleux
I wish I was special
J'aurais aimé être spécial
You're so fuckin' special
Putain tu es si spéciale

But I'm a creep,
Mais je suis un salaud
I'm a weirdo
Je suis un type bizarre
What the hell am I doin' here?
Qu'est-ce que je fous ici ?
I don't belong here
Je n'appartiens pas à ce monde

I don't care if it hurts
Ça m'est égal si ça blesse
I wanna have control
Je veux avoir le contrôle
I want a perfect body
Je veux un corps parfait

I want a perfect soul
Je veux une âme parfaite
I want you to notice
Je veux que tu remarques
When I'm not around
Quand je ne suis pas là
So fuckin' special
Putain tu es si spéciale
I wish I was special
J'aurais aimé être spécial

But I'm a creep,
Mais je suis un salaud
I'm a weirdo
Je suis un type bizarre
What the hell am I doin' here?
Qu'est-ce que je fous ici ?
I don't belong here
Je n'appartiens pas à ce monde

She's running out the door (run)
Elle s'enfuit encore
She's running out
Elle s'enfuit
She run, run, run, run,
Elle court, court…

Whatever makes you happy
Tout ce qui te rend heureuse
Whatever you want
Tout ce que tu veux
You're so fuckin' special

Putain tu es si spéciale
I wish I was special
J'aurais aimé être spécial

Ses yeux ne me quittent pas, elle sait que je chante pour elle, tout ce que j'éprouve pour elle. Ses yeux se détachent de moi et elle regarde derrière elle en repoussant un homme, un autre intervient et fait partir le premier en le poussant violemment en arrière, j'ai l'impression qu'elle le connaît. Je n'ai qu'une envie, c'est de descendre de cette putain de scène et de la rejoindre, mais je dois assurer le show. J'enchaîne sur une autre chanson en voyant disparaître Louise avec cet inconnu.

CHAPITRE 16
Louise

Je suis littéralement sur le cul. Alors que je rejoins mon stand, je repense à ce qu'il vient de se passer. Jonas sur scène et sa voix si envoûtante, qui chantait pour moi, j'en suis persuadée. J'étais tellement obnubilée par sa voix et ses yeux dans les miens que je n'ai pas senti l'homme qui se rapprochait de moi et qui a posé sa main sur mes fesses. Je suis écœurée. Comment se fait-il que lorsqu'un homme croise les fesses d'une nana en short ou en jupe, il se sente obligé de les toucher ou de les caresser ? J'imagine si les femmes faisaient la même chose : si dès qu'elles croisaient un homme en jean moulant elles lui touchaient les fesses, quelle serait sa réaction ? Lorsque je me suis retournée pour lui en coller une, il s'est fait tirer en arrière par un autre homme.

— Dégage de là ! Tu importunes la dame…

Quelle ne fut pas ma surprise de me trouver nez à nez avec mon cher kiné !

L'autre homme avait bien deux têtes de moins que lui et quinze ans de plus. Il a paru très impressionné par sa stature, et est parti sans demander son reste. Je suis restée bouche bée devant lui, ne sachant pas quoi dire. Lorsqu'il s'est retourné vers moi, il m'a regardée de haut en bas, s'est approché très lentement et m'a susurré à l'oreille :

— Sans vos bottes, je ne vous aurais pas reconnue… Charmante, très charmante…

Sa voix… J'ai essayé de ne pas tenir compte des frissons qui m'ont parcouru le corps alors que je l'ai repoussé gentiment en posant mes mains sur son torse - très développé, je dois l'avouer.

— Mais… qu'est-ce que vous faites ici ?

Il m'a fixée en levant un sourcil tout en se rapprochant encore de moi, mes mains toujours sur son torse, en me fixant intensément.

— Il faut bien que le kiné sado-maso que je suis trouve des gadgets pour ses clientes…

Je l'ai regardé, bouche bée. Je n'ai pas su quoi lui répondre, j'ai senti le rouge me monter aux joues et il a éclaté d'un rire franc sans cesser de me fixer :

— La même chose que vous, je suppose…

Après un clin d'œil, il est parti rejoindre un groupe d'hommes. Je suis restée quelques secondes immobile en essayant de décrypter ce qu'il venait de se passer et surtout ce qu'il pouvait bien faire ici ?

Je rejoins mon stand et l'écrivain qui termine la dédicace de son dernier roman, une aventure entre un couple très libéré qui s'adonne à des pratiques sexuelles assez particulières. Mais cela marche plutôt bien, la preuve avec toutes ces ventes et les signatures qui en découlent. Je m'assois dans un coin en feuilletant le livre pour passer le temps et je relève la tête de temps en temps. Je suis encore étonnée de voir certaines personnes habillées comme si elles avaient vingt ans alors qu'elles en ont 60 biens passés. Mes yeux se posent sur une femme de plus de soixante ans qui fait la queue dans l'attente de sa signature. Elle porte une mini-jupe noire et en haut une blouse noire à manches longues en dentelle transparente. Tout le haut de son corps est dévoilé, elle a juste deux petits papillons noirs brodés à l'emplacement de ses tétons. Elle ne porte pas de soutien-gorge et on peut distinguer facilement ses seins lorsqu'elle est de profil. Je suis subjuguée par cette femme. Elle doit sentir mon regard sur elle, car elle se retourne pour me fixer et me sourit. Je lui rends en retour et continue ma lecture.

Mon téléphone rouge sonne. Je me rends compte à ce moment que j'ai oublié de l'éteindre. Je le sors de mon sac et le fixe en me demandant quoi faire. C'est Arthur au bout du fil. J'hésite à aller m'isoler pour lui répondre, mais je ne peux pas avec tout le bruit qu'il y a autour de moi. Il va falloir que je m'y remette plus sérieusement si je veux toujours avoir mon petit pécule à la fin du mois... Je relève les yeux et croise ceux de Jonas, qui me fixent intensément. Il n'est qu'à quelques mètres de moi, Adela est à côté de lui, et discute avec Aaron. J'ai chaud tout à coup, je ne sais plus où me mettre. Son regard est insistant, j'ai l'impression qu'il essaie de lire en moi.

Je le regarde une dernière fois, regarde le téléphone rouge que j'ai toujours en main, refuse l'appel et le repose dans mon sac. Mes yeux restent accrochés à la clé USB que Jonas m'a donnée tout à l'heure. Je me souviens de son regard lorsqu'il me l'a posée dans la main et de ce qu'il m'a dit : « Je te donne les miens, ce sont les souvenirs que j'ai d'eux ». Je suis curieuse de savoir ce qui se trouve dessus. Quels souvenirs peut-il partager avec moi ? Je tourne la clé dans tous les sens, je suis partagée entre deux sentiments. D'un côté, je meurs d'envie de regarder ce qui se trouve dessus et d'un autre, j'ai envie de la lui balancer à la tête.

Lorsque je relève les yeux, Jonas, Adela et Aaron ont disparu, mais je croise deux yeux miel qui me fixent ouvertement. Camille, le kiné. Il lève sa bière en me saluant et bois une gorgée en me fixant intensément. Je ne peux m'empêcher de regarder sa pomme d'Adam monter et descendre à mesure que le liquide dévale dans sa gorge. Mais c'est quoi, ça ? Qu'est-ce qui lui prend ? C'est le salon de l'érotisme qui lui fait cet effet ?

— Hey ma jolie !

Je tourne la tête pour apercevoir Aaron qui m'interpelle. Sa carrure ne passe pas inaperçue au milieu de toutes les femmes qui sont autour de mon stand. Je souris en me dirigeant vers lui. Il me prend dans ses bras pour me saluer.

— Qu'est-ce qui t'amène par ici, Aaron ?

— Ho ! Pas grand-chose, on fait un after après la fermeture des portes au public, je voulais savoir si tu seras parmi nous ?

— Heu… Je ne sais pas, je n'avais pas prévu de rester…

— Parfait ! Rejoins-nous en coulisse après la fermeture pour faire la fête, ma belle !

Il m'envoie un laissez-passer et se retourne sans me laisser le temps de réagir. C'était quoi, ça ? J'ai besoin d'air. Je vois au loin la crinière rousse de Lily avec Jim à ses côtés. J'explique à mon auteur que je vais prendre l'air et me dirige vers mes amis. Lorsqu'elle m'aperçoit, Lily ne peut s'empêcher de hurler :

— Putain Louise ! Qu'est-ce que t'es bandante ! Tu es sûre que tu ne veux pas changer de bord juste pour ce soir ? Dis ?

Elle cligne des yeux plusieurs fois et me fait son air de petite fille sage. Je ne peux m'empêcher d'éclater de rire et de la prendre dans mes bras.

— Tu es incorrigible, tu sais !

— Je sais ! Mais qui ne tente rien n'a rien !

Je ris encore de sa bêtise, je suis sûre que Lily n'aura aucun mal à trouver quelqu'un ou quelqu'une ce soir... Elle est à tomber par terre. Elle porte une magnifique robe verte qui fait ressortir ses yeux, des cuissardes à talons inimaginables et sa chevelure de feu est lâchée sur ses épaules. Jim s'avance vers moi avec son sourire enjôleur. Il me prend dans ses bras et me serre fort. Je profite de ces quelques instants de tendresse. Lorsqu'il s'écarte de moi, il ne peut s'empêcher de me glisser :

— Je veux bien me mettre sur la liste d'attente...

— Qu'est-ce que tu racontes ? Quelle liste d'attente ?

Il se penche vers moi et me susurre :

— Celle pour passer la nuit avec toi !

Il se redresse et se recule si vite que ma main qui s'avance vers sa joue n'a pas le temps de le toucher, et j'explose :

— Mais c'est pas vrai ! Vous vous êtes tous donnés le mot ce soir pour me saouler ou quoi ?

Lily et Jim ne bougent plus puis Lily rajoute :

— Mais tu as vu comment tu es belle aussi ? Sérieux, Louise ! N'importe qui te voudrait dans son lit ce soir, non ? Jonas ?

Je me statufie à l'évocation de son prénom, je me retourne et croise le regard gris acier de Jonas.

— Ouais... N'importe qui...

Il se rapproche de nous pour saluer ses amis. Je n'arrive pas à détourner mon regard de ses bras qui entourent Lily. Même avec ses talons vertigineux elle n'arrive pas à le dépasser. Je commence à en avoir assez qu'on parle de moi comme d'un objet, ils m'embêtent avec leurs réflexions. J'ai besoin d'air. Alors que je me dirige vers la porte, j'entends que Lily m'interpelle. Je lui crie sans me retourner :

— J'en ai marre de vos réflexions ! J'ai besoin d'air !

Je fonce vers la sortie et trouve un mur sur lequel m'adosser. Je me laisse tomber le long de celui-ci et m'assois avec les jambes pliées devant moi. Je pose ma tête sur mes genoux et entoure mes jambes de mes bras en fermant les yeux. On est au salon de l'érotisme, je veux bien, mais ce n'est pas une raison pour parler de moi comme d'un morceau de viande ! Je ne leur appartiens pas. Je commence à me calmer lorsqu'un raclement de gorge se fait entendre. Je garde les yeux fermés. La personne insiste. Finie ma tranquillité.

J'ouvre les yeux sur un verre de bière que l'on me tend. Lorsque je relève la tête pour voir qui a eu cette fabuleuse idée, je me noie dans deux yeux miel avec des éclats dorés qui pétillent de malice. Il ne manquait plus que lui. Je prends le verre que Camille me tend en le levant vers lui pour le remercier. Son regard ne me quitte pas, nous n'avons pas prononcé un mot. Il s'assoit à côté de moi et regarde devant lui tout en buvant sa bière. C'est assez désarmant, mais très reposant aussi, je ferme les yeux et me concentre sur la chaleur de ce corps à côté du mien. Nous restons ainsi un moment, j'ai mis mon cerveau sur pause, mais je me demande quand même ce qu'il a depuis ce soir à me suivre et me regarder comme ça.

Je me retourne discrètement vers lui pour l'observer en douce. Il a les yeux fermés, l'air serein. Ses avant-bras reposent sur ses genoux écartés, sa tête est en arrière, posée sur le mur derrière nous. Sa barbe de quelques jours lui donne un air assez sérieux. Il est plus âgé que moi, c'est sûr, il est très brun, les cheveux très courts. Je devine sous son tee-shirt moulant les muscles de ses bras, ses avant-bras sont aussi très musclés, il a quelques bracelets brésiliens au poignet ainsi qu'une montre dernier cri du genre connectée. Ses jambes sont assez musclées aussi, je le devine à travers le tissu de son jean.

— Tu fais un inventaire ?

Je sursaute en relevant la tête vers lui, il a un sourcil relevé et me sourit, il est beau, tout simplement. Je viens d'être prise sur le fait et je ne sais pas vraiment quoi lui répondre. Après tout, si je lui dis que oui, il va se faire des idées et si je lui dis que non, il va sûrement se vexer... Mais j'ai assez à faire avec Jonas, Jim et Lily en ce moment.

— J'admirais juste le paysage...

— Bien sûr...

Il se retourne vers moi.

— Et ?

— Comment ça et ?

— Le paysage te plaît ?

— Disons que beaucoup de paysages essaient d'attirer mon attention en ce moment... C'est compliqué...

Je regarde devant moi en pensant à Jonas et Jim. Sa main chaude se pose sur la mienne, je sursaute car je suis surprise par ce rapprochement soudain.

— Je comprends, me dit-il en se relevant facilement.

Il se place devant moi et me tend la main. Je le regarde en levant un sourcil, son sourire espiègle est à tomber.

— Je t'offre mon aide pour te relever ?

— Je pense que je vais pouvoir me débrouiller toute seule, merci...

Sur ce, je pose mon verre de bière au sol et essaie de me relever tant bien que mal, étant donné que j'ai des talons très hauts... Je décide d'adopter une allure décontractée en posant mes mains sur le sol et en poussant dessus afin de me relever d'un seul mouvement... Bien sûr, cela ne marche pas et je me retrouve les fesses au sol, sous le regard moqueur de mon très cher kiné. Il me tend sa main, que je refuse, et je recommence. Je pose mes mains au sol, pousse sur mes jambes et me tiens en même temps contre le mur avec mon dos… Ça fait mal aux cuisses, aux abdos, mais je remonte doucement jusqu'à ce que deux mains m'attrapent par la taille pour me mettre sur mes pieds. J'ai l'impression de voler ! Mon kiné me sourit, ses mains toujours sur ma taille, il se rapproche de moi alors que son souffle se confond au mien et que je ne vois que ses yeux :

— Je préfère t'éviter une autre chute… Ce serait dommage d'abîmer une fois encore ce si joli corps.

Je reste là, sans bouger. Je sens la chaleur de ses mains sur ma taille, ses pouces qui font des cercles, je n'arrive pas à me détacher de ses yeux jusqu'au moment où j'aperçois un mouvement derrière lui et que j'entends un :

— Putain ! Fais chier !

CHAPITRE 17
Jonas

J'ai besoin d'un verre ou je sens que je vais tout défoncer. Je file au bar le plus proche et m'enfile un shot, histoire de me remettre les idées en place. Mais c'était qui ce mec avec elle ? Est-ce qu'elle vient de le rencontrer ou elle le connaissait déjà ? Je dois comprendre, est-ce que c'est son mec ? Après tout, elle a le droit de voir d'autres personnes, mais putain que ça fait mal... Je ferme les yeux et les revois, lui, les mains sur sa taille, Louise, les mains sur son torse, ils se regardaient comme s'ils étaient sur le point de s'embrasser. Bordel ! Il sort d'où ? Je venais la rejoindre pour lui parler... Encore. J'en suis sûr à présent, c'est bien elle... Lina. J'ai attendu qu'elle soit seule pour faire son numéro, et lorsque je l'ai vue attraper son téléphone rouge en même temps, j'ai été surpris, mais soulagé aussi. Après, je vais essayer de la rappeler jusqu'à ce qu'elle décroche enfin, pour être vraiment sûr de moi. Je voulais lui parler, qu'on ne soit que tous les deux pour la confronter, mais il a fallu que je la surprenne avec ce mec sorti de nulle part. Jim et Lily me rejoignent, ainsi qu'Adela et Aaron. Le salon va bientôt fermer ses portes au public et on a prévu d'assister à une petite fête afin de bien terminer la journée.

— Louise n'est pas encore arrivée ? demande Aaron.

— Elle avait mieux à faire, apparemment ! dis-je, sarcastique.

Ils se retournent tous vers moi, ne comprenant pas ce que je dis. Je souffle :

— La dernière fois que je l'ai vue, elle était à deux doigts de mettre sa langue dans la bouche d'un mec…

— Qui ? me demande Jim.

— Aucune idée, mon pote ! On dirait qu'elle a besoin de changement !

Je sens les regards sur moi, mais ne relève pas. Je bois un autre verre, je ne veux pas qu'ils voient à quel point ça m'emmerde de l'avoir surprise avec un autre. J'en viendrais presque à préférer la voir avec Jim !

— Je vais la chercher, nous dit Aaron.

— J'ai un rendez-vous d'affaires, nous dit Adela. Je ne vais pas pouvoir rester…

— Comment ça ? lui demandai-je.

— Disons que je dois étudier une proposition qui s'offre à moi… Et pour ça, je dois aller voir par moi-même ce qu'il en est exactement avant de me décider…

Elle me fait un baiser sur la bouche avant de se diriger vers la sortie.

— Bon ! Allez ! Comme au bon vieux temps, les gars ! Nous trois pour le meilleur et surtout pour le PPIIRREEEE !

On éclate tous de rire, Little Lil est de sortie et on ne va pas s'ennuyer. De toute façon, je compte profiter à fond de ma soirée.

— Allez les gars ! On est au salon de l'érotisme, merde ! Faites sortir l'Éros qui se trouve en vous, les mecs !

J'adore cette femme, vraiment, elle est complètement barrée, mais je l'aime comme elle est. Aaron et Louise arrivent vers nous en discutant.

— Je l'ai trouvée ! À bosser, comme d'habitude ! Allez, ma belle ! Que la fête commence !

Alors que Louise, Aaron et Lily se dirigent vers le lieu des festivités, on traîne un peu avec Jim en discutant des répercussions de notre mini show sur scène tout à l'heure. Nous sursautons lorsque la voix de Lily nous hurle au loin :

— Jonas-Arthur-Gérard et Jim-Denis-Robert ! On se sort les doigts du cul et on avance !

— Putain ! Elle a osé ! me dit Jim, choqué.

Il est vrai qu'autant on assume notre second prénom, autant le troisième pas du tout ! Quelle idée à la con de mettre les prénoms des grands-parents aux enfants ! Et Lily sait très bien y faire pour nous mettre la honte avec ça. Je relève les yeux vers elle, mais ce sont ceux de Louise que je croise. Elle me regarde intensément, les sourcils froncés avec la bouche entrouverte. Elle aurait vu un revenant que ça ferait le même effet.

— Bougez-vous ! nous crie Lily en frappant dans ses mains.

Nous les rejoignons pour nous diriger vers l'arrière du salon où la fête a déjà commencé. Des couples se rapprochent sans gêne dans tous les coins, certains sur des chaises, d'autres contre un mur, d'autres dansent lascivement. Je me retourne vers Louise, ses joues ont rougi, on dirait une petite fille qui ne sait pas où regarder. Pourtant, lorsqu'elle est au téléphone avec Arthur, elle a l'air beaucoup moins prude qu'en cet instant… La fin de soirée risque d'être intéressante. J'ai envie de la chercher, de voir si elle m'en veut vraiment ou s'il subsiste encore un peu d'attirance envers moi. Je me dirige vers le bar et commande au barman des shoots de ce qu'il veut. Il me fait deux rangées identiques. C'est parti pour le jeu. Je me retourne vers elle, qui est accoudée au bar, à regarder un peu partout sans savoir où poser les yeux. Il faut dire que plus le temps passe et plus les gens se lâchent sans avoir peur du regard des autres. Jim, Lily, ainsi qu'Aaron, ont déserté pour aller discuter avec d'autres groupes de personnes. Je me rapproche d'elle :

— Ça te tente, un jeu ?

— Tu es sérieux ?

— Ouais, tu es trop sobre pour ce genre de soirée…

Elle me fixe avant de me répondre :

— Parce que toi, non ?

Je lui montre les quatre verres vides sur le comptoir.

— Disons que j'ai pris un peu d'avance…

— Quel jeu ?

— Action ou vérité ?

— Tous les deux ? C'est n'importe quoi !

— Alors propose autre chose, Louise. Le but c'est de boire pour mieux profiter de la fête, ensuite…

Elle regarde le comptoir quelques instants avant de me lancer :

— Très bien, alors je sais !

— Je suis tout ouïe, Louise…

— Je vais te dire quelque chose que je sais sur toi, si c'est vrai, tu bois, si non, je bois…

— Attends attends, que je comprenne bien, donc, si tu me dis que j'ai les yeux gris, je dois boire, et si tu me dis que je suis moche, c'est toi qui bois, c'est bien ça ?

Elle lève les yeux au ciel.

— Dans l'idée oui.

— Parfait ! Je commence !

Elle me regarde, suspicieuse. Elle a raison, car je suis un pro des jeux à la con.

— Très bien, alors je t'écoute.

Je réfléchis et trouve la première chose, imparable :

— Tu es magnifique dans cette combinaison.

Elle ouvre grand les yeux et boit cul sec. Elle fait une grimace et secoue la tête en criant :

— Mais y a quoi là-dedans ?

— Je lui ai demandé de mettre quelque chose de différent dans chaque verre...

Je prends celui qu'elle vient de boire et le renifle avant de le reposer...

— Liqueur de prune !

— Mais je ne vais jamais tenir !

— C'est le but, ma belle !

Elle ferme les yeux et les rouvre en me fixant, plus sûre d'elle.

— À moi !... Tu n'es qu'un sale con égoïste...

La vache, elle attaque fort, mais rien qu'à l'entendre me traiter de sale con égoïste, mes certitudes sur son identité s'affirment. Je prends mon verre et le bois cul sec sans la quitter des yeux. Encore de la liqueur, mais de poire cette fois. Je me penche vers elle et lui dis :

— Tu es une chieuse têtue qui ne reconnaît pas ses torts.

— Pfft...

Elle boit toujours avec cette grimace qui me fait rire intérieurement. Après les huit shoots, je commande une autre tournée. Louise est maintenant assise sur le comptoir, ses pieds sur le tabouret du bar, elle me regarde de haut. Elle essaie de garder une certaine contenance, mais je vois bien qu'elle est complètement pétée. C'est à mon tour de jouer, je décide de tenter le coup. Je prends un shoot et le dirige vers elle :

— Tu ne peux pas te passer de ma présence...

Elle me fixe, sa tête tangue puis elle tend le bras pour me prendre le verre et le boit d'une traite. Elle le repose violemment sur le comptoir en me faisant sursauter.

— Tu es trop con pour comprendre que je t'en voudrais toujours pour ce que tu m'as fait…

J'attrape le shoot qu'elle me tend et le bois cul sec avant d'en attraper un autre et de lui tendre :

— Tu es trop têtue pour te laisser aller à tes sentiments.

Elle boit, secoue la tête, me fixe sans rien dire quelques secondes et me tend un autre verre.

— Ton second prénom est Arthur…

Merde. Je ferme les yeux et les rouvre sur elle qui me fixe intensément. Là, tout de suite, j'ai envie de l'embrasser, de la serrer dans mes bras, mais je bois. Après tout, Lily m'a appelé Arthur tout à l'heure. Est-ce que je lui demande si le sien est Lina ? Tout est embrouillé dans ma tête, avec tout l'alcool ingurgité, j'ai du mal à réfléchir.

— Tu as un lutin des bois tatoué sur le corps.

Elle boit sans me quitter des yeux.

— Tu as une boussole tatouée sur ton biceps droit.

Je bois, ça devient de plus en plus compliqué. Je ne sais pas si elle sait qui je suis, et si elle a deviné que je sais qui elle est… Je repose mon verre vivement sur le comptoir et la défie du regard.

— Tu es amoureuse d'un connard.

Elle ne me quitte pas des yeux, attrape un verre en gardant ses yeux ancrés dans les miens et boit encore une fois.

— Et toi d'une pimbêche.

Je vois un sourire s'immiscer sur ses lèvres. Au moins, elle sait, je sais.

— Tu as une voix magnifique lorsque tu chantes…

Elle rit en remuant la tête, mais elle boit.

— Tu as une belle voix lorsque tu racontes des histoires...

Je souris et bois. Nous continuons d'énumérer ce que nous aimons chez l'autre, enfin ce que j'aime chez Lina, ce qu'elle aime chez Arthur.

Je bois le dernier verre de la série. Je me retourne vers le gars qui nous servait tout à l'heure, mais il a disparu. Je me penche derrière le comptoir pour attraper une bouteille, je suis à deux doigts de gerber lorsque je me relève. Je me tourne vers Louise qui m'observe.

— Quoi ?

Elle se penche en avant avec l'index pointé vers moi pour me parler et glisse du comptoir où elle était assise. Je la rattrape au vol tant bien que mal pour la rasseoir sur le tabouret à proximité. J'en fais de même.

— Alors pourquoi ?

Je relève les yeux vers elle.

— Pourquoi quoi ?

— Pourquoi te comportes-tu comme un connard avec moi ? Pourquoi ne peux-tu pas être comme Arthur dans la vraie vie ?

Je passe ma main sur mon visage. Pourquoi ? Aucune idée. Lorsque je relève les yeux vers les siens, je vois qu'ils sont brillants. Elle continue :

— Pourquoi te comportes-tu comme ça avec moi ? Pourquoi n'es-tu pas l'homme doux et sympathique avec qui j'aime tant discuter ?

— Et toi ?

Elle fronce les sourcils et penche la tête.

— Pourquoi la Louise que je connais ne peut-elle pas être comme la Lina que j'aime entendre au téléphone ?

Pourquoi Louise est si inhibée alors que Lina est si libre et ouverte ?

Nous nous regardons intensément, ni l'un ni l'autre ne parle. Ses yeux brillent toujours autant, j'aimerais tant connaître ses pensées à cet instant. Maintenant que je sais qui elle est, que j'en ai la certitude, je me retrouve comme un con. J'ai envie de la prendre dans mes bras, envie de l'embrasser pour que les larmes qui commencent à dévaler ses joues s'arrêtent. Elle me surprend en me tendant un verre qu'elle vient de remplir et murmure :

— Tu ne comprendras jamais la relation que j'avais avec mon frère et avec Jack.

Je bois, plus par habitude maintenant, car ce n'est pas vrai, je comprends cette relation qu'elle avait avec eux, mais je ne veux pas la vexer, pas ce soir. Mon esprit est embrumé, alors je n'ose imaginer le sien.

— Tu ne comprendras jamais à quel point je regrette qu'ils ne soient plus là.

Je baisse la tête en repensant encore à ce dernier soir, à la révélation de Jack, à la présence de Loukas à ses côtés, à mon pétage de plomb… Je continue :

— Ce soir-là, le vrai Jonas a disparu, lui aussi…

Son regard ne me quitte pas, je vois qu'elle hésite à boire, puis finalement, elle boit et me lance :

— C'est parce que j'avais soif, Jonas, parce que je sais exactement ce que tu ressens, car je ressens la même chose que toi là.

Elle se penche vers moi qui suis toujours assis sur mon tabouret, elle attrape ma main et la pose sur son cœur à plat.

— Parce que j'ai perdu la moitié de moi-même ce soir-là, Jonas, j'ai perdu mon jumeau, mon double, mon autre moi-même... Et la Louise d'avant aussi...

Elle essuie une larme qui coule sur sa joue et continue.

— Alors oui, Jonas, je sais que tu regrettes qu'ils ne soient plus là, mais moi aussi... Moi aussi...

J'approche mon autre main pour essuyer une autre larme sur sa joue, elle appuie son visage sur ma paume, sa main est toujours sur la mienne, sur son cœur.

Nous restons ainsi un bon moment avant que Jim nous fasse sursauter :

— Elle s'est endormie ?

— Pfft ! Pas... Du... Tout... Jim... Je faisais une pause. Hein ?

Je ne peux m'empêcher d'éclater de rire de la voir comme ça ! Je l'attrape par la taille et la fais descendre du tabouret. Lorsque je la lâche, elle tangue dangereusement et Jim la rattrape avant qu'elle ne s'étale par terre.

— Tu danses ? demande-t-elle à Jim.

Il me regarde et hausse les épaules en l'entraînant dans une folle danse.

Je retrouve Lily et Aaron avec un groupe de personnes qui est encore habillé. Ils discutent musique. Quelques heures plus tard, j'ai une guitare à la main, ainsi que Jim, et les filles chantent à tue-tête pour nous accompagner debout sur une table. Lily a toujours sa voix éraillée et Louise m'épate vraiment, elle a une voix magnifique et un répertoire musical que je n'imaginais même pas. Elle nous chante de vieux tubes comme du Aretha Franklin pour passer ensuite à du Nirvana et puis, lorsque Lily se joint à elle, c'est juste magnifique. Les deux femmes les plus importantes de ma vie sont là, juste devant moi. Je suis heureux ce soir, bourré, mais heureux.

Lily s'éloigne pour aller boire un verre et Louise murmure quelque chose à Jim. Je les observe de loin, Louise monte tant bien que mal sur le piano et Jim se met à jouer un air que je reconnaîtrais entre mille. D'habitude, c'est un homme qui la chante, mais lorsqu'elle chante, je prends les paroles pour moi. C'est exactement ça : I'll be your lover too de Van Morrison. Je ne peux m'empêcher de la fixer lorsqu'elle chante, car ses deux yeux me fixent intensément…

CHAPITRE 18
Louise

Une affreuse lumière essaie de se faufiler sous mes paupières. Je ferme les yeux plus fort, mais ça ne marche pas… Je mets mon bras dessus, mais ça n'atténue pas grand-chose… Je me retourne pour mettre ma tête sous l'oreiller, mais un grognement m'arrête dans mon élan. Qu'est-ce que j'ai encore fait ? Ou plutôt avec qui ? Mais ce n'est pas vrai ! Il va vraiment falloir que j'arrête de boire ! Si je dois coucher avec quelqu'un à chaque fois que je picole et que je ne me souviens de rien ensuite, ça risque de mettre à mal ma réputation… Allez, Louise, un peu de courage. Tout d'abord, j'ouvre un œil, je ne vois pas grand-chose, je me risque à ouvrir l'autre… Pas mieux. Je ne connais pas cet endroit, non pas que je connaisse beaucoup de chambres, mais quand même, j'aurais été rassurée si j'avais dormi dans un endroit connu. Au moins, je sais que je ne suis pas chez moi…

J'observe autour de moi et me rends compte que mon compagnon de nuit est très cultivé étant donné tous les livres qui se trouvent sur la bibliothèque, qui prend un pan entier de mur. J'ai l'impression que beaucoup de livres se ressemblent, on dirait des encyclopédies. Il y en a de toute sorte, de toute taille. Il y a également des romans, de toute sorte aussi. Je me retourne pour voir un bureau qui a disparu sous tout un tas de feuilles et de carnets. Les feuilles sont toutes recouvertes d'encre, des partitions traînent aussi. Je me retourne un peu plus pour voir trois guitares posées dans un coin sur leur support. Merde ! J'ai recommencé. Je me mets sur le côté et relève la couette pour voir l'identité de mon colocataire nocturne. Il est de dos, torse nu, je baisse la couette afin de mieux contempler ses tatouages, il y en a tellement ! J'admire son arbre qui est sur le côté de son dos, un arbre mort avec d'immenses branches où il persiste quelques feuilles vertes au bout, juste quelques-unes… Je continue mon exploration, des mots sont écrits ici et là, des dessins en noir et gris, beaucoup sont des représentations de la mort, d'autres du temps qui passe. Il se retourne d'un seul mouvement, ma main reste en l'air. Je me rends compte que je l'avais posée sur sa peau nue. Ses prunelles grises me fixent, je reste immobile, je ne sais pas comment agir avec lui. Je suis dans son lit, je ne me souviens plus de grand-chose d'hier soir à part le fait que j'ai chanté, que j'ai bu, que des gens copulaient un peu partout et…

Oh putain ! Arthur, il est Arthur ! Je sais que j'ai souvent douté de son identité lorsque je l'avais au téléphone. Lorsque Jonas me parlait, j'imaginais souvent Arthur, mais là, j'en ai eu la certitude lorsque Lily l'a appelé par son second prénom pour le faire bouger avec Jim. Et puis ce jeu à la con où il m'a fait boire, plus que de raison, mais où nous avons pu nous exprimer librement tous les deux. Il est Arthur, celui qui représente le Jonas d'avant l'accident, je suis Lina, celle qu'était Louise, avant… Et puis Jonas… Sa main sur mon cœur, sur ma joue… Je ferme les yeux et me jette en arrière pour ne plus être sondée par son regard perçant. Je sens sa main qui enlève une mèche de cheveux de mon visage, je frissonne, mais je ne veux pas me confronter à lui.

— Tu sais que j'aimerais des réveils comme ça tous les matins...

Je suis si surprise que j'ouvre les yeux pour plonger dans la grisaille de ses prunelles. Je les détourne aussitôt face à leur intensité que je ne peux pas supporter. Ils s'arrêtent sur un sac à main rouge posé sur le dossier de la chaise du bureau. Un sac d'Adela. Retour à la réalité.

— Arrête de raconter n'importe quoi, Jonas, tu fais déjà ça tous les matins...

Il fronce les sourcils. Je rajoute :

— Avec Adela...

Je referme les yeux pour ne pas voir sa réaction, de toute façon je ne veux pas me battre avec lui. Il l'a elle, alors pourquoi il me voudrait moi ? À part pour me mettre sur son tableau de chasse une fois de plus ? Mais je n'ai vraiment pas envie de ça... Je l'entends souffler, bouger.

— Putain ! Mais... Tu ne comprends vraiment rien, n'est-ce pas ?

Il a élevé la voix, j'ouvre les yeux pour voir qu'il s'est accroupi face à moi.

— Il faut croire que non, Jonas...

— C'est toi que je veux ! Je veux Louise ! Je veux Lina ! Mais pas Adela ! Merde !

Je me redresse pour m'asseoir face à lui, le dos contre le mur.

— Ha oui ? Alors pourquoi lorsque tu m'avais, t'es-tu barré pour aller en baiser une autre, Jonas ?

— ... Ce n'est pas...

— Ho je vois... Ce n'est pas ce que je crois, c'est ça ? Non ! Bien sûr que non !

— Putain Louise… Je n'y arrive pas… J'ai tellement peur de ta réaction… Je ne sais pas comment te faire comprendre ce que je ressens… Et surtout pourquoi je ne peux pas…

Il passe ses mains sur son visage, il semble vouloir me dire quelque chose, mais il est trop lâche pour ça.

— Alors si tu ne peux pas… Pourquoi moi, je le pourrais, Jonas ?

Ses yeux s'ancrent aux miens et je suis étonnée d'y voir de la tristesse. Il se lève et il sort sans un mot de plus.

Je me retrouve seule, dans cette chambre, dans ce lit qui n'est pas le mien, mais dans lequel je me sens si bien. Je me lève aussi et me rends compte que je n'ai qu'un tee-shirt sur moi avec ma culotte. Le même tee-shirt que la dernière fois, celui des I IDiavoli… Il est assez grand pour m'arriver à mi-cuisse. Je me dirige vers la cuisine, où Jonas est attablé devant un mug de café. Je regarde le comptoir et je sens le rouge me monter aux joues en repensant à mon premier orgasme avec lui. Un orgasme tout habillée… Je ferme les yeux pour les rouvrir sur Jonas, qui me regarde avec un sourire sur les lèvres.

— Tu penses à la même chose que moi ?

Je ne sais pas quoi lui répondre.

— Je pense que oui…

Je me retourne pour qu'il ne voie pas à quel point cette vision me trouble, que lui me trouble. Il n'est qu'à quelques mètres seulement de moi et je n'ai qu'une envie, c'est de lui sauter dessus… Mais à quoi cela servirait-il étant donné que ce soir, il sera encore dans les bras d'Adela ? À part me faire souffrir, et je n'ai plus envie de ça. Je ne veux pas être un nom de plus sur le tableau de chasse de Jonas. Je connais son manège, maintenant, je n'ai plus confiance en lui. Je prends un mug et le remplis de café. Je sens sa présence derrière moi, je me fige un instant en sentant ses mains passer de part et d'autre de mon corps pour se poser sur le comptoir.

— Louise…

Il prend mon mug et le pose. Je pose mes mains à côté des siennes, les siennes recouvrent les miennes et remontent lentement le long de mes bras. Je ne bouge pas, je tremble à son contact. Son corps me frôle sans jamais me toucher vraiment, il me laisse le choix. Lorsque ses mains sont sur chacune de mes épaules, il commence à descendre le long de mon corps lentement, très lentement, il fait durer ce moment.

— Jonas…

— Humm…

— Tu sais que ça ne nous mènera à rien…

— Je m'en fous, Louise, de ce que tu penses de moi, je veux te prouver à quel point j'ai envie et surtout besoin de toi.

Il presse son corps contre le mien et je sens son érection. Ses mains continuent leur descente sur mon corps, elles sont maintenant sur mes cuisses, sur mes mollets, sur mes pieds. Jonas se relève en faisant remonter ses mains le long de mon corps, il passe sous mon tee-shirt, ma taille, sur mon ventre qu'il caresse, sur mes seins qui se dressent vers ses doigts. Je ne peux m'empêcher de gémir, c'est si bon et sensuel. Ses mains redescendent jusqu'à la dentelle de ma culotte. Jonas l'abaisse jusque sur mes pieds et me l'enlève. Il fait ensuite passer le tee-shirt par-dessus ma tête. Je suis toujours dos à lui. Il me couvre de baisers, de mon cou jusque sur mes cuisses en passant par mes fesses, mon dos, mes épaules. Il s'agenouille, passe devant moi, je sens ses mains et sa bouche sur toutes les parties de mon corps. Il passe ma jambe sur son épaule. Lorsque je sens son souffle chaud sur mon intimité, je ne peux m'empêcher de gémir son prénom. Sa langue percée chaude sur cette partie de mon anatomie est un délice, il sait si bien y faire, avec toutes les femmes qu'il a baisées. J'ai un moment de recul, il me maintient et s'active de plus belle en me murmurant :

— Laisse-moi te les faire oublier Louise, il n'y a que toi… Laisse-moi être ton Arthur…

Il s'active un peu plus, ses doigts rejoignent sa langue experte. Je m'accroche à ses cheveux et au comptoir pour ne pas tomber lorsque l'orgasme survient. Il remonte face à moi et m'embrasse tendrement alors que je me remets à peine.

— Regarde-moi, Louise…

Mes yeux sont toujours fermés, je ne veux pas croiser son regard. Les yeux sont le miroir de l'âme et je ne veux pas qu'il voie à quel point j'aime lorsqu'il prend soin de moi, de mon corps…

— Louise…

Il m'attrape le menton pour me faire relever la tête, mais je garde toujours les yeux fermés pour me protéger de lui.

— Très bien, tu l'auras cherché !

Plus rien. La chaleur de son corps a disparu. J'ouvre les yeux pour voir où il est parti lorsque je plonge dans ses prunelles grises, un gris intense, un gris qui me désire, qui me veut, comme jamais on n'a voulu me posséder. Je suis déstabilisée par son regard, je sais maintenant pourquoi je ne voulais pas ouvrir les yeux. Sa bouche se rapproche lentement de la mienne sans me quitter des yeux, la paume de sa main se pose sur ma joue, son pouce fait de doux mouvements, je savoure cette tendresse.

— Sois mienne, Louise… S'il te plaît… Je t'offrirai des moments comme celui-ci tous les jours, toutes les nuits…

Je sens le piercing de sa langue qui joue avec mes lèvres, sa bouche se fait douce sur la mienne, son baiser devient plus intense lorsque sa langue entre enfin en contact avec la mienne. Nous approfondissons notre baiser, nous nous collons l'un à l'autre comme si nous pouvions nous fondre l'un dans l'autre. Il passe mes jambes autour de sa taille et nous amène dans sa chambre. Il me dépose sur son lit lentement, il m'embrasse, parcourt chaque parcelle de ma peau avec sa bouche, ses mains, je suis dans un cocon de volupté. Lorsque sa bouche revient sur la mienne, je ronronne de plaisir. Lorsqu'il entre en moi, il est toujours aussi doux, nos yeux s'accrochent et ne se quittent plus.

— Laisse-moi prendre soin de toi, Louise.

Il m'embrasse dans le cou, remonte sur mes lèvres, ses gestes sont tendres. Il bouge lentement en moi, nous n'avons pas besoin de nous parler. Ses yeux s'ancrent dans les miens à nouveau et je peux ressentir toute la tendresse qu'il éprouve pour moi. Ses mains caressent mes cheveux, mon visage. Je suis émue, car c'est la première fois que Jonas agit ainsi avec moi, le vrai Jonas, celui d'avant. Nous faisons l'amour, enfin. Et la différence est flagrante. Je ne peux m'empêcher de le toucher, mes doigts parcourent son dos, son visage. Il me sourit, je ne peux que faire de même. Son corps encré me recouvre complètement et je me sens divinement bien, je ressens la chaleur de son corps partout autour de moi, en moi… Ses lèvres ne quittent pas les miennes, nos langues continuant leur danse érotique. J'aimerais que ce moment dure, je sais que je n'ai jamais rien ressenti de tel, de la tendresse, de la quiétude, de l'amour… Oui, c'est ça, de l'amour. Mes yeux n'arrivent pas à se détacher des siens. Son sourire s'agrandit lorsqu'il augmente la cadence. Je m'accroche à son dos, à ses fesses, je ne peux m'empêcher de gémir lorsqu'il ne se retient plus. Il devient plus animal, plus brut, plus Jonas. Je passe mes jambes autour de sa taille pour le sentir plus profondément en moi.

— Jonas…

— Putain Louise…

Mon orgasme est foudroyant, je hurle son nom, il vient juste après. Il pose sa tête dans mon cou, je sens son souffle rapide sur ma peau. Il sème des petits baisers sur mon épaule puis se déplace sur le côté. Nos peaux restent en contact, nos doigts ne peuvent s'empêcher de parcourir la peau de l'autre, puis sa voix rauque trouble cet instant de volupté.

— Rassure-moi, Louise, tu as un moyen de contraception ?

— Je… Oui ! Pourquoi ?

— Disons que dans l'action, j'ai oublié l'essentiel…

Je suis bouche bée. Merde ! Le préservatif !

— Mais tu es clean ?

— Putain Louise ! Bien sûr ! J'utilise toujours des préservatifs !

— Oui… Je vois ça !

Il se rapproche de moi.

— Je te promets que je suis clean et que je n'ai jamais trempé ma queue dans une bonne femme sans un bout de latex entre mon sexe et elle.

— Quelle déclaration !

J'éclate de rire.

— Je vais t'emprunter ta douche alors…

— Tu connais le chemin. Je vais refaire du café.

Il me fait un baiser sur la bouche puis avec ses dents il tire sur mes lèvres pour m'embrasser plus profondément.

— Jonas…

— Le café, oui…

Il s'éloigne de moi en riant. Cela fait du bien d'entendre ce son.

Je récupère mes affaires à la cuisine et file à la douche non sans avoir piqué un boxer à Jonas dans sa commode ainsi qu'un tee-shirt à lui et non de son groupe…

Je pensais qu'il me rejoindrait sous la douche, mais chose étonnante, il est resté bien sagement à la cuisine. Lorsque je vais le rejoindre, je comprends pourquoi. Adela est assise à côté de lui, avec un café entre les mains. Ils discutent l'air de rien. Très bien, voyons voir si Monsieur Jonas a dit vrai, cette fois-ci. Je m'avance vers eux avec pour simple rempart à ma pudeur un boxer de Jonas et son tee-shirt qu'il aime tant.

— Salut Adela ! Comment vas-tu ?

— Plutôt bien ! Mais c'est plutôt à toi qu'il faut le demander, je crois, d'après ce que m'a dit Jonas !

— Je vais bien, merci.

Un blanc s'installe. Je vais me servir un café après avoir jeté le froid dans l'évier. Ils sont proches, trop, à mon goût, mais Jonas ne fait rien pour la repousser. Alors que je m'installe face à eux, c'est là que je remarque qu'Adela est tournée vers lui et qu'elle a sa jambe passée par-dessus celle de Jonas et sa main sur la sienne. Je reste fixée sur cette vision. Quand je pense à tout ce qu'il m'a dit, il n'y a même pas vingt minutes ! Je me suis encore fait avoir par ce connard. J'y ai pourtant cru ! Mais je redescends vite de mon petit nuage. Je sens son regard sur moi, mais je ne lui fais pas l'honneur de le regarder, il peut aller au diable ! Je sens que je suis à deux doigts d'exploser, il faut que je parte. Je finis mon café d'une traite et fais mine de regarder la montre que je n'ai pas.

— Déjà ? Je dois y aller !

Je me lève et file dans la chambre pour enfiler ma tenue d'hier. Je prends au passage un sweat de Jonas que je passe par-dessus, cela cachera une partie de mon décolleté. Une boule se forme dans ma gorge, je fais un effort surhumain pour retenir les larmes qui ne demandent qu'à sortir. Lorsque je m'apprête à partir, Jonas passe la porte de sa chambre.

— Louise… Ce n'était pas prévu… Elle ne devait passer que ce soir et…

Je le coupe en hurlant :

— Mais non ! C'est parfait ! J'ai pu voir à quel point tu étais toujours un sale con égoïste doublé d'un gros connard !

— Chut… Louise… Je vais lui dire ce soir, je te promets.

— Et pourquoi pas maintenant ? Ce serait si simple, non ?

— Louise, je ne peux pas… Pas comme ça, par respect pour elle, pour ce qu'elle ressent pour moi…

— Ah oui ! Par respect pour elle ? Pour ce qu'elle ressent pour toi ? Mais tu plaisantes ?

— Louise…

Il tend la main vers moi, mais je passe à côté de lui et lui hurle avant de partir :

— Et moi, Jonas ?

— Quoi ? Mais ça ne change pas ce que…

— Oh si ! Ça change énormément de choses, Jonas ! Parce que moi aussi je ressens des choses pour toi ! Moi aussi j'ai droit à un certain respect de ta part !

Il s'avance vers moi, mais je recule :

— Alors maintenant, voilà ce que l'on va faire. Tu m'oublies, je t'oublie et tout ira pour le mieux entre nous. Tu ne m'appelles pas, tu oublies Lina aussi ! On se raye de nos vies, Jonas ! Et si par malheur, on devait se retrouver dans la même pièce, on fait comme si l'on ne se connaissait pas ! Tu n'existes plus pour moi, Jonas ! Adieu.

Cela fait maintenant plusieurs jours que je suis enfermée chez moi à travailler sur un gros manuscrit. Mon patron a été tellement surpris du nombre de ventes au salon de l'érotisme qu'il a décidé de réitérer notre partenariat en m'envoyant dans tous les salons aux alentours. Au moins, je sais à quoi m'attendre à présent. Je regarde encore une fois mon téléphone et efface le message de Jonas sans même le lire. J'en fais de même avec mon téléphone rouge et efface les messages d'Arthur. Je file pour aller chez le kiné. Je ne l'ai pas revu depuis le salon de l'érotisme, j'appréhende un peu, mais je veux voir comment il va se comporter avec moi. Avec ce qu'il vient de se passer avec Jonas, j'avoue que ma fierté en a pris un coup et que je ne pense pas faire confiance à quelqu'un de sitôt…

Pour une fois, j'arrive à l'heure, je me dirige vers la secrétaire qui me donne mes prochains rendez-vous et me demande de patienter, car Monsieur Armen a un peu de retard. Je lève les yeux au ciel.

— Beaucoup de retard ?

— Un quart d'heure environ…

Je regarde ma montre, ce n'est pas que j'ai quelque chose de prévu après, mais c'est une question de principe… Je me plonge dans un manuscrit que j'ai amené avec moi et commence à le corriger en attendant que Monsieur Armen veuille bien montrer le bout de son nez… Je relève la tête lorsque la porte de la salle d'attente s'ouvre. Une femme d'une cinquantaine d'années entre en tenue de sport, me salue et s'assoit. Quelques minutes plus tard, une jeune femme de mon âge vient la chercher. Elle a de la chance, elle ! Elle a à peine attendu 5 minutes et moi ça fait - je regarde ma montre - une demi-heure ! Bon, ça suffit ! Ce cher kiné a beau être un beau gosse, il n'a aucun respect pour ses patients. Je range mes affaires dans mon sac et me lève pour partir lorsque la porte s'ouvre sur lui. Nous nous toisons quelques secondes.

— Mademoiselle, vous partiez ?

— J'avais rendez-vous il y a plus d'une demi-heure…

— J'ai eu une urgence.

Je murmure.

— Décidément…

— J'ai un emploi du temps assez chargé et je ne contrôle pas toujours la circulation de cette ville, mademoiselle, me dit-il en me montrant le casque de moto qu'il porte à la main.

Nous nous faisons toujours face lorsqu'un raclement de gorge nous interrompt.

— Monsieur Armen, votre rendez-vous suivant a été annulé. Océane est souffrante et a dû retourner à l'hôpital pour des examens complémentaires.

Il me laisse en plan et se dirige vers son bureau. Il se retourne vers moi et me lance :

— Je dois passer un coup de fil, vous connaissez le chemin ? Déshabillez-vous, j'arrive.

Il passe la porte de son bureau et je me retrouve bêtement dans la salle d'attente à ne plus savoir quoi faire. La secrétaire a pitié de moi.

— Avancez-vous, mademoiselle, le cas Océane lui tient particulièrement à cœur, il ne va pas tarder, je vous assure…

— Mouais…

Je m'avance vers la pièce attenante à son bureau et je me déshabille. Il faudra que je pense à venir en jupe ou en robe la prochaine fois, ce sera plus simple que de me retrouver en culotte face à lui. Je m'allonge et pose ma tête sur le coussin derrière moi en fermant les yeux. Je ne peux m'empêcher de repenser à Jonas. Il m'a envoyé énormément de messages en me disant qu'il était désolé, qu'il voulait me parler, mais ma décision est prise, jamais plus je ne lui ferais confiance, ni ne lui adresserais la parole, il peut toujours courir.

— Toujours des douleurs ?

Je sursaute et me relève, je ne l'avais pas entendu arriver. J'étais tellement prise dans mes pensées, par Jonas…

— Encore quelques douleurs, mais c'est supportable.

— Bien, dit-il en s'asseyant sur un tabouret près de moi, voyons voir ça.

Il commence à me tourner la cheville dans tous les sens. J'avoue que passer une soirée entière sur des bottes haut perchées à chanter et danser comme une folle, ça ne va pas m'aider à accélérer ma guérison… D'autant plus que j'ai oublié la fin de soirée… Je me mords la lèvre et gémis lorsqu'il appuie un peu plus sur le côté.

— Vous devriez éviter de faire ça…

J'ouvre les yeux, il me fixe avec son petit sourire en coin.

— Faire quoi ?

— Ce que vous venez de faire…

— Je ne comprends pas…

Il éclate de rire. Je me sens conne et vexée sur le coup. Je veux retirer ma cheville, mais il la tient fermement. Il reporte son attention sur celle-ci et continue son massage puis il reprend :

— D'habitude lorsque les femmes se tiennent la lèvre avec les dents et gémissent, c'est lorsque je m'occupe d'une autre partie de leur anatomie...

Oh putain ! Je sens le rouge qui me monte aux joues. Cet homme a une façon de dire les choses... Et maintenant, je n'arrive pas à m'enlever cette vision de lui entre mes cuisses. Je ferme les yeux et les rouvre sur son visage qui m'observe.

— Un problème ?

— Non, non ! Juste... Rien !

— Très bien...

Après un moment, il me demande :

— Comment votre soirée au salon de l'érotisme s'est terminée ?

— Heu...

Comment lui dire ? J'étais complètement pétée après avoir fait un jeu à la con en avalant des shoots de n'importe quoi, j'ai dansé, j'ai chanté, et je me suis réveillée dans le lit d'un homme avec qui j'ai fait l'amour pour ensuite qu'il me jette comme une merde et me laisse avec mes désillusions. Mais je vais faire court.

— Bien.

— Juste bien ? Vous n'êtes pas très loquace !

— En quoi est-ce que ça peut vous intéresser ?

— Disons que je suis curieux de savoir comment vous avez terminé votre soirée...

— Oh ! Et quel rapport avec ma cheville ?

— Justement ! Je dois savoir comment elle a été traitée dans cette botte qui vous faisait des jambes de rêve...

— C'est purement médical bien sûr...

— Tout à fait !

Il me fait un clin d'œil et je décide de jouer un peu avec lui, après tout...

— Alors lorsque nous nous sommes quittés, j'ai terminé d'aller travailler sur mon stand, ensuite j'ai rejoint des amis à un after sur le salon...

Il me regarde intensément tout en continuant de me masser. Je remarque que ses mains font des gestes plus amples qui dépassent le périmètre de ma cheville.

— Il y avait des gens partout qui s'embrassaient, qui se touchaient... Bref ! Le salon de l'érotisme, quoi ! Ensuite, je me suis attelée au bar, j'ai fait un jeu débile avec un ami et je me suis retrouvée à danser sur une table tout en chantant...

Il s'est arrêté de me masser tout en laissant ses mains sur moi. Il me fixe intensément.

— Quoi ? Vous vouliez connaître ma fin de soirée, non ? Mais pour votre information, il me semble que j'ai terminé ma soirée pieds nus ! J'ai quand même pris soin d'elle... Un petit peu...

Je lui fais un clin d'œil, il me regarde avec son sourire si charmant.

— Quel genre de jeu ?

— Quoi ?

— Avec votre ami ?

— Oh ! Le genre à boire des shoots de liqueur à tour de bras... Mais j'ai pris soin de ma cheville, vous voyez !

— Je vois... Vous avez pu admirer d'autres paysages...

Je ne comprends pas ce qu'il me dit puis repense à la discussion que nous avions eue tous les deux au salon.

— En effet, il y en avait beaucoup et de très différents…

Il me sourit en se relevant.

— Bien ! La prochaine fois, je verrai comment vous vous sentez et je déciderai ce que je ferai de vous…

J'ai l'impression que sa phrase a un double sens, mais je ne m'en formalise pas. Je me relève et attrape mon jean alors qu'il est toujours dans la pièce.

— Vous allez rester là ?

— J'avoue que le paysage me plaît beaucoup…

Il croise les bras sur son torse et me détaille pendant que j'enfile mon pantalon.

— Vous matez toutes vos patientes se rhabiller lorsque vous en avez terminé avec elles ?

Il s'avance vers moi alors que j'attrape mon sac. Il est proche, très proche, trop proche. Il me sourit et me dit avec une voix suave :

— Lorsque j'en ai terminé avec une femme, Louise, elle peut rarement se rhabiller tout de suite, elle doit d'abord reprendre son souffle et retrouver ses esprits…

Je suis sans voix. Je sens que je rougis. Je lui tourne le dos et sors de la pièce en lui lançant :

— Vous me matez encore le cul !

Il éclate de rire et me répond :

— Que veux-tu, je crois que j'en suis tombé amoureux…

Je me retourne vers lui alors qu'il a toujours son sourire sur les lèvres. Je n'ai pas envie qu'il ait le dernier mot. Alors je m'avance lentement, pose ma main sur son torse pour le faire reculer dans la pièce, je lui fais signe avec mon index de se baisser vers moi (qu'est-ce qu'il est grand ! Plus que Jonas…) et lui susurre à l'oreille :

— Mon très cher Camille, sache que tu verras toujours mon cul recouvert d'un jean ou d'un bout de tissu… Alors, oublie-le et trouves-en vite un autre…

Il se relève un peu et me dit en me regardant droit dans les yeux :

— Ma très chère Louise, j'aime beaucoup lorsque ton cul est recouvert de cette dentelle rouge que tu portais l'autre fois… Mais je peux t'assurer que très bientôt ce cul dont je suis tombé amoureux vibrera sous mes baisers et mes caresses…

Je suis sans voix encore une fois, je respire un grand coup. Erreur ! Son parfum musqué s'immisce dans mon esprit. Je me retourne pour partir et je l'entends ajouter pour lui.

— Définitivement amoureux…

Putain ! Mais comment cet homme arrive-t-il à me faire ressentir des choses pareilles sans même me toucher, juste en parlant ? OK, il est plus âgé que moi, mais il dégage une telle sensualité, il trouve toujours les mots, j'en suis sans voix, vraiment, et c'est plutôt rare. Il faut que je l'oublie, je ne veux pas me prendre la tête avec un homme en ce moment, j'ai eu ma dose.

CHAPITRE 19
Jonas

Cela fait plusieurs jours maintenant que je suis enfermé dans mon appart à penser à Louise. Elle ne répond pas à mes appels, encore moins à mes messages, elle fait comme elle me l'a dit : elle m'oublie, elle m'éjecte de sa vie.

Lorsqu'elle était avec moi, je n'ai pas pu lui dire, pas pu lui avouer encore une fois. Comment arriver à être avec elle sans lui dire enfin que l'être qu'elle aimait le plus au monde est parti à cause de moi ? Que cet accident est de ma faute !

J'ai tellement eu envie de lui dire ce jour-là, mais j'ai eu trop peur de la perdre. Mais quel con ! Pour quel résultat ? J'ai viré Adela, je ne pouvais plus la regarder en face sachant que j'ai l'impression de profiter d'elle. Je sais qu'elle a des sentiments pour moi, mais ce n'est pas réciproque. Elle est belle, magnifique, mais elle est faite pour un autre, pas pour moi. Elle l'a mal pris, elle est partie en claquant la porte, tout comme Louise quelques heures plutôt… Mais je m'en fous, au moins je suis libre… Et seul. J'ai pour seule compagnie ma bouteille de whisky et ma guitare. Je suis adossé contre mon lit, ma guitare à la main, une clope dans l'autre avec mon verre, j'admire la bibliothèque qui se trouve face à moi, tous ces livres qui font partie de mon passé…

Je ferme les yeux et revois les jours heureux passés en compagnie de mon frère… Nos éclats de rire dans le jardin, nos chants avec Little Lil et Jim, nos sorties, nos concerts… Et puis cette période compliquée pour moi où j'ai dû choisir d'arrêter d'étudier pour permettre à Jack de continuer. J'aimais tellement ce que je faisais, le droit. J'adorais étudier, je n'étais pas l'homme torturé que je suis aujourd'hui. J'ai dû faire des choses pas très nettes pour pouvoir subvenir à nos besoins, mais je ne regrette rien. Je l'ai fait par amour pour mon frère et par fierté, pour montrer à nos parents que nous n'avions pas besoin d'eux ni de leur fric. Forcément, s'ils savaient que je démontais la gueule d'autres mecs pour du pognon, ils n'auraient pas apprécié, mais je m'en foutais. J'avais besoin d'argent, c'était plutôt simple à gagner et j'avais tellement la rage que ça me permettait d'évacuer toute la folie et la détresse que j'avais au fond de moi. Nous étions si différents à l'époque, nous ne faisions que nous croiser la plupart du temps. Il allait à ses cours la journée pendant que je restais à l'appart pour récupérer de ma nuit et lorsqu'il rentrait après ses cours, c'est le moment où je devais partir pour mes soirées organisées. Je ne pense pas qu'il n'ait jamais remarqué la gueule défoncée que j'avais parfois, ou s'il l'a remarqué, il ne m'en a jamais parlé directement. Il avait dû se faire sa propre opinion, j'imagine. Mais au moins, il a pu continuer ses études d'architecte. Après, le groupe a de mieux en mieux marché et j'ai arrêté petit à petit mes soirées de défonce de gueule pour me consacrer à la musique. Et puis, un chanteur sur scène avec la gueule fracassée, ça ne le faisait pas vraiment pour notre image !

Je ris avant de porter une nouvelle fois le liquide ambré à ma bouche. Je me délecte de ma cigarette et la pose pour jouer encore et encore. Depuis qu'elle m'a quitté et qu'elle ne veut plus entendre parler de moi, je n'arrête pas d'écrire. Je ne fais que penser à elle, à la souffrance de mes sentiments, à mes idées noires, alors pour ne pas sombrer, j'écris tout ce qui me passe par la tête, je pose sur mon cahier des mots, des phrases, je noircis les portées de notes au fur et à mesure de mes pensées. Je n'ai aucune limite, je retranscris juste ce que je ressens en ce moment : ma rage, ma lâcheté, ma peine, ma douleur, ma tristesse, mon espoir…

J'envoie encore une fois un message à Louise, en espérant qu'elle me réponde cette fois-ci :

{Laisse-moi te voir, tout t'expliquer…}

Encore une fois, pas de réponse. J'attrape le tee-shirt qu'elle a laissé derrière elle et le renifle. Il porte encore son odeur, de même que l'oreiller où elle a dormi. C'est puéril, mais j'ai besoin de sentir cette odeur de jasmin qui la caractérise tant…

Lorsque mon téléphone vibre, je me jette dessus, espérant que Louise m'ait répondu. Je souris quand même en lisant le message que j'ai reçu :

{Si tu ne sors pas de ton appart ce soir pour venir me voir chanter, je donne ton numéro à toutes les salopes que je vais croiser en plus de ton adresse ! Mais oui ! Je sais que tu m'aimes aussi ! 19 h à la salle…}

J'hésite un moment, mais je sais de quoi Lily est capable. Et puis cela fait quelque temps que je ne l'ai pas vue, ça va me faire du bien de la voir et de décompresser. Je file sous la douche pour me redonner un visage humain.

Après avoir salué le gars de l'entrée, je file au bar pour me prendre une bière. Je sais qu'ils ne vont pas commencer avant 21 heures, je prends le temps de boire et observe les gens qui remplissent la salle petit à petit, lorsque mon téléphone vibre.

{J'ai une nana sous le coude en coulisse qui est attirée par les grands bruns ténébreux qui savent jouer de leur langue… Tu connais quelqu'un ?}

{Je bois une bière au bar… Propose-lui tes services… Je suis sûr que tu es aussi douée que moi avec ta langue… Je termine et j'arrive.}

{Je t'attends}

Après avoir terminé ma bière, je rejoins Little Lil dans sa loge. Lorsque je rentre sans frapper comme à mon habitude, je la vois embrasser à pleine bouche une fille avec les cheveux rouges.

— À ce que je vois, elle a su trouver une langue à son goût !

Elle s'écarte d'elle et me saute dans les bras.

— Putain ! Tu étais où tout ce temps !

— Chez moi…

— Mouais, allez, suis-moi, je vais te réveiller un peu !

Elle m'attrape la main et je la suis à travers les coulisses. Alors que nous arrivons près de la scène, elle ne me lâche pas. Je la tire en arrière.

— Qu'est-ce que tu fous, Lily ?

— Moi ? Rien ! Tu vas m'accompagner ce soir sur quelques morceaux… Tu sais, comme au bon vieux temps ! Allez ! C'est une session acoustique ce soir et je sais à quel point tu adoooorreees ça !

— Putain ! Je n'avais pas prévu ça ce soir !

Elle me fixe droit dans les yeux et me répond en m'engueulant presque :

— Jonas-Arthur-Gérard ! Tu sais très bien que c'est meilleur lorsque c'est imprévu !

— Et on va chanter quoi ?

— Un peu de tout ! Allez, viens ! Tu les connais toutes de toute façon !

J'entre sur scène avec elle et putain, je sens que je vais adorer ça. Elle me montre un tabouret sur lequel je vais m'installer en saluant mes compagnons de scène que je connais. Je suis surpris de voir Jim, je ne savais pas qu'il jouait ce soir. Il me lance un :

— Content de te voir, mec !

Après lui avoir fait un signe, je regarde au sol, où il y a une feuille collée sur laquelle sont notées toutes les chansons prévues. Lily s'installe à côté de moi et me dit :

— Je te laisse commencer ! dit-elle avec un clin d'œil.

Forcément, lorsque je vois la première chanson, je ne peux qu'approuver. C'est une chanson de Pearl Jam, Oceans, que j'adore chanter et qui s'adapte parfaitement à ma voix. Lorsque mes mains se posent sur le micro, que la lumière m'enveloppe, j'ai l'impression que mon cœur va exploser. Toutes sortes d'émotions se mélangent en cet instant : la peur, l'envie, le manque. Je ferme les yeux…

Hold on to the thread… The currents will shift… Glide me towards you…

Dès les premières paroles, le public applaudit et je revis. À la fin de la chanson, je croise le regard de Lily et de Jim, qui ont les yeux qui brillent, mais qui me sourient en même temps. Nous enchaînons plusieurs chansons, je ne suis plus moi, juste le Jonas musicien et chanteur. Nous terminons par une chanson que nous adorons chanter tous les deux : Done all wrong. Je retrouve cette complicité sur scène que nous avions avant.

Après plus d'une heure à chanter, nous rejoignons les coulisses. Tout le monde me tape sur l'épaule ou me serre dans ses bras. Jim ne peut s'empêcher de me dire :

— Bienvenue parmi les tiens, mon pote !

J'éclate de rire, je suis heureux. Little Lil s'approche de moi lentement lorsque tous les autres sont partis. Je vois des larmes qui coulent à présent sur ses joues, je lui souris.

— J'ai été si nul que ça ?

Elle me tape sur l'épaule en riant.

— Pfft t'es con ! Viens là...

Elle me prend dans ses bras et me dit :

— Je suis si heureuse de te retrouver enfin, mon Jonas...

Je ferme les yeux et la serre encore plus dans mes bras. Mes yeux se remplissent de larmes, j'ai l'impression de revivre. J'avais besoin de sa présence près de moi sur scène pour accepter l'inacceptable il y a quelques semaines encore. Je peux jouer et chanter sans Jack auprès de moi. Je me relâche complètement, je ne retiens plus ces larmes dont j'avais honte il n'y a pas si longtemps.

— Je suis tellement désolé, ma Lily... Tellement... De ce qu'il leur est arrivé...

Elle me caresse les cheveux en me berçant et en me murmurant à l'oreille :

— Jonas, tu n'y es pour rien dans ce qu'il leur est arrivé, ILS ont fui, ILS ont grillé le feu pour ne plus avoir à t'affronter, ILS sont responsables de leur mort, PAS TOI !

J'essaie de me détacher d'elle, mais elle me serre encore plus.

— Oh Jonas, je t'aime tellement, mais je ne supporte plus toute cette douleur que tu t'infliges à tort depuis ce soir-là...

Nous restons ainsi un moment, jusqu'à ce que je me détache d'elle. Entretemps, nos larmes se sont taries.

— Je t'aime, ma Little Lil.

— Je sais !

Elle me fait un bisou chaste sur la bouche et nous rejoignons les autres dans la loge.

Lorsque nous entrons, ils tournent tous leur tête vers nous. On doit avoir l'air con avec nos yeux rouges d'avoir trop pleuré, mais je m'en fous. Ce soir, le nouveau Jonas va renaître de ses cendres, ce soir, je recommence une nouvelle existence faite de musique, de concerts, de tournées et de potes. Je prends la bière qu'on me tend et trinque avec le reste de la troupe.

Nous rejoignons quelques personnes au bar lorsque la majorité du public est déjà partie. Ce sont toujours les mêmes qui sont attablés au comptoir. Je me stoppe lorsque je vois Louise qui embrasse Jim sur la joue et le félicite pour sa prestation de ce soir. Lily se joint à eux en rigolant et me montre du doigt en me faisant signe de venir. Je souffle un bon coup et m'avance vers eux. Cela fait plus d'une semaine que je ne l'ai pas vue, ni entendue, je n'ai pas l'impression que les autres soient au courant de notre relation. Lorsque j'arrive devant elle, je m'avance pour lui faire la bise sur la joue. Je ne manque pas de m'enivrer de son odeur de jasmin que j'aime tant avant de l'embrasser tendrement. Elle se tend à mon contact, mais ne me rejette pas, c'est déjà ça.

— Louise…

— Jonas…

— Alors ! On n'a pas assuré ce soir ? Hein Louise ? Il n'est pas doué, ce beau gosse, sur scène ?

Putain, Lily ou l'art de mettre les pieds dans le plat ! Je me retourne vers elle, car j'aimerais connaître sa réponse. Elle me regarde furtivement puis fixe Lily avec un sourire et lui dit :

— Vous avez assuré comme des bêtes, tous autant que vous êtes !

Elle lève son verre pour trinquer avec tout le monde. Nous nous retrouvons attablés dans notre restaurant habituel. Cette fois, Louise s'est placée loin de moi et donc loin de nous.

— Tu nous expliques ?

Je me retourne vers Lily, surpris.

— Vous expliquer quoi ?

— Allez ! Arrête tes conneries, Jonas ! Il n'y a plus cette électricité dans l'air entre vous. Tu sais, ce petit truc où on se demandait quand vous alliez vous sauter dessus pour vous battre ou pour vous embrasser !

Je relève la tête vers eux puis observe Louise qui discute avec une fille assise à côté d'elle.

— Le courant est coupé. Plus moyen de le réenclencher, je crois...

Je la regarde toujours, elle est si belle et si naturelle, putain ! Mais qu'est-ce que je peux être con, parfois !

— Oh... Tu as encore fait fort ? me demande Lily.

— Ouais, j'ai été trop moi, je crois...

Je me lève, les surprenant tous.

— Bah, où tu vas ?

— Je me casse, suis crevé ! J'étais censé voir un concert, ce soir ! Pas jouer avec vous !

Je m'avance vers la sortie en soupirant, non sans jeter un regard vers Louise qui ne daigne même pas relever le visage vers moi lorsque je passe devant elle. Ça me fait mal. Voir qu'elle ne me regarde même plus, c'est plutôt déstabilisant. Il y a quelques jours à peine elle n'aurait pas pu s'en empêcher. Mais là, rien. Je crois que c'est vraiment mort cette fois...

CHAPITRE 20
Louise

Je relève les yeux vers lui juste au moment où il passe la porte pour sortir. Je souffle enfin, j'ai senti son regard sur moi très souvent, je l'ai observé à la dérobée plusieurs fois sans qu'il s'en aperçoive. Il est toujours aussi beau, mon cœur bat toujours aussi vite lorsque je sais qu'il est dans les parages, impossible de le contrôler. J'ai des papillons dans le ventre, mais - parce qu'il y a un mais - ma raison a pris le dessus sur mon corps. Je le revois sur scène et mon dieu, il dégage quelque chose d'incroyable, et sa voix… Je n'ai pas pu détacher mes yeux de lui. Il avait gardé son bonnet sur la tête, il avait une prestance avec Lily et Jim à ses côtés, une complicité que j'ai vraiment découverte ce soir en les voyant tous les trois. Comme j'étais sur le côté de la scène, j'ai pu voir lorsqu'ils sont sortis, qu'ils sont restés un moment ensemble dans les coulisses. J'avais Jonas face à moi qui était dans les bras de Lily, ils se sont parlés et sont restés enlacés longtemps, j'ai cru apercevoir quelques larmes aussi. Ils sont si complices et si proches. J'étais comme ça avec mon frère… Avant…

Je regarde à l'extérieur pour le suivre du regard. Quelque chose a changé en lui, il n'a plus la détermination qu'on pouvait deviner dans son regard. Lily s'avance vers moi avec son verre à la main.

— Ça va, ma belle ?

— Super, merci ! Tu étais magnifique sur scène, tu sais ?

Elle éclate de rire, ses yeux verts s'ancrent aux miens :

— Arrête tes conneries, Louise ! On sait très bien que s'il n'avait pas été là, ça n'aurait pas été pareil. C'est lui qui attire les foules, c'est lui qui fait mouiller les petites culottes, c'est lui qui a le charisme, c'est lui qui chante comme un dieu, c'est lui, Louise ! Pas moi !

Je reste bouche bée devant sa déclaration, je n'ai pas l'impression qu'elle se rende compte de l'effet qu'elle fait aux personnes autour d'elle !

— Je crois que tu te leurres, Lily ! Tu as autant de prestance que lui...

Je me rapproche d'elle et lui dis à l'oreille.

— Avec de magnifiques jambes et une magnifique paire de seins !

Elle éclate de rire en me prenant dans ses bras. Nous restons ainsi un moment puis elle se recule et me demande :

— Bon, qu'est-ce qu'il a encore fait comme connerie ?

— Je... Quoi ?

— Allez, arrête ! Vous ne vous êtes pas adressé la parole de la soirée ! Vous ne vous êtes même pas cherchés un peu... Je ne suis pas aveugle, tu sais.

— Je sais... Il a joué sur deux tableaux avec moi et je n'ai pas vraiment apprécié.

— Mais encore ?

— Il m'a fait une jolie déclaration, nous avons fait l'amour, et lorsque je suis sortie de la douche pour le rejoindre dans la cuisine, Adela avait la main sur sa cuisse et les jambes sur les siennes...

— Merde !

— Et lorsque je lui ai demandé de la virer, il m'a dit qu'il voulait y aller doucement avec elle par rapport aux sentiments qu'elle avait pour lui et par respect pour elle !

Je bois mon verre cul sec et le repose sur la table, énervée rien que d'y repenser.

— Oh, je vois… Et ?

— Lily, je lui ai dit d'aller se faire foutre et que je ne voulais plus avoir affaire à lui, qu'il n'existait plus pour moi ! Basta !

— Je comprends mieux son attitude maintenant…

Je me retourne vers elle, pas sûre de comprendre :

— Il a viré Adela, il est seul maintenant…

— Hé bien tant mieux pour lui, mais il aurait dû le faire lorsque j'étais encore dans ses bras. Il n'existe plus pour moi, Lily ! Il n'a que ce qu'il mérite.

Je me lève, elle en fait autant. Elle me prend dans ses bras et me dit :

— Surtout, si tu as besoin de quoi que ce soit, n'hésite pas, ma belle.

— Ça marche, tu embrasseras Jim pour moi ? Je ne voudrais pas le déranger !

Elle se retourne pour voir Jim de dos qui roule une pelle phénoménale à une blonde siliconée. Berk ! Elle éclate de rire !

— Ouais, je vois ce que tu veux dire ! À plus, ma jolie.

Je rentre chez moi éreintée, je souris en repensant à Jim. Depuis que nous avons discuté tous les deux, il n'y a plus d'ambiguïté entre nous. Il a compris qu'il ne serait jamais plus qu'un très bon ami pour moi, je lui ai fait comprendre que je pensais trop à mon frère lorsque j'étais dans ses bras, qu'il ne pourra jamais être l'homme avec qui je ferais ma vie. Il a compris, ne s'est pas vexé, car il le savait déjà. J'ai hurlé de rire lorsqu'il m'a soutenu que c'était Jonas l'homme de ma vie et que je me voilais la face en refusant d'accepter ça. Nous avions fini la soirée dans les bras l'un de l'autre en regardant un film.

Ce soir, je pensais passer une soirée tranquille avec Lily et Jim alors qu'en fait, elle a été forte en émotions… Je ferme les yeux lorsque je suis dans mon lit et je revois Jonas sur scène avec son charisme et cette voix ! Mon Dieu ! Il a une voix grave et éraillée naturellement, mais lorsqu'il se met à chanter, il prend aux tripes, il déclenche des frissons, il ressent tellement ce qu'il chante, il est fait pour ça. Il devrait remonter sur scène au plus vite, il en a besoin. J'hésite à lui envoyer un message, après tout, c'est moi qui lui ai dit que je ne voulais plus entendre parler de lui. Alors que je prends mon téléphone en hésitant toujours, il m'indique que je viens de recevoir un message.

{Louise, je suis heureux de t'avoir vue ce soir. J'aurais tant aimé rentrer avec toi, te serrer dans mes bras, t'embrasser, te faire l'amour tendrement, être en toi à nouveau, t'entendre gémir, sentir ton corps réagir au mien, j'aurais pu être un homme comblé… Mais il faut croire que j'ai gâché ça aussi… Prends soin de toi}

Je ne sais pas quoi lui répondre. Je me rends compte que je souris, car moi aussi j'aurais adoré me retrouver dans ses bras ce soir, comme un couple un tant soit peu normal. Mais c'est lui qui n'a pas assumé, qui n'a pas assuré. Je me dois d'être honnête avec lui :

{Je ne t'ai jamais vu aussi heureux que ce soir. Tu es fait pour la scène, pour chanter, alors ne prive pas les gens de ton talent et de ce que tu leur fais ressentir, Jonas. Prends soin de toi}

Je relis son message, mon cœur se serre en le lisant, mais je ne dois pas laisser passer ce qu'il m'a fait et l'efface tout de suite après. Je revois la main d'Adela sur sa cuisse, je suis sûre qu'il a dû la baiser elle aussi ce jour-là… Lily m'a dit qu'il était seul, qu'il avait viré Adela, mais avec Jonas, on ne sait jamais, je suis persuadée qu'il est resté vague avec elle et que dès qu'il en aura l'occasion il reviendra vers elle. Il est trop lâche pour rester tout seul.

Je regarde le plafond de ma chambre en me disant que je dois penser à autre chose. J'ai une journée chargée demain : kiné et rendez-vous chez mon éditeur pour faire le point sur les différents salons de l'érotisme auxquels je dois participer et surtout pour voir quels auteurs m'accompagneront. Autant dire que je vais essayer de les choisir du mieux que je peux, car je vais passer au moins deux jours avec chacun d'entre eux sur chaque salon…

Mais ce qui me préoccupe le plus, c'est de revoir Camille. Il joue avec moi, il y a beaucoup de sous-entendus dans ses paroles… Si j'ai bien compris, je lui plais, mais est-ce que j'ai vraiment envie de ça ? Est-ce que j'ai envie d'être dans les bras d'un autre homme après la claque que vient de me mettre Jonas ? Non ! Non ! Non ! Je ne dois pas me laisser avoir encore une fois par un homme. Après tout, étant donné sa façon de faire, je suis sûre que ce cher Camille doit avoir un tableau de chasse aussi rempli que celui de Jonas. C'est un très bel homme qui a un métier plutôt sympa, qui doit faire beaucoup de rencontres et étant donné sa façon de s'y prendre, je suis sûre que peu de femmes résistent à son charme. Mais il est hors de question que je me laisse aller, je n'aurais qu'à penser à ce que m'a fait Jonas et tout ira bien… j'ai juste envie de faire une pause, plus d'hommes à l'horizon.

Je me réveille en ayant bien dormi malgré mes cervicales douloureuses. Après ma douche, je suis face à ma penderie et hésite devant ma tenue à choisir pour la journée. Pantalon, jupe ou robe ? Si je mets un pantalon, je vais encore me retrouver avec le cul à l'air devant Camille, et ça ne va pas le faire devant mon patron non plus, donc j'opte pour une robe bleu marine simple, mais efficace. J'enfile mes bas, car je n'aime pas les collants qui me serrent toujours au niveau du ventre, des talons, une veste et je me lance.

J'arrive avec presque dix minutes d'avance sur mon rendez-vous, je pense être dans ses premières patientes étant donné l'heure matinale, mais je suis surprise de trouver trois personnes dans la salle d'attente en tenue de sport. Il y a deux hommes d'une cinquantaine d'années et une femme un peu plus âgée en tenue de sport aussi. Je dois dire que je dénote un peu, mais je m'en fiche. Le rendez-vous que j'ai avec mon éditeur et les auteurs après est très important pour moi, je ne peux pas arriver en jogging et baskets au boulot !

La porte s'ouvre en nous faisant tous sursauter et Camille arrive avec son éternel sourire.

— Bonjour à tous.

Il nous observe et lance ses directives :

— Très bien. Messieurs, madame, vous pouvez vous diriger vers la salle, j'arrive tout de suite pour vous indiquer les exercices à faire.

Il se retourne vers moi et me regarde avec un sourire en coin.

— Mademoiselle, vous connaissez le chemin.

Il me montre d'un geste la salle habituelle et se dirige vers ce qui semble être une salle de sport. Pendant qu'il donne les directives à chacun, je m'assois sur la table en l'attendant. Je regarde l'heure : ça va, je suis dans les temps. Je me masse les cervicales qui me font souffrir car j'ai dormi dans une mauvaise position, il me semble. Camille entre, referme la porte, et m'observe sans rien dire puis :

— Jolie tenue.

— J'ai un rendez-vous important après…

— Oh, ce n'était pas pour moi alors…

— Heu… Non, pas vraiment !

Il rit et je l'accompagne.

— Bon, alors cette cheville ?

— Elle va mieux, je n'ai presque plus de douleur.

Il observe mes escarpins.

— Très bien. Vous devriez éviter les talons encore un peu…

— J'aimerais beaucoup, mais les baskets avec une robe pour un rendez-vous d'affaires, très peu pour moi…

— Je vous aurais prévenue. Allongez-vous.

— Vous êtes toujours aussi direct ?

— J'aime qu'on m'obéisse, Louise…

Il a baissé la voix, presque murmuré ces paroles, son regard en dit long sur tout ce qu'il pourrait me faire. Il faut que j'arrête ! J'ai dit plus d'hommes ! Je ne sais pas quoi lui répondre et m'allonge. Il me touche la cheville et remonte vers mon genou avant de s'arrêter à la lisière de ma robe.

— Qu'est-ce que vous faites ?

— Enlevez vos collants, je ne vais pas pouvoir vous masser, à moins que vous ne vouliez que je vous aide ?

— Non ! Non ! C'est bon !

Je me retourne vers lui.

— Vous allez rester ?

Il se dirige vers la porte et me dit avec un clin d'œil :

— Je reviens dans cinq minutes.

Je me dépêche d'enlever mes bas et les pose sur la chaise, je m'assois alors qu'il fait son entrée. Il regarde la chaise puis moi.

— Des bas… J'aurais peut-être dû rester.

Je ne relève pas et m'assois. C'est bien ce que je pensais, il n'arrête jamais. Il pose ses mains sur ma cheville et me demande de me mettre sur le ventre. Il me masse l'arrière de la cheville en insistant un peu. Je suis plutôt mal à l'aise de ne pas le voir. J'ai la tête dans un trou et ne vois que le sol. Après un moment, ses mains quittent mes chevilles et je vois deux baskets se matérialiser devant la table. Je relève la tête et passe mes mains sous mon menton pour le regarder.

— Tu permets ?

— De quoi ?

— Ça fait longtemps que tu as mal aux cervicales ?

— Oh ! Non ! Depuis ce matin, j'ai dû passer la nuit dans une mauvaise position, ça va passer.

Il rigole en passant sur le côté.

— Qu'est-ce que j'ai dit de si drôle ?

— Tu ne t'en rends même pas compte, n'est-ce pas ?

— Heu…

— Tu devrais vraiment faire attention à ce que tu dis : tu viens d'employer les mots nuit et position dans la même phrase… Ça peut porter à confusion, tu sais…

— Quand on a l'esprit mal tourné, oui ! Mais pas pour des gens normaux !

— Tu as de quoi attacher tes cheveux ?

Je lui montre un élastique que j'ai à mon poignet. Il l'attrape et me les attache en un chignon lâche.

— Tu es coiffeur aussi ?

Il pose ses mains sur mon cou et je me tais. Son tutoiement soudain ne me dérange pas, bien au contraire, cela me paraît beaucoup plus naturel. Il appuie un peu et descend vers mon dos puis s'arrête. Il descend la fermeture éclair de ma robe jusqu'à mes fesses. Je me fige à son geste puis me relève.

— Qu'est-ce que… ?

Il me coupe :

— Mon huile tâche, je ne voulais pas abîmer ta robe pour ton rendez-vous…

— Donc… Je dois l'enlever ?

— Si tu veux bien oui. J'ai l'habitude tu sais, de la nudité.

— Peut-être, mais pas moi.

Il se retourne et me laisse enlever ma robe. Je suis en sous-vêtements et ne suis pas forcément très à l'aise. Après tout, cet homme est très charmant, mais il me fait des avances alors je ne suis pas sûre que de me retrouver dans cette tenue à côté de lui soit très intelligent. Mais bon, je n'ai pas mon ensemble rouge aujourd'hui ! Juste un ensemble avec un shorty et un soutien-gorge en dentelle noire. Je me dépêche de m'allonger sur le ventre. Il dépose un tissu sur mes fesses qu'il coince dans mon shorty et je l'en remercie. Ensuite, ce n'est que du bonheur, il positionne mes bras de chaque côté de la table pour se mettre ensuite sur le côté. Je sens ses mains dans mon dos et il dégrafe mon soutien-gorge. Je ris quand je pense qu'on doit leur inculquer ça à l'école de kiné. Allez messieurs ! Tous en rang, aujourd'hui la leçon se porte sur le dégrafage de soutien-gorge ! En position !

— Ça va ?

Je me marre, impossible de m'arrêter.

— Très bien !

— Je peux savoir pourquoi tu ris ?

— Non !

Il commence à me masser au niveau des cervicales et je fonds littéralement. Il me fait un peu mal au début, il insiste sur quelques endroits pour ensuite agrandir le périmètre de massage. Tout mon dos a droit à ses mains expertes. Il appuie fort, mais cela me fait un bien fou. Il insiste sur mes épaules, descend sur mes reins, il insiste sur mes côtes, descend sur ma taille, puis ses mains disparaissent. Je me surprends à gémir.

— Je t'ai déjà dit de ne pas gémir en ma présence…

Je relève la tête et suis étonnée de le trouver face à moi, debout. Enfin je suis plutôt face à la bosse de son jean. Je relève la tête pour le regarder en levant un sourcil. Il me sourit sans bouger, il n'est pas gêné le moins du monde devant son apparente érection.

— Le paysage te plaît ?

— Mais c'est pas vrai !

Je dis en rigolant et je replonge mon visage dans le trou avant qu'il ne voie l'effet qu'il me fait malgré moi. Je sens encore une vague de chaleur affluer sur mes joues.

Il reste face à moi et me masse les cervicales, les épaules et les trapèzes. Je savoure ce moment, c'est un pur bonheur, cela faisait longtemps que je ne m'étais pas autant détendue. Après plusieurs minutes de son traitement magique auquel je pourrais facilement m'habituer, ses mains quittent mon corps et je sens un vide, il détache mes cheveux et passe derrière moi pour rattacher mon soutien-gorge. Je ne peux m'empêcher de rire à nouveau en repensant à tous ces hommes alignés pour apprendre à enlever un soutien-gorge… Je me relève et vois son regard qui parcourt mon corps dénudé.

— Beau tatouage… Je peux savoir ce qui te fait marrer ?

Je descends de la table et attrape ma robe afin de l'enfiler au plus vite car je ne suis toujours pas très à l'aise d'être en sous-vêtements devant son regard expert.

— Je me demandais si vous aviez des cours…

— Des cours sur quoi ?

— Tu sais, pour apprendre à enlever et remettre les soutiens-gorge des patientes, tu vois…

Il me fixe avec son sourire en coin auquel je me suis habituée en relevant un sourcil avant d'éclater de rire. Il n'ajoute rien et s'avance vers moi pour m'aider à remonter la fermeture de ma robe, je sens son doigt qui passe sur ma peau pendant qu'il remonte lentement la fermeture éclair. Des frissons me parcourent la peau. Je commence un peu trop à m'habituer à ses mains expertes. Je me dis qu'il doit connaître le corps humain sur le bout des doigts lorsque je sens son visage dans mon cou et son souffle sur ma peau. Il susurre à mon oreille :

— L'expérience, ma belle… Juste l'expérience…

Je regarde ma montre.

— Je dois partir ! Je vais être en retard !

J'enfile mes escarpins et file pour prendre le bus le plus proche. C'est lorsque je m'assois que je me rends compte que j'ai laissé mon sac et ma veste chez le kiné. Je regarde ma montre, si j'y retourne maintenant je serais trop en retard pour mon rendez-vous et mon directeur risque de ne pas apprécier. Et bien sûr, mon téléphone est dans mon sac ! Je ne peux même pas l'avertir de mon retard…

Je croise Lily en arrivant dans le hall, je lui fais bonjour de la main et file dans le bureau de mon directeur qui m'attend impatiemment avec cinq personnes.

— Louise ! Enfin !

— Bonjour, désolée, j'étais coincée dans les embouteillages…

— Ne vous inquiétez pas, nous venons juste de nous installer.

Après nous être tous assis autour d'une table avec des cafés et des dossiers devant nous, mon directeur nous explique que les cinq auteurs autour de cette table vont m'accompagner chacun à un salon de l'érotisme. Reste à décider avec eux qui va où, quand, etc. Nous passons donc du temps à regarder tous les salons où je dois me rendre et surtout avec quel auteur, les heures où il rencontrera ses lecteurs, l'emplacement ainsi que toute la logistique. Cinq auteurs et donc cinq personnes complètement différentes ! Il y a trois femmes et deux hommes. Ils ont plus l'air de faire partie du panel de la parfaite ménagère de plus de cinquante ans plutôt que d'auteurs de livres érotiques ! Comme quoi, il ne faut pas se fier aux apparences. Je devrais passer plus de temps avec deux d'entre eux, car nous passerons plus de deux jours sur place, puisque ce sont les salons qui sont les plus loin géographiquement. Un homme qui doit avoir un peu plus de quarante ans et une femme qui doit avoir la petite cinquantaine. Lorsque nous en avons terminé avec la question logistique, ainsi qu'avec tous les petits détails, nous prenons rendez-vous pour dans deux semaines avec l'homme d'une quarantaine d'années qui se prénomme Dan et dont je dois forcément avoir lu le livre avant. Je les salue tous avant de partir. Après plus de trois heures de réunion, et les livres des cinq auteurs en poche, je décide de retourner chercher mon sac et surtout mon téléphone au cabinet. Bien sûr, je n'ai aucun moyen de savoir si ce sera ouvert ou pas.

Lorsque j'arrive, la porte est ouverte, mais il n'y a personne dans la salle d'attente ni à l'accueil. J'attends un moment et décide de partir jusqu'à ce que je me rapproche de la salle de sport. Je m'arrête net sur le seuil. J'ai une vision assez démente. Camille est sur un tapis de course, torse nu, en short et en baskets avec des écouteurs dans les oreilles. Il fait face à la baie vitrée devant lui, son corps est trempé de sueur, je ne peux m'empêcher de le détailler. Si j'avais deviné qu'il était musclé à travers ses vêtements, je n'aurais jamais imaginé un athlète pareil ! Lorsqu'il court, les muscles de ses jambes, de ses cuisses se contractent, je les vois sinuer sous sa peau dorée. Son dos est développé et très musclé aussi. Quant à ses bras, ils suivent les mouvements de sa course. Des gouttes de sueur glissent sur sa peau, il est si trempé qu'on dirait qu'il sort de la douche. C'est une vision magnifique, je comprends mieux pourquoi il est si sûr de lui, il n'y a rien à jeter. Le corps parfait avec des mains expertes… Mon ventre se serre lorsque je commence à m'imaginer tout ce dont il doit être capable avec ce corps.

— Mademoiselle ? Je peux vous aider ?

Je sursaute. Prise en flagrant délit de matage du beau gosse ! Je me retourne pour faire face à l'autre kiné que j'ai vue l'autre matin.

— Heu… Oui, je désirais voir Monsieur Armen, j'ai oublié mon sac tout à l'heure et…

— Laisse ! Je m'en occupe !

Je me retourne vers la salle et le vois qui avance vers moi, une serviette autour du cou avec l'extrémité de laquelle il s'essuie le visage.

— Il est dans mon bureau.

Je le suis après avoir remercié sa collègue et reste focalisée sur son dos. Il est parfait, musclé, bronzé, je suis hypnotisée par les gouttes d'eau qui coulent pour disparaître dans son short d'où je vois son boxer dépasser... J'imagine ma langue prendre le même chemin mais mes divagations sont interrompues par le choc de mon corps contre le sien alors qu'il s'est arrêté pour déverrouiller sa porte.

— Heu... Désolée !

Il ne se sépare pas de son sourire en me voyant rougir et reculer pour le laisser entrer dans son bureau. Il se retourne vers moi et me lance :

— Tu me laisses cinq minutes ?

Et il s'en va.

— Non !

Je n'ai pas le temps de continuer qu'il est déjà parti dans une pièce à côté. Je contourne son bureau espérant y trouver mon sac posé derrière, mais il n'y a rien. Je décide de me rendre dans la pièce où j'étais tout à l'heure pour vérifier. En passant devant la porte derrière laquelle il a disparu je ne peux m'empêcher de regarder, car elle est entrouverte. C'est une salle de bain dans les tons gris.

— La curiosité est un vilain défaut !

Je tourne la tête et le vois qui m'observe avec un sourire en coin. Il est torse nu, pieds nus et attache les boutons de son jean... Il faut que je lui réponde quelque chose pour ne pas avoir l'air plus bête que j'en ai l'air...

— La déco est sympa...

Il s'avance vers moi avec ses cheveux mouillés, je me recule et le regarde enfiler un tee-shirt blanc en sortant. Je reste focalisée sur son torse sculpté et ses abdominaux dessinés à la perfection.

— Assieds-toi, je vais chercher tes affaires.

J'observe son bureau de plus près, il y a beaucoup d'affiches de course à pied, de trail en montagne, de triathlon. Je n'y connais rien, mais apparemment ça doit être sa passion. Un sportif, cela ne m'étonne pas, avec le corps qu'il a ! Et quel corps ! Il revient avec mes affaires, il me tend mon sac et ma veste.

— Merci, je vais y aller.

— Tu as mangé ?

Je me retourne vers lui.

— Comment ?

— Je n'ai pas eu le temps d'aller manger, je me demandais si tu voulais venir avec moi.

Il continue de lacer ses baskets en attendant ma réponse, je ne sais pas quoi répondre.

— Non.

Il se lève et vient vers moi :

— Non tu ne veux pas venir ou non tu as déjà mangé ?

— Oh, non je n'ai pas mangé.

— Super ! Tu viens ? J'ai une faim de loup !

Il me fait un clin d'œil et sort. Je ne lui ai pas donné ma réponse mais apparemment je vais manger avec lui. Je récupère mes affaires et le suis jusque dans un garage. Il s'arrête devant une moto, me tend un casque et un blouson en cuir qu'il avait pris dans son bureau. Je le regarde et relève un sourcil. Je suis en robe, ce qui n'est pas très approprié pour un périple à moto… J'enfile le blouson qui est un peu grand et mets le casque. Apparemment, on ne va pas manger en ville… Pendant qu'il enfile son casque et passe lui aussi un blouson, j'attends à côté de la moto en attendant qu'il s'installe pour monter en suivant derrière lui. Heureusement pour moi, j'en ai déjà fait avec mon frère, qui adorait la vitesse. Je passe mes jambes de chaque côté de son corps avec ma jupe relevée jusqu'aux cuisses. Il me tend un pull que je coince sur mes jambes nues et je m'accroche derrière mon siège. Il conduit prudemment en ville avant d'accélérer de plus belle lorsque nous sortons du périmètre urbain. Je m'accroche quand même à sa taille pour profiter pleinement de la vitesse. Cela m'avait manqué. Je repense à Loukas et les larmes me montent aux yeux, mais je fais tout pour ne pas pleurer et apprécier le moment présent. Je me rends compte qu'il y a plein de choses que je ne fais plus depuis qu'il n'est plus là et ça fait mal. Il ralentit pour prendre un petit chemin et s'arrête devant une brasserie au bord d'un lac. C'est plutôt sympa comme endroit.

Il descend de la moto et enlève son casque en me regardant me dépêtrer avec le pull que j'ai sur les cuisses. Il a toujours son petit sourire sur le visage. Il me fait penser à un enfant, un gosse malicieux prêt à faire une bêtise à tout moment. Son sourire s'efface lorsque j'enlève mon casque. Je recule d'un pas alors qu'il s'avance vers moi précipitamment.

— Quoi ? Qu'est-ce que j'ai ?

— À toi de me le dire, Louise… J'ai roulé trop vite ? Tu as eu peur ?

Je le regarde, étonnée. Pourquoi il me demande ça ? J'adore la moto et la vitesse.

— Non ! J'aime bien la vitesse… Mais pourquoi ?…

Il se rapproche de moi et avec son pouce il essuie le dessous de mon œil et me montre la larme qu'il détient. Je ne me suis pas rendu compte que j'ai tant pleuré en pensant à Loukas. Je dois inventer quelque chose rapidement.

— Oh ! C'est le vent, quand j'ai relevé ma visière sûrement…

Je baisse la tête face à mon odieux mensonge, car nous savons très bien tous les deux que mes mains n'ont pas quitté son corps lorsqu'il roulait vite… Il fait semblant de me croire et me fait signe de le suivre vers la brasserie. Je regarde autour de moi en le suivant. Le bâtiment est au milieu des pins, c'est un endroit paradisiaque et calme. À peine sommes-nous arrivés sur la terrasse en bois qu'un bel homme en jean et chemise blanche vient vers nous et prend Camille dans ses bras.

— Hé Cam ! Content de te revoir !

— Moi aussi, mec ! Moi aussi ! Alors tu es rentré depuis quand ?

— Oh, avant-hier… J'ai repris le boulot aujourd'hui, j'avais besoin de repos !

— Tu m'étonnes ! Alors, c'était comment ?

L'homme s'excite en lui parlant :

— Mais comme tu m'avais dit ! Le trip de malade ! Bon, j'en ai chié, mais bordel que c'est bon de se faire du mal !

Je les regarde à tour de rôle tous les deux et ne comprends rien du tout à ce qu'ils se racontent. Je reste un moment à les observer et ne peux que remarquer à quel point ils sont beaux. Camille est un homme souriant, avenant avec une carrure d'athlète. L'homme face à lui paraît plus âgé mais tout aussi souriant. J'aperçois quelques rides au coin de ses yeux ainsi que quelques cheveux blancs sur les tempes, ce qui n'enlève rien à son charme, bien au contraire. Je remarque une jeune femme qui s'avance vers nous. Elle est jeune, je dirais 16 ou 17 ans, une adolescente qui marche avec une canne.

— Tu comptes t'asseoir pour manger ou tu vas rester debout au milieu du restau à déblatérer avec mon père de vos exploits de macho ?

Il se retourne vers moi, puis vers elle et éclate de rire en la prenant dans ses bras.

— Ma belle, comment te sens-tu ?

Elle lui dit en faisant un signe de la tête vers moi :

— Mieux que ta copine !

Il vient juste de comprendre et rit encore de plus belle. Il se retourne vers moi.

— Merde !

— Louise, laisse-moi te présenter le propriétaire de ces lieux, Marc, et sa charmante fille Océane !

— Enchantée.

Océane demande à Camille.

— Bon, comme d'hab ?

— Ouais ! Multiplié par deux !

— À tout de suite…

Elle se retourne vers son père et lui lance :

— Et laisse-les tranquilles !

Il se retourne vers elle et en lui faisant un salut militaire, il s'écrie :

— Chef ! Oui ! Chef !

Et il nous glisse doucement :

— Un vrai petit chef ! Je vous laisse. Bon appétit !

J'ai un sourire sur le visage en le regardant s'éloigner, il a l'air si sympathique, et la complicité qu'il a avec sa fille, c'est…

— Le paysage te plaît ?...

Je me retourne vers Camille, qui s'avance vers une table dans un coin de la terrasse en me regardant avec un sourire en coin. Je m'assois en faisant mine de réfléchir et décide de m'amuser un peu...

— Comment te dire... Oui, le paysage me plaît pas mal... Il est charmant, a l'air assez ouvert et surtout, il doit y avoir pas mal de choses à découvrir ou à me faire découvrir, j'en suis certaine...

Je lui fais un clin d'œil. Il avance son visage vers moi et me dit avec un sourire :

— Mais dis-toi que ce paysage a vu défiler beaucoup de monde et qu'il a une liste d'attente assez impressionnante qui attend de le découvrir...

Je reste bouche bée.

— Non ? Sérieux ?

Il éclate de rire en hochant la tête.

— Marc est un homme plutôt libre et ouvert qui profite des bienfaits de la vie...

— Mais et Océane ?

— C'est la première à l'encourager en ce sens...

Je suis sur le cul. J'ai du mal à comprendre comment une fille peut encourager son père à aller voir d'autres femmes, d'ailleurs...

— Et sa mère ?

— Ma sœur est décédée il y a longtemps... Il y a prescription...

Je suis sans voix. Je ne sais pas quoi dire. D'ailleurs, qu'est-ce qu'on est censé dire dans ces moments-là ? Surtout à un homme que l'on a vu moins de dix fois dans sa vie !

— Respire...

Océane revient vers nous avec deux assiettes énormes. Il y a dessus un hamburger géant avec trois steaks, des frites, des légumes, un œuf et une salade. Je suis encore une fois sans voix. Je sens le regard de Camille sur moi.

— Je t'ai commandé la même chose qu'à moi… Tu n'es pas végétarienne, au régime ou quoi que ce soit d'autre, j'espère ?

Je relève le visage vers lui, étonnée par sa franchise, et décide de jouer encore un peu… Après tout, il me met mal à l'aise dès qu'il peut depuis que nous nous sommes rencontrés, alors je vais lui rendre la monnaie de sa pièce.

— En fait si… Je suis végétarienne et bien sûr au régime. Regarde…

Je me lève et me place à côté de lui. Heureusement nous sommes dans un coin de la terrasse et il n'y a personne aux alentours.

— Je trouve mes seins un peu lourds, tu ne trouves pas ?

Je les presse l'un contre l'autre en me baissant pour qu'il ait une vue plongeante sur mon décolleté.

— Et regarde-moi ces cuisses…

Je remonte ma robe jusqu'à la lisière de mes bas en me tournant sur le côté. Je l'entends marmonner :

— Bordel !

Je me retourne et le regarde avec un petit sourire en coin…

— J'ai encore du boulot, non ?

Je remarque que pour une fois, il est sans voix, j'ai enfin réussi à lui clouer le bcc !

— Oh, mais vous rougissez, Monsieur Armen ?

— Je… Non… Tu es juste…

Je me rassois en relevant un sourcil, très fière de moi, et je termine sa phrase pour lui :

— Morte de faim !

Je prends le hamburger et mords à pleines dents dedans :

— Tu sais, je ne suis pas le genre de fille à manger de la salade et à faire des régimes, Monsieur Armen… J'aime mes formes et me fous du regard des autres…

— Dieu soit loué !

Il crie en levant les bras en l'air.

Il attrape sa fourchette et pique quelques frites qu'il fourre dans sa bouche avec un grand sourire. Nous mangeons tranquillement, en nous parlant de choses banales, de notre travail, puis il me pose une question qui me déstabilise :

— Avec qui en faisais-tu ?

— Avec qui je faisais quoi ?

— De la moto. J'ai remarqué que tu avais l'habitude d'être passagère.

— Oh ! Avec mon frère…

— Tu montes souvent avec lui ?

— Plus maintenant… Il est…

J'ai du mal à dire ce mot de juste trois syllabes, je souffle fort :

— Décédé…

Je baisse les yeux sur mon assiette que je n'ai pas eu la force de terminer, je retiens mes larmes. Malgré le temps qui passe, j'ai du mal à accepter qu'il ne soit plus là. Je ne dois pas pleurer devant Camille, après tout, nous ne nous connaissons pas vraiment, alors je ne vois pas pourquoi je me laisserais aller devant lui. Sa main se pose sur la mienne, je sursaute et essaie de la retirer, mais il la tient fermement.

— Hé… Louise… Regarde-moi…

Je garde ma tête baissée, il se lève et vient se placer accroupi à côté de moi.

— Louise… Je sais ce que c'est, tu sais…

Je tourne le visage vers lui, il s'assoit à côté de moi et me regarde droit dans les yeux.

— J'ai perdu ma sœur, ma grande sœur, il y a plusieurs années déjà, mais…

Il se retourne vers le lac et regarde au loin avant de reprendre.

— Tu sais, la douleur va s'estomper… Avec le temps. Elle sera toujours là au fond de toi, mais moindre…

Je ne dis rien, il passe son bras sur mes épaules et me tire vers lui afin que je pose ma tête sur son torse. Je regarde le lac, c'est reposant. Camille me caresse les cheveux, nous ne disons rien. Je ne suis pas sûre que cette douleur va s'estomper avec le temps. Je n'ose pas demander à Camille depuis combien de temps sa sœur n'est plus là, combien de temps ça prend pour que cette douleur insoutenable s'atténue ?

Je repense à Jonas, à la soirée où nous avions parlé de ce manque que nous avions d'eux. Soudain, en pensant à lui, je me sens mal à l'aise avec Camille, je me redresse et il reprend sa place face à moi. Je ne peux m'empêcher de lui lancer un :

— Merci…

Il me sourit et m'étonne en me disant :

— C'est avec plaisir ma belle. Tu sais, je peux soigner autre chose que ton corps… Si ton cœur, ton esprit, ton âme ou je ne sais quoi d'autre ont besoin de réconfort… Je suis ton homme !

J'éclate de rire en entendant sa déclaration, il me regarde avec tendresse avec la tête penchée sur le côté. Je sais qu'il l'a fait exprès afin de faire en sorte que je pense à autre chose.

— Arrête de me regarder comme ça !

— Pourquoi, Louise ? Tu es une magnifique femme et je ne vois pas pourquoi je me priverais de la vue. Après tout, tu en as profité pas mal toi aussi aujourd'hui…

Je vire au rouge en le revoyant torse nu dans sa salle de bain enfilant un tee-shirt sur son torse parfait. En effet, j'ai eu l'occasion de voir son corps plus que de raison aujourd'hui…

— Disons que nous sommes à égalité…

Il regarde sa montre et se lève en me demandant si j'ai terminé et si je veux un dessert ou autre. Bien sûr que non, avec tout ce que j'ai avalé, je crois que je ne mangerais pas ce soir. En revanche, son assiette à lui est vide, je me demande où il met toute cette bouffe ! Il s'avance vers moi et me tend son casque. Je me retourne vers l'intérieur du restaurant pour voir Marc et Océane qui nous observent. Je leur fais un signe de la main et ils me le rendent.

— Retour à la réalité !

Je souris et monte sur la moto en mettant son pull sur mes jambes. Il roule plus vite qu'à l'aller, j'imagine qu'il n'a pas osé accélérer tout à l'heure. La vitesse est grisante. Lorsque nous arrivons en ville, il ralentit et fait un geste qui me surprend en s'arrêtant à un feu. Il pose sa main sur ma cuisse dénudée le temps que le feu passe au vert et il la recouvre du pull avant de repartir jusqu'à son cabinet.

CHAPITRE 21
Jonas

Je trinque avec les gars et nous buvons nos verres avant que le barman ne les remplisse à nouveau. Nous venons de terminer un énième concert, dans une énième salle, dans une énième ville… Je ne sais même plus où nous jouons ce soir. La seule certitude que j'ai, c'est que je vais encore finir la soirée dans un état second avec une nouvelle femme dans mon lit. Cela fait plusieurs semaines que nous tournons dans quelques villes. Le bouche-à-oreille fonctionne bien dans notre milieu, nous faisons le plein tous les soirs, je revis sur scène, j'oublie…

J'ai eu du mal à arrêter de penser… D'abord à Jack. Au début, ça a été plutôt compliqué sur scène, j'avais mes repères avec lui, mes automatismes, alors lorsque Fred ne suivait pas, je passais mes nerfs sur lui. Il a encaissé pendant quelque temps sans rien dire, puis un après-midi après une répétition, il est parti en vrille, il a littéralement pété un plomb, il m'a jeté un pied de micro à la gueule en hurlant :

— Je ne suis pas lui, Jonas ! Alors arrête de me casser les couilles avec tes réflexions de merde ! Je ne suis pas Jack ! Je ne joue pas avec toi depuis mon enfance ! Je n'ai pas les mêmes automatismes que lui et je ne veux pas avoir les mêmes ! Je joue à ma façon, que ça te plaise ou non ! Et si ça ne te convient pas, je me barre ! JE NE SUIS PAS LUI, BORDEL DE MERDE !

Et il s'est barré en claquant la porte. Je suis resté muet, jusqu'à ce que Jim et Stan approuvent son comportement. Jusqu'à ce qu'ils m'expliquent que Fred était un bon musicien et que je faisais chier tout le monde en m'énervant contre lui, que je plombais l'ambiance… Bref, après leur morale à la con, je suis allé m'excuser de mon comportement de merde… Et maintenant tout roule, je ne prends pas de pincettes pour lui parler, mais je fais attention à mes propos en me disant qu'ils n'ont pas tout à fait tort…

Et puis j'essaie de ne plus penser à elle… Ça a été très dur, car tout m'y ramenait. C'est con, mais un parfum, un éclat de rire, une chanson… Il y avait toujours quelque chose. Et puis un soir, j'ai bu jusqu'à ce que mon esprit occulte mes pensées, je me suis réveillé le lendemain matin avec un corps chaud collé à moi que j'ai viré sans le moindre scrupule et j'ai recommencé le soir suivant jusqu'à ce soir. Je suis redevenu le Jonas d'avant, le connard qui boit, qui trouve une nana à baiser et qui recommence le lendemain voire le soir même…

Je bois un nouveau verre et reporte mon attention sur une blonde qui n'arrête pas de me mater depuis la fin du concert. Je sais très bien ce qu'elle veut et j'en ai besoin aussi. Je lui fais un signe de la tête en me dirigeant vers les coulisses. J'entends ses talons qui claquent derrière moi pour me rattraper. C'est marrant comme ces nanas n'ont aucune estime d'elles-mêmes, elles pensent avoir une quelconque importance pour moi alors que non, pas du tout, elles sont juste bonnes à me faire oublier pour quelques heures ou quelques minutes. Je me retourne, elle me fait un grand sourire. Je la dévisage, elle n'est pas très grande, trop maquillée, trop mal habillée, trop blonde…

Fausse, bien sûr... Je n'ai jamais compris pourquoi de magnifiques brunes se teignaient les cheveux en blond dégueulasse... Les brunes sont tellement plus belles au naturel.

Elle se rapproche de moi et commence à passer ses mains sous mon tee-shirt. Je ferme les yeux, pose la tête contre le mur derrière moi et essaie d'apprécier ses ongles qui griffent mes abdos, mon ventre... Je lui attrape les mains et les pose sur ma boucle de ceinture. Elle s'arrête un instant. J'ouvre les yeux et la fixe, elle vient de comprendre ce que je voulais, il ne faut pas qu'elle s'attende à autre chose qu'une bonne baise avec moi, pas de tendresse. C'est terminé tout ça, c'est devenu mécanique. Je dois me vider, ces femmes sont là pour ça, me soulager et recommencer le lendemain avec une autre. Pas un mot, pas un seul geste tendre. Je referme les yeux et elle s'active enfin. J'appuie sur ses épaules pour qu'elle s'agenouille. Sa langue chaude lape mon sexe puis l'enveloppe, sa main la rejoint. Elle m'aspire, me lèche, j'attrape ses cheveux pour accélérer la cadence, ses mains viennent se poser sur l'arrière de mes cuisses pour se tenir. Je suis un connard égoïste... Monsieur Connard, comme elle aimait si bien m'appeler. Son visage apparaît devant mes yeux fermés, il ne m'en faut pas plus pour éjaculer dans la bouche de la blonde à mes pieds. Je garde les yeux clos le temps qu'elle termine sa besogne. Lorsqu'elle se retire, je boutonne mon jean et retourne au bar sans un regard en arrière. Monsieur Connard...

— Putain ! C'était de la baise express, mec !

Stan me tape dans la main lorsque je les rejoins au bar.

— Une pipe express !

— Tu es un putain de veinard...

Je le regarde en levant un sourcil et j'éclate de rire.

— Et ouais, mec ! Que veux-tu ? Elles mouillent leur petite culotte en un rien de temps !

Ils éclatent tous de rire, je sens le regard insistant de Jim sur moi, mais je ne relève pas plus que ça. Après plusieurs tournées qui nous sont offertes, je rentre à l'hôtel seul pour une des rares fois de la semaine, le regard de Jim toujours posé sur moi. Avant de rentrer dans ma chambre, je me retourne vers lui :

— Tu vas enfin me dire ce qui t'emmerde depuis un moment !

Il se rapproche de moi et me lance :

— Y'a rien, Jonas, je me demandais juste comment tu avais fait pour l'oublier si vite…

— Arrête tes conneries, Jim ! C'était une putain d'erreur. Je suis bien mieux maintenant. Pas d'attache, pas de sentiments, une baise de temps en temps pour déstresser, c'est tout ce dont j'ai besoin pour l'instant.

Je rentre dans la chambre en claquant la porte. Il me gonfle à me parler d'elle. Elle m'a jeté, parfait ! J'ai joué au con avec elle, j'assume complètement. Après tout, si elle tenait vraiment à moi, elle m'aurait laissé le temps de m'expliquer avec elle. Si elle avait été un tant soit peu patiente, elle aurait vu que le soir même j'ai viré Adela de ma vie, que je l'ai fait pour elle, pour nous… Mais c'est du passé, je vais me concentrer sur le groupe, sur les concerts et l'enregistrement prochain en studio.

Mon téléphone vibre dans ma poche :

{Alors ce concert, beau-gosse ? Vous avez dû assurer comme d'hab ! À très vite !}

Je souris comme un con en voyant le message de Lily, je suis sur le point de l'appeler lorsque je tombe sur un prénom juste en dessous du sien dans mon répertoire.

J'hésite un instant, peut-être que si je l'appelle en tant qu'Arthur, elle va me répondre ? Même si cela fait longtemps qu'elle ne m'a pas entendu... L'alcool aidant...

Après plusieurs sonneries, elle décroche enfin, mais ne parle pas. J'en crève, tellement j'ai envie d'entendre sa voix.

— S'il te plaît, ne raccroche pas... Tu me manques... Putain...

— ...

— Est-ce que ce soir on peut oublier ? Oublier Jonas, oublier Louise ? J'ai juste besoin d'entendre ta voix... Juste...

Toujours rien, elle ne me répond pas. Je sais qu'elle est au bout du fil, j'entends sa respiration, mais pas un son ne sort de sa bouche. Je me rends compte que je pourrais rester des heures à écouter son souffle, j'ai l'impression qu'elle est avec moi, près de moi.

— Et merde...

Je me résigne à raccrocher lorsque j'entends :

— Lina bonsoir, que puis-je faire pour vous satisfaire ?

Me pardonner ? M'aimer ? Passer le reste de ta vie avec moi ?

Mon cœur s'affole en entendant sa voix qui me manque tant, cette voix qui s'insinue en moi, jusqu'au plus profond de mon être, cette voix qui me manque tant.

— Bonsoir Lina...

— Arthur. Ça fait un bail...

J'aime tellement lorsqu'elle prend une voix sensuelle pour me parler.

— Tu, Lina, on se tutoie, tu te souviens ?

— Très bien Arthur, alors dis-moi, que me vaut le plaisir de t'entendre ?

— Juste le besoin d'écouter ta jolie voix...

— Et que veux-tu que ma voix te raconte, Arthur ?

Je la sens distante, mais qu'est-ce que ça fait du bien de l'entendre à nouveau, même si on ne parle pas de notre relation merdique et avortée…

— Je me suis dit que tu pourrais me raconter la suite de l'histoire avec l'homme dont tu m'as parlé il y a quelque temps…

Alias moi…

— Oh ! Tu sais, il n'y a pas grand-chose à savoir ni à raconter sur lui ! Encore un homme égoïste et imbu de sa personne ! Tu vois ce que je veux dire, non ?

Bien sûr… J'ai tellement envie qu'elle se dévoile un peu plus…

— C'est une impression ou tu lui en veux ?

— C'est bien ça ! Je lui en veux à mort ! Mais nous ne sommes pas là pour parler de moi, Arthur…

— En fait, si. J'ai besoin de distraction… C'est pour cela que je t'appelle, alors pourquoi ne pas me raconter pourquoi tu lui en veux à mort, à cet homme égoïste et imbu de sa personne ?

— Tu n'as pas vraiment envie d'entendre ça…

— Tu te trompes… J'en ai besoin… Vraiment.

Elle ne me répond pas.

— Alors Lina, raconte-moi ton plus beau souvenir avec lui… Sexuel ! J'entends.

Qu'est-ce qu'elle me manque…

— Très bien… Alors je pense que c'était notre première fois…

Je me demande de laquelle elle veut parler, celle où nous étions chez moi ou chez elle ?

— Pourtant on dit toujours que les premières fois ne sont pas exceptionnelles…

— C'est vrai, mais là, c'était…

— C'était ?

Je crève d'envie de connaître ses ressentis sur cette matinée…

— Assez torride, en fait…

Elle me raconte notre première fois dans ma cuisine, la tension sexuelle qu'il y avait entre nous avant, sa surprise puis son envie ardente lorsque ma bouche a fondu brusquement sur la sienne ; les sensations qu'elle a eues lorsque mes mains ont parcouru son corps, lorsqu'elles l'ont caressée, ses frissons, son ressenti lorsque mon piercing a joué avec ses tétons, avec sa peau, mon regard gris acier obsédant. Mes tatouages, mon torse et mes abdos fermes, sa frustration de ne pas avoir pu me toucher comme elle l'aurait voulu, mon sexe tendu contre son sexe humide, nos frottements, l'envie qu'elle avait que je sois en elle, ses gémissements, mes grognements, notre orgasme sans que nos peaux n'aient été en contact, son bien-être après, son lâcher prise pendant…

Je ferme les yeux et je la revois, étendue sur le plan de travail, offerte à ma vue. Ses seins tendus vers moi, ses frissons lorsque ma main a parcouru son corps, ses gémissements, sa poitrine qui se frottait à mon torse, sa langue dans ma bouche, cette sensation de bien-être…

— Arthur ? Toujours avec moi ?

Je reprends mes esprits.

— Oui, Lina, toujours présent. C'était plutôt chaud bouillant entre vous, non ?

Elle met du temps à répondre.

— On peut dire ça oui…

— Je peux te poser une question indiscrète Lina ? J'aimerais que tu me répondes franchement, tu veux bien ?

— Sans problème.

Je jubile intérieurement, je vais enfin avoir ma réponse…

— Alors Lina, comment un homme qui arrive à te faire jouir sans même t'avoir retiré tes vêtements peut-il être une personne égoïste et imbue de sa personne ? En tant qu'homme, j'avoue que j'ai du mal à te suivre, tu comprends ?

Elle reste un moment sans me répondre.

— Eh bien Arthur, disons que cette personne peut être quelqu'un de très attentionné et qui aime donner du plaisir autant qu'il aime en recevoir, mais que dans la vraie vie… Celle de tous les jours… Il ne pense qu'à lui et à son bien-être avant celui des autres…

Parfait… Donc je suis un amant formidable, mais un piètre petit-ami…

— Je vois…

Un long silence.

— Et toi, Arthur, où en es-tu avec ta… Pimbêche, c'est bien comme ça que tu l'appelles ?

J'ai bien vu qu'elle avait du mal à prononcer ce mot.

— Oh ! Nulle part, j'ai déconné. Je pense que nous ne sommes vraiment plus sur la même longueur d'onde…

— Je ne m'inquiète pas pour toi, Arthur, je suis sûre que tu trouveras ton âme sœur d'ici peu de temps…

— Et toi aussi j'en suis certain, Lina…

J'entends du bruit derrière elle. Une porte qui claque.

— Je dois te laisser.

— Bonne nuit, Lina, à bientôt.

Je suis allongé sur mon lit à me remémorer notre première fois avec Louise, puis notre seconde. Je revois son sourire éclatant, je la revois chanter, me bousculer avec ses paroles, m'engueuler avant de partir… Je la revois gémissante sous mon corps, je revois ses dents saisir sa lèvre inférieure lorsque la jouissance monte en elle… Elle me manque, putain. Mais je me suis promis de ne rien faire, il est hors de question que je revienne vers elle. Elle m'a jeté, il n'y a plus rien à dire ou à faire pour changer les choses… Même si sa voix, ses yeux, sa peau et son odeur me manquent terriblement…

CHAPITRE 22
Louise

Je fais un pas dans ma cuisine pour y trouver Lily avec un verre à la main. Je l'ai échappé belle, j'ai bien cru qu'elle allait débarquer dans le bureau alors que j'étais au téléphone avec Arthur, enfin Jonas. Même si j'aime toujours autant entendre sa voix, grave et rocailleuse, je ne peux m'empêcher de penser à ce qu'il m'a fait ce jour-là. Il a préféré me blesser moi plutôt qu'Adela. Il l'a choisie elle. Mais malgré tout, quel bonheur d'entendre sa voix, je ne peux pas me le cacher, il me manque, et reparler de nos ébats…

— Ma belle ! Je me suis servie, je ne voulais pas te déranger, tu ne m'en veux pas ?

Je lui montre son verre.

— Bien sûr que non ! On fête quoi au juste ?

— Oh ! Tu en veux ? C'est de la bière que j'ai trouvée dans ton frigo.

J'ai l'impression d'être chez elle alors que nous nous trouvons dans ma cuisine, qu'il est 23 heures passées et qu'elle me sert un verre de bière.

— Lily…

— Oh… Je m'ennuie…

— Tu n'es pas sérieuse ? Tu t'ennuies alors tu débarques chez moi à 23 heures passées ? Sans prévenir ?

Elle regarde son verre en faisant la moue, puis relève ses yeux verts sur moi.

— Ils me manquent, voilà !

— Mais… Tu as les gars de ton groupe, Lily, et puis tu as beaucoup d'autres amis, non ?

— Tu ne comprends pas, Louise ! Ça va faire deux semaines qu'ils sont partis ! Tu te rends compte un peu. Deux putains de semaines sans les voir, sans les serrer dans mes bras, sans les engueuler… Rien… Ma vie est morne et triste lorsqu'ils ne sont pas là…

— Oh… Et tu t'es dit que ma vie à moi était beaucoup plus excitante, c'est ça ?

— S'il te plaît, emmène-moi demain…

— Lily…

— Je me ferais toute petite, je te promets, mais s'il te plaît, Louise, emmène-moi, ne me laisse pas seule ici, sans personne…

Elle me fait marrer, on dirait une petite fille à qui on a confisqué ses jouets préférés.

— J'y vais pour bosser, Lily, je ne sais pas si…

— Je peux voir avec le directeur demain matin ! Après tout, on ne sera pas trop de deux pour gérer cet auteur et ses fans ! Il est si sexy qu'on le prétend ?

J'éclate d'un rire franc. Décidément, elle est insatiable !

— Lily ! Il a quarante ans !

— Et alors ? Tu as lu un peu son bouquin ? S'il pouvait me faire ne serait-ce qu'un tiers de ce qu'il a écrit dans son livre, je serais une femme entièrement comblée, je t'assure !

— Dis-toi que ce n'est pas parce qu'il l'a écrit qu'il a tout testé ! Ce ne sont peut-être que des fantasmes inassouvis !

— Justement ! C'est une super occasion pour les assouvir !

Elle me fait un clin d'œil et attrape son sac en me lançant :

— Si Maurice est OK, tu m'emmènes ?

— Oui ma belle, je t'emmènerais avec moi avec grand plaisir !

— Allez je file ! Je dois réfléchir pour travailler Maurice au corps demain matin afin qu'il dise oui !

Elle claque la porte derrière elle. La tornade Lily est passée, a tout dévasté et est repartie en un coup de vent. Je suis sûre que Maurice ne va pas lui résister et je vais devoir me préparer mentalement pour demain...

Je regarde mon verre de bière et laisse mon esprit divaguer. Deux semaines qu'ils sont partis. Jim m'appelle parfois, il m'envoie des messages sans jamais évoquer Jonas. Il me parle du groupe, me dit qu'ils ont de plus en plus de succès, qu'ils retrouvent le goût de la scène, l'ambiance des concerts, des tournées. Ils sont heureux et surtout, ils ont décidé de filer en studio dès qu'ils rentreront, à savoir dans une ou deux semaines d'après lui.

Je suis heureuse pour eux, vraiment. Mais je ne peux m'empêcher de me poser des questions sur la santé mentale de Jonas. Après tout, il avait tellement peur de remonter sur scène sans Jack, j'imagine qu'il a dû s'habituer à un autre. J'espère qu'il ne ressasse pas trop ses souvenirs et qu'il arrive à surmonter son manque. Je me relève tout à coup et attrape mon sac qui est posé dans l'entrée pour attraper la clé USB que Jonas m'a donnée lorsque nous étions au salon de l'érotisme. Ses souvenirs.

Je souffle en insérant la clé dans mon ordinateur et démarre. Je reste sans voix devant le diaporama qui défile devant moi. Je sens des larmes qui dévalent mes joues, je renifle, mais je n'arrive pas à quitter l'écran du regard. J'ai sous les yeux le vrai Jonas. Et je me rends compte maintenant à quel point il n'est plus lui-même, à quel point le Jonas que je connais n'est qu'une pâle copie triste et aigrie de celui qu'il a été.

Le Jonas que j'ai sous les yeux a un sourire éclatant, éblouissant, il respire la joie de vivre et le bonheur. Lorsqu'il est avec Jack sur les photos, je remarque le regard qu'il a sur lui, la fierté qu'il éprouve pour son petit frère, ils sont si beaux à regarder tous les deux. Il y a beaucoup de photos lorsqu'ils sont sur scène, j'arrive à capter leur regard, leur complicité, leur bonheur d'être ensemble tout simplement. D'autres photos me font rire malgré mes larmes, ce sont celles où ils sont avec Lily et Jim. Ils sont beaucoup plus jeunes, mais ils étaient heureux d'être ensemble. Je capte un morceau de vie du Jonas qui n'existe plus à présent. J'ai devant les yeux la preuve qu'il n'a pas toujours été cet homme aigri, triste et en colère contre tous et toutes. Et je comprends enfin la relation qu'il peut entretenir avec Lily. Il y a des photos d'eux très jeunes, ils doivent avoir 4 ou 5 ans et ils se tiennent la main en regardant un spectacle. Il y en a d'autres où ils sont adolescents, avec Jim et Jack, tous les quatre réunis sur scène.

Je ferme les yeux et me rends compte à quel point j'ai moi-même été égoïste envers lui, par rapport aux paroles que je lui ai balancées sans réfléchir. Je lui ai fait comprendre que mon chagrin était plus profond que le sien, car j'ai perdu mon jumeau, mon double, mais en visionnant ces photos, ses souvenirs, je me rends compte que je me suis trompée, Jonas et Jack avaient une relation presque aussi fusionnelle que Loukas et moi. Le fait qu'ils aient vécu ensemble et que Jonas se soit occupé de lui doit y jouer pour beaucoup, mais je m'en veux. De quel droit est-ce que j'ai pu juger la profondeur de ses sentiments pour Jack ? Il y a un autre dossier sur la clé. J'y découvre des vidéos de leurs concerts et je me rends compte à quel point ils étaient connus, il y avait beaucoup de fans dans le public qui chantaient leurs chansons. Il y a aussi des vidéos de leurs répétitions. Sur certaines, je peux voir Jack et Jonas chanter ensemble, ils sont dans leur bulle, ils ne font qu'un, magnifiques.

Je referme l'ordinateur d'un coup et attrape mon téléphone. J'ai tellement envie de m'excuser, de lui dire à quel point j'ai été obnubilée par mes propres sentiments et que je n'ai pas vu que lui aussi souffrait énormément de la perte de Jack, autant et non pas moins que moi. Dans le répertoire son nom apparaît, j'hésite, puis éteins mon téléphone. Pourquoi je l'appellerais sachant que c'est moi qui l'ai jeté, c'est moi qui lui ai dit que je ne voulais plus rien avoir à faire avec lui ? Je file dans mon lit en essayant de ne plus penser à toutes ces photos et ces vidéos, mais je m'endors avec une image d'un Jonas respirant la joie de vivre et le bonheur.

Je suis réveillée par la sonnerie de mon téléphone. Je réponds sans prendre la peine de voir qui m'appelle et sursaute lorsque la voix de Lily me crie :

— C'est bon ! Il a dit OUI ! Tu passes me chercher ou je viens chez toi ? Il faut prévoir des tenues spéciales ? On part à quelle heure ?

Je pose mon téléphone sur mon lit et je la laisse continuer… Je me lève et me dirige vers la cuisine pour boire un bon café, histoire de me réveiller et d'oublier les cris stridents de Lily. Lorsque je n'entends plus de son venant de mon téléphone, je l'attrape et Lily me dit :

— Louise ? Tu m'entends ? Tu es toujours là ?

— Oui Lily, je suis toujours là. Écoute, on se rejoint à la gare dans deux heures, Dan nous rejoint là-bas. Pour les

tenues, rien de spécial, et il n'y a pas de soirées prévues…
On y va pour bosser, ma belle !

— Oui, oui, je sais… Allez, je vais vite me préparer ! À
toute ! Et Oh ! Louise ?

— Oui…

— Meeerrrcccciiiiii !!!!

J'éloigne mon téléphone de mon oreille et raccroche.
Nous ne sommes que vendredi matin, mais je sens que le
week-end va être long et fatigant…

Dan m'attend sur le quai de la gare pour partir au salon
de l'érotisme. Nous nous serrons la main et revoyons
ensemble le planning du week-end jusqu'à ce qu'une
tornade rousse arrive vers nous :

— Salut ! J'ai cru que jamais je n'allais arriver ! Ce con
de taxi a choisi le boulevard le plus embouteillé pour venir
alors que je lui avais demandé…

Je n'écoute plus Lily, je tourne les yeux vers Dan qui
a la bouche grande ouverte et regarde la grande rousse
fixement. Je suis sûre qu'à cet instant, il doit avoir plein
d'images pas très catholiques qui lui passent par la tête !
Je la coupe :

— Lily !

— Quoi ?

— Je te présente Dan. Dan, voici Lily qui va nous
accompagner sur le salon, c'est une collègue.

— Oh…

C'est tout ce qu'il trouve à ajouter. Nous avançons vers
notre quai, nous avons pas mal de chemin à parcourir,
mais au moins nous serons au calme. Enfin, j'espère juste
que Lily redescendra d'un cran… Notre patron a eu la
gentillesse de nous réserver des billets en première classe.
Nous sommes donc à l'aise pour travailler avant notre

arrivée. Je me place face à Dan et lui fais un résumé rapide de notre emploi du temps et surtout de ce qu'il va devoir endurer. Car il n'a jamais été dans un salon de l'érotisme, je lui explique alors qu'il risque d'être quelque peu déstabilisé par les personnages qui viennent à ce genre de salon. Je lui montre Lily en lui expliquant qu'à côté de certains, c'est une gentille fée…

À notre arrivée, nous filons à l'hôtel qui se situe à deux pas du salon. Nous pourrons donc nous déplacer à pied. Après nous être installés, je laisse Lily et Dan continuer leur discussion au bar de l'hôtel et je file pour tout préparer avant l'ouverture des portes. Je retrouve quelques têtes du dernier salon, certaines personnes avec qui j'avais terminé la soirée et d'autres avec qui j'avais sympathisé. Je vais les revoir souvent, alors autant me montrer sympa avec eux. Lily et Dan me rejoignent quelque temps après. Dan s'installe pour les signatures et Lily et moi allons flâner un peu à travers les divers stands.

Lorsque la soirée arrive, des spectacles de plus en plus osés sont proposés sur scène. Des femmes font des fellations à un ou plusieurs hommes sous les yeux de centaines de spectateurs, d'autres se font attacher, fouetter… Il en faut pour tout le monde. Je me surprends à regarder le public et suis étonnée de voir des personnes lambda, tout comme des personnes plus dévêtues.

Nous allons boire un verre tranquillement lorsque Lily me lance innocemment :

— Tu as des nouvelles des garçons ?

Je relève un sourcil :

— Pas vraiment, Jim m'envoie des messages parfois, mais c'est au compte-gouttes. Pourquoi ?

Elle baisse la tête.

— Lily… Qu'est-ce que je devrais savoir ?

— Oh rien ! Disons que j'ai eu Jim au téléphone hier soir et que dans la conversation je lui ai peut-être dit où je serais ce week-end et qu'il m'a peut-être proposé de passer étant donné qu'ils doivent jouer demain soir dans la ville à côté ?

— Oh ! Et ?

— Ils vont passer ce soir.

— Mais Lily ! On est là pour bosser, merde ! Et Dan ? Tu penses que je vais le laisser tout seul pour passer la soirée avec vous ?

— Ils me manquent, Louise ! Essaie de me comprendre, merde !

— Je te comprends, mais…

Je prends ma tête entre mes mains, ferme les yeux et souffle. Les photos que j'ai vues hier soir me reviennent en mémoire. Lily avec les garçons, depuis leur plus jeune âge. Je relève le visage vers elle et lui dis, bien décidée :

— Très bien. Alors voilà ce que nous allons faire : tu restes avec les garçons ce soir, et moi je vais gérer Dan et le boulot. De toute façon, tu n'étais pas censée être là ce week-end !

— Sérieux ? Oh, ma belle, je t'aime, tu sais !

Elle me saute au cou sous les regards amusés des clients du bar. Elle part de son côté pour appeler les gars du groupe et je rejoins Dan au stand. Il y a une file d'attente impressionnante. Beaucoup plus qu'avec le dernier auteur du dernier salon. Il faut dire que son bouquin est plutôt spécial, il parle d'une femme qui devient esclave d'un homme et qui lui laisse tout pouvoir sur elle. Et apparemment, les femmes ont l'air d'apprécier ! Je rapproche des piles de livres à côté de Dan et il me sourit.

— Quel succès !

— À qui le dis-tu ! Je n'aurais jamais imaginé en avoir autant !

— Au moins, tu ne rentreras pas seul ce soir !

Je lui fais un clin d'œil et il rougit. Je regarde plus attentivement les personnes qui attendent leur tour. Encore une fois, je suis étonnée de voir que toutes sortes de femmes se côtoient. Certaines sont à peine vêtues, d'autres dévoilent leur corps par transparence, d'autres encore sont gênées et regardent un peu partout… J'observe au loin un spectacle sur scène. La femme est magnifique, elle danse lascivement en se dénudant devant un homme assis, les mains et les jambes attachées, qui la contemple avec désir et envie. Ils sont beaux, pas du tout vulgaires comme le sont certains. Je suis concentrée sur la scène lorsque j'entends :

— Toujours aussi bandante, Louise !

Je me retourne et tombe sur Jim qui éclate de rire en me voyant. Je m'avance vers lui et il me serre dans ses bras.

— Jim… Laisse-moi respirer !

Il me relâche et me regarde de haut en bas.

— Arrête de me regarder comme ça !

— Alors, arrête de t'habiller comme ça ! Sérieux, Louise, tu es magnifique.

— C'est bon ! J'ai compris.

Il se recule pour laisser la place à Stan et Fred qui me reluquent comme si j'étais un bout de viande. J'entends au loin le rire de Lily et remarque l'homme qui se trouve face à elle. Jonas. Il est toujours aussi beau, malgré les cernes qui ornent son visage et sa barbe qui est plus fournie. Lily le prend par le bras et ils s'avancent vers moi. Je ne peux détacher mon regard de ses yeux gris acier. Il s'arrête à bonne distance.

— Louise…

— Jonas…

Lily le pousse vers moi.

— Vous pouvez vous faire la bise au moins !

Il s'avance doucement tout en me fixant. Je sens mes jambes qui me lâchent, mon cœur qui accélère, j'ai l'impression qu'il s'approche pour m'embrasser. J'ai envie qu'il m'embrasse, j'ai cette sensation que l'on ressent avant un baiser, je ne peux détacher mes yeux des siens. Mais au dernier moment, son regard se sépare du mien, il me fait une bise sur la joue et se recule aussitôt. J'ai l'impression d'avoir rêvé.

— Bon, on va boire un coup ! Louise, tu nous accompagnes ?

Je me retourne vers Lily puis vers les gars du groupe.

— Non, désolée, je dois rester avec Dan, dis-je en faisant un signe vers lui.

— Allez, Louise ! me dit Jim, juste un verre pour fêter nos retrouvailles !

— Désolée ! Je suis là pour le boulot, dis-je en lui faisant un clin d'œil.

Ils regardent derrière moi Dan, qui s'est approché :

— Tu peux y aller, tu sais, j'en ai encore pour un moment !

Il me montre la file d'attente et il rit.

Je prends mon sac à main et les suis jusqu'au bar où nous étions plus tôt avec Lily. Ils discutent de leur groupe, de leurs concerts, du fait que ça marche plutôt bien et qu'ils pensent entrer en studio dès leur retour. Lily leur pose énormément de questions sur leur prochaine date. J'écoute sans écouter, mon regard se perd vers la scène, puis je relève les yeux vers Jonas qui me fixe. Il est assis face à moi, je me sens mal à l'aise, je détourne le regard. Lorsque je regarde la scène à nouveau, je sens son pied sur le mien, je ferme les yeux et mets mes jambes sous moi pour lui échapper. Je ne sais pas à quoi il joue, mais je n'ai pas envie d'entrer dans son jeu. Lorsque nous avons terminé, nous décidons de trouver un endroit pour grignoter un morceau.

Lily est en grande conversation avec Jim alors que Fred et Stan ont décidé d'aller fumer pour nous rejoindre plus tard. Jonas marche à côté de moi, sa main effleure la mienne lorsque nous marchons, lorsque nous croisons du monde, sa main se pose sur mes reins, m'effleure. Jim et Lily s'arrêtent devant une scène où un homme vêtu de cuir est à quatre pattes devant une plantureuse femme qui le fouette et lui fait lécher ses bottes. Ce n'est pas trop mon trip, mais je trouve ça amusant jusqu'à ce que je sente derrière moi la chaleur de son corps qui se colle au mien. Je sais qu'il y a du monde, mais lorsque ses mains effleurent les miennes et remontent le long de mes bras nus, j'ai la chair de poule. Je repense à ce matin-là dans sa cuisine, je ne bouge plus, je sens son souffle dans mon cou, sa bouche qui dépose des baisers légers, puis son souffle à nouveau, j'ai froid, j'ai chaud… Mais qu'est-ce que je fais ? Je me détache de lui pour mettre de la distance entre nous. Je ne dois pas me laisser aller. C'est un connard avec qui je ne dois pas craquer encore une fois. Je dois écouter ma raison et non mon corps, même si la seule envie que j'ai actuellement c'est de me retourner pour sentir ses lèvres sur les miennes.

Nous arrivons dans un restaurant plein de monde. Nous retrouvons des personnes rencontrées au précédent salon et l'alcool et les discussions vont bon train. Je commence à avoir chaud, je regarde l'heure et je décide d'aller chercher Dan pour qu'il vienne manger avec nous. Lorsque nous revenons, il y a encore plus de monde qu'à mon départ. Ma place est prise par une bimbo siliconée qui se love contre Jonas qui est assis près d'elle. Dan s'assoit face à eux et bien sûr je me place à côté de lui. Il est très content de ce premier jour et espère faire aussi bien demain et après-demain, mais il me dit qu'il est un peu crevé et qu'il rentrera après avoir mangé un peu. Jonas ne me quitte pas du regard, la bimbo a jeté son dévolu sur lui. Je ne peux détacher mon regard de ses mains qui se baladent sur ses avant-bras. Je relève les yeux vers lui et il me sourit, enfin c'est plus un sourire carnassier qu'autre chose. Je sais qu'il est vexé car je l'ai repoussé tout à l'heure, mais je sais aussi que j'ai fait ce qu'il fallait. Même si mon estomac se serre à la vue de son sourire qui n'augure rien de bon. Tout en me fixant, il passe sa main derrière la nuque de la bimbo et l'embrasse à pleine bouche. Je suis scotchée. Surtout lorsque Stan nous lance :

— Allez ! C'est reparti ! Combien ce soir, Jonas ? Une, deux ? Putain ! J'adore ce mec ! Une vraie bête de sexe !

Je sens le regard de Jim et de Lily sur moi. Lily regarde Jim et lui dit :

— Il est reparti comme avant ?

— Ouaip ! Une tous les soirs… Voire deux, s'il est en forme…

— Putain ! Ça craint, non ?

— Écoute, Lily, du moment que ça le vide et qu'il se sent bien pour chanter après, moi ça me convient ! Après tout, il est célibataire, sans attache, alors il peut tremper sa queue dans qui il veut non ?

Je croise les yeux de Jim lorsqu'il parle à Lily.

— Vu comme ça…

Je détourne les yeux et tombe dans ceux de Jonas, qui me fixe tout en ayant sa langue dans la bouche de la bimbo. Berk… Il m'écœure. Je décide de ne pas relever et finis ma discussion avec Dan sur notre journée de demain.

La soirée continue avec de l'alcool, beaucoup… Heureusement que le salon ne commence que tard dans la matinée parce que je ne sais pas si je vais arriver à me lever demain matin. Jonas est seul, il m'observe, la bimbo a disparu des radars… Je repense tout à coup à la clé, à ce que j'ai ressenti en la voyant. Il faut que je la lui rende, que je lui parle de ça, je sais qu'avec tout ce que j'ai ingurgité, cela va m'aider.

Il se lève en me fixant, je prends ça pour une invitation. Je le laisse partir devant et me lève ensuite pour le rejoindre. Je suis arrêtée en route par une femme qui veut des renseignements sur Dan. Notamment sur le nom de son hôtel… Je l'envoie gentiment bouler et vais rejoindre Jonas. Je le retrouve au détour d'un couloir, ses mains sur les seins de la bimbo qui a son top relevé, sa langue dans sa bouche. Je ne peux plus bouger. Je reste immobile à regarder le spectacle qu'ils donnent. Il détourne son visage vers moi et m'offre un sourire faux alors que ses mains glissent de ses seins à ses cuisses. Il ne me quitte pas des yeux, il me défie alors que ses mains passent sous la jupe de la bimbo, je détourne le regard de ses yeux gris lorsque la bimbo se met à gémir de plaisir. Je fais demi-tour sans me retourner, je ne peux pas en supporter plus. Une boule au ventre se forme alors que je sens des larmes monter car je suis plus qu'énervée contre lui. Il a besoin de se montrer si cruel ?

Je retourne à la table tout en me posant des questions sur ce que je dois faire. Je suis attachée à ce con, mais ce qu'il vient de faire me montre qu'il se fout de moi. Après tout, il baise tous les soirs une femme différente. Qu'est-ce que j'espérais ? Mais c'est moi qui l'ai envoyé chier. Je vais le sortir de ma tête. Et je vais commencer maintenant. Je prends mon téléphone et envoie un message.

{Je suis au salon de l'érotisme... Ta proposition tient toujours ? ... Je sais que c'est loin, mais nous sommes en week-end, non ?}

La réponse ne se fait pas attendre.

{J'enfourche ma moto et arrive dès que possible, ma belle... Tu as bu ?}

{Sans commentaire...}

Je rejoins les autres avec un sourire immense sur les lèvres.

CHAPITRE 23
Jonas

Je vire la blondasse qui m'insupporte et me dirige vers la table où tout le monde discute et rigole. Je regarde Louise de loin. Elle est toujours aussi belle, elle a des bottes rouges à hauts talons qui remontent au-dessus de ses genoux, un short noir et un haut blanc transparent à travers lequel je peux voir son bustier rouge. Je reprends ma place initiale en face d'elle, mais elle ne me regarde même pas. Stan me lance en me tapant dans la main :

— Encore une qui aura le cœur brisé demain matin !

— Et une de plus à épingler sur le tableau ! crie Fred.

Lily me regarde avec son air désolé que je connais si bien puis se retourne vers Fred :

— Attends ! Tu les comptes ou quoi ?

Je lui lance en colère :

— Arrête tes conneries, Lily !

Fred se marre et lui dit :

— À la quinzième, j'ai arrêté de compter, ma belle !

Mon regard se dirige sur Louise, qui tourne la tête pour regarder je ne sais quoi, mais sûrement pas moi.

— Jonas ! Merde ! On n'est pas de la viande.

Je bois mon verre cul sec et le claque sur la table, elle me gonfle avec ses réflexions de merde.

— Mais arrête tes conneries un peu ! Tu crois que celle que je viens de choper a ne serait-ce qu'un peu d'estime pour elle-même ? Elle voulait juste passer du temps avec moi, et c'est ce que j'ai fait. Alors, arrête de me faire ta morale à la con ! Surtout toi, bordel !

— Comment ça, surtout moi ?

— Putain, Lily ! Mais regarde-toi ! Tu es une femme magnifique, tu ferais bander un mort, mais malgré tout ce que tu peux dire de moi, nous sommes pareils ! Tu baises à tout-va ! Les mecs, les nanas, les deux parfois ! Et tu viens me faire la morale parce que je chope une nana qui n'attend que ça ? Mais Lily, sache qu'elles sont toutes consentantes et elles en redemandent. Elles veulent juste se taper le chanteur d'un groupe pour aller le dire à leurs copines ensuite ! Je ne suis pas dupe malgré tout ce que tu peux penser ! Le bout de viande, c'est moi !

— Jonas… me lance Jim, menaçant.

— Oh toi ça va, Jim ! Tu es amoureux d'une nana qui ne fait même pas attention à toi tellement elle est obnubilée par un connard qui lui fait du mal !

— Jonas, ça suffit ! me dit Lily en tapant la paume de sa main sur la table.

Je me rends compte que je suis debout. Ils me regardent tous, mais le plus déstabilisant, c'est le regard de Louise. De la pitié, c'est ça, je lui fais pitié bordel !

Jim reprend :

— Tu devrais te calmer un peu, Jonas, va prendre l'air…

Il commence vraiment à me faire chier à se prendre pour mon père, ce con. Je lui dis avec un petit sourire en coin :

— Et toi tu devrais avouer à Louise que tu l'as dans la peau, mais que tu t'es effacé, car elle ne voit que moi…

Je me lève et me casse vers la sortie en les laissant avec la bombe que je viens de lâcher. Je prends une bouteille en passant devant un bar et sors pour fumer une clope et picoler tranquillement. Je regarde les gens qui passent, je suis dans un coin, personne ne viendra m'emmerder ici. Je bois pour oublier à quel point je peux être con parfois, mais ce soir ils ont dépassé les bornes. Je baise à tout-va et tout ce qui se présente à moi pour ne plus penser à elle. Les nanas sont plus que consentantes, en fait, c'est moi le bout de viande qu'elles se tapent, elles peuvent aller crier sur les toits qu'elles se sont fait baiser par le chanteur d'IDiavoli un soir de concert. Elles me considèrent comme un étalon et je le leur rends bien.

Je repense au regard de Louise, la pitié qu'il y avait dans ses yeux, mais c'est de sa faute aussi, putain ! Si elle avait patienté ce jour-là, si elle avait attendu que je dise à Adela qu'il n'y avait qu'elle qui comptait pour moi, et bien on n'en serait pas là à s'engueuler. Nous serions ensemble, comme un vrai couple, à baiser autant qu'on veut sans avoir de compte à rendre à personne. Je balance ma clope au loin et je ferme les yeux en reposant ma tête sur le mur derrière moi.

Je ne sais pas combien de temps je reste ainsi, je ne pense plus à rien, j'ai une musique qui me trotte dans la tête. The sound of silence… Quelle ironie ! Quelqu'un s'assoit à côté de moi, je ne bouge pas, je me suis assez pris la tête comme ça ce soir. Je ne sais pas quelle heure il est, mais je suis fatigué de toutes ces conneries, je vais rentrer, terminer la bouteille de whisky qui m'accompagne et sombrer dans le sommeil jusqu'à demain matin ou midi, je m'en fous.

— Je ne t'en veux pas, tu sais…

— …

— Ce que tu as balancé tout à l'heure…

Je n'ai pas envie de lui répondre.

— En fait, ce n'était pas vraiment un secret. Louise savait déjà qu'elle me branchait, je lui avais dit, contrairement à ce que tu pourrais penser. Je ne suis pas un lâche, Jonas. Louise me plaît, elle le sait. Tout comme je sais que pour elle, je ne serais qu'un ami, un super pote avec qui elle a baisé plusieurs fois... Mais ça s'arrête là, Jonas. Je suis lucide pour ce qui est de mes relations avec elle et elle aussi. Mais est-ce que tu peux en dire autant ?

Je tourne la tête pour le regarder, mais il fixe un point devant lui. Il reprend :

— Vous tournez en rond tous les deux, tu sais ? Le pire dans tout ça, c'est que vous êtes faits pour vous entendre, mais qu'aucun de vous ne le voit.

— Jim...

Il lève sa main vers moi pour me faire taire.

— Laisse-moi finir, s'il te plaît ! Après, on n'en parlera plus. Vous vous faites mutuellement du mal, Jonas, je sais que les morts de Jack et Loukas vous ont éloignés alors que cela aurait dû vous rapprocher. Vous avez perdu chacun un frère auquel vous teniez énormément. Écoute, je sais que tu t'en veux de ce qu'il leur est arrivé, mais...

Je me relève, je ne veux pas entendre sa psychologie de comptoir.

— Laisse tomber, Jim, ça ne mènera à rien !

Il me surprend en m'attrapant par le poignet et en tirant dessus pour que je me rasseye près de lui.

— Je veux juste que tu saches, Jonas, que tu n'y es pour rien. J'étais là ce soir-là, Jack était furieux, toi aussi, mais c'est lui qui est passé au feu rouge, c'est lui qui a passé outre le danger. Il est le seul responsable de leur mort, Jonas. Tu n'y es pour rien, mon frère.

Je sens les larmes qui dévalent mes joues. Lui, Lily, ils n'arrêtent pas de me dire que je n'y suis pour rien, mais ils se trompent.

— Est-ce que tu sais pourquoi il est parti en étant furieux contre moi, Jim ? Est-ce que tu sais pourquoi nous nous sommes engueulés ce soir-là ?

— J'en ai une vague idée… Mais…

— Quand je te dis que tout est ma faute, c'est parce que c'est vrai. Écoute, je sais ce que vous avez vu, mais vous n'avez pas tout entendu. Je lui ai hurlé dessus, Jim, je ne lui ai pas laissé le temps de s'expliquer ! Je lui ai demandé si c'était ça qu'il me cachait. S'il n'avait pas assez confiance en moi pour me l'avouer. Et ensuite, je suis parti en vrille. Je lui ai demandé depuis combien de temps il me mentait, ce qu'allaient en penser les autres…

Jim pose sa main sur la mienne.

— Et quand Loukas s'est avancé vers nous pour soutenir mon frère, je lui suis tombé dessus, je lui ai dit que c'était sa faute si Jack n'avait pas confiance en moi, que c'était à cause de lui qu'il ne m'avait rien dit, que c'est lui qui l'avait entraîné là-dedans, qu'il avait une mauvaise influence sur lui. On s'est battus… Vous nous avez séparés et ensuite j'ai demandé à mon frère de choisir entre Loukas où moi.

— Et ils sont partis…

Je baisse la tête et lui réponds doucement :

— Mouais… Mais je les ai suivis Jim, j'ai pris ma moto et je les ai suivis… Je voulais juste… Je ne sais pas, moi, discuter !

— Mais ils ne se sont pas arrêtés ?

— Oui… Non ! Ils étaient aussi défoncés que moi ! Et énervés ! Alors quand le feu est passé à l'orange et que Jack a ralenti, je me suis arrêté près d'eux et j'ai enlevé mon casque pour parler avec lui, mais au lieu de s'arrêter Jack a accéléré lorsque le feu est passé au rouge... Le temps que je remette mon casque et que je remette les gaz... Le camion...

Un verre explose sur le mur à cinq centimètres de ma tête. Je relève la tête et croise les yeux miel de Louise. Elle pleure, elle tremble, elle est blanche. Putain elle a tout entendu... Je me relève, Jim fait de même. Je me dirige vers elle, mais elle me hurle :

— Alors c'était ça hein ?

— Louise... lui dit doucement Jim.

Elle se retourne brusquement vers lui et lui hurle aussi :

— Oh toi, ne la ramène pas ! C'est entre moi et ce connard !

Elle me pointe du doigt.

— Alors c'était ça que tu ne pouvais pas me dire ? C'est cette foutue vérité ? Tu ne pouvais pas les laisser tranquilles ? Non ! Il a fallu que tu insistes ! Que tu les suives ! Ils sont morts à cause de toi, Jonas ! Tu es un meurtrier !

Je m'avance un peu plus vers elle, mais elle me surprend en posant ses mains sur mon torse et en me repoussant.

— Je te hais, tu m'entends ? Je te hais du plus profond de mon être et de mon âme. Jamais ! Plus jamais je ne veux avoir affaire à toi ! Tu n'existes plus ! Je te raye de ma vie à jamais, Jonas ! Tu es ct resteras à mes yeux la cause de leur mort...

Elle se retourne et part vers le parking. Elle regarde son téléphone et se dirige vers une moto qui arrive au ralenti. La personne lui tend un blouson et un casque, elle monte derrière et ils s'enfuient dans la nuit.

Je m'assois, mes jambes ne me tiennent plus. Ce que je redoutais le plus vient d'arriver, que Louise me rejette pour tout ça. Après, elle n'a pas tout à fait tort, je suis un meurtrier, j'ai tué mon propre frère et le sien. J'ai détruit deux vies à cause des œillères que j'avais à l'époque. Jim me tend la main pour me relever.

— Je vais chercher nos affaires et on rentre, OK ?

Je lui fais un signe de la tête et me laisse conduire jusqu'à l'hôtel. Mon corps avance, mais mon esprit s'est fermé. Je suis allongé sur mon lit et repense à Louise et à son départ. Qui était cet homme à moto ?

CHAPITRE 24
Louise

Je ferme mes yeux embués de larmes, me colle au dos de Camille et me laisse porter. Il roule, je suis les mouvements de la moto, mon corps contre le sien. Je sais qu'il a vu mon visage lorsque je me suis approchée de lui tout à l'heure, mais il ne m'a rien demandé, il m'a juste tendu ce blouson qui est un peu le mien maintenant et le casque. Il accélère lorsque nous sommes sur l'autoroute. Il roule vite, je le sais, car nous sommes sur la voie de gauche et doublons énormément de voitures. C'est exactement ce dont j'avais besoin.

Je ne sais pas comment c'est arrivé, mais Cam et moi nous sommes rapprochés peu à peu. Nous avons mangé ensemble plusieurs fois depuis le restaurant au bord du lac. J'en sais un peu plus sur lui et réciproquement. Il ne veut pas se prendre la tête, il ne vit que pour son boulot et le sport. Il fait de la course à pied et aussi du triathlon, c'est comme ça que j'ai compris pourquoi il ne mangeait pas, mais il dévorait ses assiettes. Et puis il y a son travail de kiné qu'il aime, mais par-dessus tout, il adore se rendre à l'hôpital des enfants pour s'occuper d'eux. C'est ce qu'il préfère et il est très doué avec eux, j'en ai été témoin un jour où sa secrétaire m'avait indiqué où il était, car encore une fois il était en retard ! Je revois encore cette petite fille qui avançait lentement vers lui, elle écoutait ses paroles, elle le regardait comme un superhéros qui lui réapprenait à marcher. Et lui qui l'encourageait, qui lui parlait doucement, sans la presser, qui lui disait qu'elle était une super princesse qui se débrouillait très bien.

Il me taquine toujours, c'est devenu une habitude entre nous : lui qui me cherche, moi qui le repousse gentiment. Je lui ai déjà expliqué pourquoi – enfin, dans les grandes lignes - il a eu l'air de comprendre, mais il m'a dit qu'il ne renoncerait pas pour autant à mon corps. C'est un homme simple, avenant et souriant qui apporte un peu de joie dans ma vie.

La moto ralentit, nous sommes arrêtés à une station-service. Je descends et enlève mon casque ainsi que mon blouson. Il retire son casque et a les yeux grands ouverts. Il me redonne mon blouson.

— Quoi ?

— Ma belle, je n'ai pas envie de me battre…

— Je ne comprends pas.

— Hé bien disons qu'il est deux heures du matin, que tu es habillée comme une femme qui sort du salon de l'érotisme et je suis certain que les camionneurs ici présents seraient ravis de reluquer une femme tout droit sortie de leur fantasme ! Donc, mets ton blouson s'il te plaît… Je ne ferais pas le poids contre tous ces mâles en rut !

Il me fait un clin d'œil alors que je lève les yeux au ciel et avance vers le magasin de la station. Je le suis en enfilant le blouson mais je suis sûre qu'il exagère.

En effet, lorsque je rentre après lui, tous les regards se dirigent vers nous. Je suis un peu mal à l'aise, resserre le blouson autour de moi et me colle à Cam en restant derrière lui. Nous prenons un café et de quoi manger avant de nous asseoir à une table un peu en retrait. Je fixe mon café, j'essaie de ne penser à rien, mais c'est compliqué de sortir la voix de Jonas de mon esprit. « Je lui ai hurlé dessus », « Je ne lui ai pas laissé le temps de s'expliquer », « On s'est battus », « Je lui ai demandé de choisir entre Loukas et moi », « Je les ai suivis », « Jack a accéléré » …

— Ma belle…

Je sursaute lorsque les mains de Cam se posent sur les miennes qui enserrent mon gobelet de café. Je relève les yeux vers lui et essuie machinalement les larmes qui coulent le long de mes joues.

— Excuse-moi, mauvaise soirée…

— Je suis là, tu sais ? Je veux bien te servir de doudou pour ce soir !

Il me fait un clin d'œil. Je ris, malgré mes larmes. Il a un don pour ça, me faire rire.

— Tu n'arrêtes jamais hein ?

— Disons que si je peux profiter de ta tristesse pour obtenir ce que je veux, alors non. Je n'arrêterais pas…

Je suis surprise par ce qu'il vient de me dire, mais un sourire malicieux de sa part me confirme qu'il se fout de moi. Je décide de rentrer dans son jeu.

— Oh, alors si je comprends bien, tu es venu ce soir en espérant que je sois triste pour me raccompagner dans ma chambre d'hôtel, et plus si…

— En gros oui. Cependant, il y a une chose que tu dois savoir sur moi avant que tu ne m'acceptes dans ton lit…

Il grimace un peu, je m'attends au pire.

— Je sais !

Il sursaute.

— Tu sais quoi ?

— Tu es marié !

— Oh non, ça n'est pas dans mes plans… Ni aujourd'hui, ni jamais !

— Sérieux ?

— Très...

— Tu es vierge !

Il explose de rire et me fixe :

— Oh que non ma belle, ma virginité est loin, très loin derrière moi. Une autre idée ?

— J'en ai bien une, mais tu risquerais de te vexer...

Je baisse les yeux vers son pantalon.

— Oh, je vois à quoi tu fais allusion, mais de ce côté-là, mes partenaires ne se sont jamais plaintes...

— Alors, tu aimes emprunter les sous-vêtements de tes partenaires ?

— Heuuuu... Non !

— Tu aimes souffrir ?

— J'aime souffrir de plaisir, ma belle... Autre chose ?

— Tu es un fétichiste des pieds !

Il regarde sous la table et me sourit, j'ai peur d'avoir raison tout à coup.

— Même si je trouve que ces bottes rouges sont un appel au sexe... Non, je ne suis pas attiré par les pieds...

— Tu aimes être attaché ? Fouetté ? Fessé peut-être ?

Il rit :

— Rien de tout ça, en revanche, toi, tu as un sacré problème, non ?

Je ris à mon tour.

— Non ! Bien sûr que non ! Mais je te rappelle que je viens de passer une journée et une partie de la nuit au salon de l'érotisme alors...

— Oh, je vois... Tu as des envies particulières depuis aujourd'hui ?

Je fais mine de réfléchir en tapant mon index contre mes lèvres.

— Je t'avoue que l'homme attaché nu à une chaise, qui regardait une femme se dévêtir devant lui avec une seule envie, celle de lui sauter dessus, était assez sympa !

Je lui fais un clin d'œil.

— S'il n'y a que ça pour te contenter…

Je suis complètement détendue, je ne pense plus qu'à Cam et son secret inavouable.

— Allez, sérieusement, Cam, dis-moi…

— OK, à une condition : que tu me dises une chose inavouable sur toi. D'ordre sexuel, j'entends !

Je réfléchis et opine de la tête. Camille se lance :

— Alors voilà, en fait, je ne fais jamais l'amour dans un lit, j'aime les endroits improbables, j'aime le goût du risque, l'adrénaline, j'aime faire l'amour sachant que je pourrais être surpris, j'aime l'imprévu…

Je suis surprise par son aveu.

— Oh… Je n'aurais jamais imaginé ça de toi ! Donc si je résume, tu préfères baiser entre deux portes plutôt que de faire l'amour tendrement dans un lit ?

Il se rapproche de moi et me susurre :

— Louise, je fais très bien l'amour, je ne baise pas (sauf si on me le demande bien sûr)… Il y a tellement d'endroits où on peut se laisser aller sans forcément être dans un lit !

J'essaie de me remémorer où j'ai fait l'amour ailleurs que dans mon lit et les images de Jonas et moi dans sa cuisine me reviennent en tête.

— J'imagine que tu te demandes où et avec qui tu l'as fait. Arrête de penser. À toi !

OK, j'hésite entre deux choses, ou lui avouer pour Jonas et moi dans la cuisine, ou lui dire pour le téléphone rose…

— En fait… J'hésite entre deux choses… Ou je te révèle un truc improbable qu'il m'est arrivé et que je suis sûre que tu n'as jamais vécu… Ou je te raconte… Non !

— C'est quand tu veux, ma belle !

— Très bien.

Je me rapproche de lui pour qu'on ne m'entende pas aux tables à côté.

— Mon partenaire et moi-même avons joui sans même nous dévêtir…

Il accuse le coup en levant un sourcil et en se reculant.

— Il va falloir que tu me détailles un peu plus les choses…

— Si tu es sage. On bouge ? Je me sens comme un bout de viande au milieu d'une meute de loups !

Il se retourne pour remarquer que quelques hommes me dévisagent sans scrupule. Camille se penche vers moi en ne me quittant pas des yeux.

— Oui, mais le meilleur morceau de viande que je n'ai jamais vu et que j'adorerais dévorer…

Je le fixe bouche bée alors qu'il se lèche les lèvres sensuellement. La vache ! Nous nous levons alors que je me sens encore plus observée, je n'avais pas remarqué les hommes qui étaient entrés pendant que nous discutions, tous des routiers apparemment. En regardant l'horloge, je me rends compte que nous sommes ici depuis presque une heure. Cam s'approche de moi et m'attrape par la taille. Il est très grand, et j'apprécie qu'il me cache un peu de tous ces regards, puis lorsque nous avons passé la porte, il se retourne vers moi et me dit avec un clin d'œil :

— Joue le jeu.

— Quoi ?

Je n'ai pas le temps de réagir que ses lèvres fondent sur les miennes. Son baiser est inattendu, intense. Je laisse sa langue s'insinuer dans ma bouche lorsqu'il m'en demande la permission. Une de ses mains chaudes se pose sur ma nuque, l'autre sur ma taille. Il joue avec ses dents, je me colle un peu plus à lui, sa main caresse mon dos, passe sous mon blouson. Il grogne, je gémis puis il me repousse gentiment. Nous nous regardons quelques secondes sans rien dire en reprenant notre souffle.

— Je pense qu'ils ont eu ce qu'ils voulaient !

Je me retourne vers l'intérieur et vois des dizaines de paires d'yeux tournées vers nous. Je sens le rouge qui me monte aux joues et file vers la moto sans me retourner, tout en entendant le rire de Cam dans mon dos. Lorsqu'il me rejoint, j'ai envie de lui crier dessus, mais d'un autre côté j'ai adoré ce baiser, j'en avais tellement besoin. Il se rapproche lentement et me dit gentiment :

— Tu n'es pas vexée ? C'était pour la bonne cause, tu sais ?

Je croise mes bras sur ma poitrine et essaie de le regarder méchamment. Je ne sais pas si ça marche, mais il se rapproche un peu plus de moi et pose sa main sur ma joue.

— Louise, je ne vais pas m'excuser de...

Je ne le laisse pas terminer, tire sur son blouson pour l'amener à moi et l'embrasse à mon tour. S'il hésite, ce n'est qu'un millième de seconde. Son autre main se pose sur ma joue et notre baiser devient encore plus intense que le premier. Nous nous arrêtons à bout de souffle. Camille me regarde intensément :

— En quel honneur ?

Je lui souris en lui répondant :

— Juste une envie.

J'enfile mon casque alors qu'il fait de même avant de monter sur la moto. Sur le chemin du retour, je ferme les yeux et repense à Jonas, à ce qu'il m'a dit quelques heures plus tôt. Il est responsable de la mort de nos frères…

Cam vient d'arrêter la moto devant l'hôtel, je descends, mais lui reste dessus. J'enlève mon casque alors qu'il garde le sien, mais relève la visière :

— Dors bien, ma belle, bonne nuit !

Il referme la visière. Il ne va pas partir ! Je me rends compte que j'ai besoin de sa compagnie, de sa bonne humeur pour ne plus penser, pour oublier ce que j'ai entendu un peu plus tôt. Je m'avance vers lui et lui fais signe d'enlever son casque.

— Tu vas rentrer en pleine nuit ?

— C'est mon plan oui…

Je le regarde, déterminée.

— Non.

— Louise, je suis un grand garçon, j'aime rouler et…

— Non, ce n'est pas mon plan à moi.

— Oh…

Il descend de sa moto et se met face à moi.

— Et quel est ton plan, jeune fille ?

Je me rapproche de lui en lui faisant signe de se baisser. Il se penche vers moi et je lui susurre à l'oreille :

— Mon plan était de passer la nuit avec un homme charmant, désirable et sexy pour que nous fassions l'amour jusqu'au petit matin ailleurs que dans mon lit…

En me reculant je lui mords la lèvre inférieure. Je n'ai pas le temps de réagir qu'il fond sur moi pour m'embrasser à pleine bouche. Notre baiser devient intense, ses mains passent sous mon blouson, il me caresse le dos, la taille, je frissonne à son contact puis il se recule et me dis avec un sourire en coin :

— Si on ne se calme pas, je suis capable de te prendre ici même sur le capot de cette voiture…

Il me montre une voiture garée à côté de nous,

— Non pas que ça me dérange, bien au contraire, mais toi…

J'éclate de rire et lui prends la main pour nous diriger vers ma chambre d'hôtel. J'ai le réflexe de regarder autour de moi, je pense à Lily et Dan qui dorment à quelques chambres de la mienne. À peine ai-je déverrouillé la porte qu'il me pousse à l'intérieur pour me plaquer contre le mur. Il m'embrasse à en perdre haleine puis se recule pour me regarder droit dans les yeux.

— Ça va se compliquer, tu sais ?

Je hoche la tête et lui enlève son blouson sans cesser de le regarder. Il fait de même avec le mien, puis ses mains viennent caresser ma peau. Il suit le décolleté de mon chemisier, j'ai la chair de poule. Il défait les boutons un à un sans me lâcher des yeux puis fait tomber ma chemise au sol. Il me fait un baiser puis ses mains défont les agrafes de mon bustier, qui rejoint ma chemise. Ses doigts effleurent mes seins, mon ventre, je ne peux retenir un gémissement. Il me caresse lentement, puis vient m'embrasser doucement. J'ai l'impression qu'il a peur de me casser, il est doux et tendre. Lorsque sa langue se perd dans mon cou et ses mains sur ma poitrine, je ferme les yeux et pose ma tête contre le mur derrière moi. Sa langue humide et chaude se délecte de mes seins tendus vers lui. Il prend son temps, je sens son expérience, il alterne douceur et ferveur. Je ne pense plus à rien, juste au plaisir qu'il me procure, je suis bien, j'ai envie de plus, de lui. Lorsque sa langue descend sur mon ventre et que mon short est au sol, j'ouvre les yeux et j'ai une vision magnifique. Camille est à genoux, son visage relevé vers moi, il me contemple comme si j'étais la huitième merveille au monde. Je le relève et lui retire son tee-shirt, je suis toujours aussi impressionnée par son physique d'athlète, ses muscles saillants, ses pectoraux, ses abdos… Je ne peux m'empêcher de le toucher, de le caresser, le lécher, je l'entends grogner lorsque je l'embrasse à pleine bouche et que je m'emploie à lui retirer son jean. Son boxer est tendu, je passe la main à l'intérieur pour saisir sa virilité et faire des va-et-vient langoureux.

— Louise…

Je l'embrasse, j'ai envie de me fondre en lui. Il enlève son boxer et je descends lentement en faisant parcourir ma langue sur son corps jusqu'à atteindre son bas ventre tendu. Ses dents ont saisi sa lèvre inférieure, je le prends en entier et accompagne mes mouvements de ma main, je le sens grossir dans ma bouche, je souris lorsque Camille gémit.

— Louise…

Je continue de plus belle, je veux lui donner du plaisir, ses hanches bougent, je m'active un peu plus…

— Louise… Je vais…

Il se déverse dans ma bouche mais je continue, puis me relève pour l'embrasser. Je sens à travers ma main posée sur son torse son cœur battre à toute allure. Il me serre contre lui, passe ses mains sous mes fesses et me soulève comme si je ne pesais rien. Je passe mes jambes autour de sa taille et le laisse m'amener où bon lui semble. Mon dos rencontre la surface froide de la table, j'ai la chair de poule. Il se place entre mes cuisses puis passe ses doigts sur mon buste, mon ventre, ma taille, mes hanches, mes cuisses.

Mon corps n'est que frisson et volupté. Il descend mon shorty lentement puis il remonte doucement en léchant et mordillant mes jambes puis mes cuisses, enfin je sens sa langue chaude sur mon intimité. Je me cambre pour qu'il ait un meilleur accès, il place sa main sur mon ventre pour que je ne bouge pas. Je ne peux m'empêcher de gémir lorsque sa langue se fait plus active, lorsque ses doigts s'immiscent en moi. Je gémis son prénom, je lui saisis les cheveux, c'est si bon, si doux. Puis ses mouvements se font plus brutaux, sa langue bouge plus vite, ses doigts pincent mes tétons, je ne suis plus qu'une boule de plaisir. Je ne peux retenir mon cri lorsque je pars, mon cœur va exploser. Je tremble alors que Cam continue de me lécher plus doucement. Sa langue remonte le long de mon corps jusqu'à mes lèvres. Il m'embrasse tendrement, mon cœur retrouve peu à peu des battements réguliers.

— Cam…

— Oui ma belle…

— Encore… Plus…

— Avec grand plaisir, princesse…

Je lui souris lorsque son sexe entre en moi, je me sens comblée. Il bouge lentement, nous profitons de ce moment tant désiré par tous les deux. Nous nous cherchons depuis si longtemps que nous ne pouvons faire autrement que de faire durer cet instant. Lorsqu'il accélère petit à petit, ses yeux ne quittent pas les miens, son sourire malicieux se dessine sur son visage. Puis il se relève, soulève mes jambes sur son torse et son corps entame un tempo plus rapide, plus bestial, il se laisse aller. Alors qu'un autre orgasme me surprend, il continue avec des mouvements plus lents le temps que mon corps redescende. Je relève mon buste pour être contre son corps, il est toujours debout face à moi, je suis assise sur la table et je passe mes jambes autour de sa taille. Nous nous embrassons, ses dents tirent sur ma lèvre, il passe une main derrière mon dos pour me maintenir et recommence ses va-et-vient plus rapides, un autre orgasme se profile. Lorsque son pouce se pose sur mon intimité, j'explose en mille morceaux, je m'allonge pour calmer mes tremblements alors qu'il se retire et jouit sur mon ventre. Nous reprenons notre souffle sans dire un mot. Je me relève, car j'ai froid. Je regarde mon ventre et je fais la grimace. Il grimace aussi et me soulève pour m'amener à la salle de bain.

— Qu'est-ce que tu fais ?

— Je vais nettoyer mes conneries !

— Cam… Tu n'avais pas de préservatif ?

— Non ! Et toi ?

Outch ! Ça fait mal, mais il n'a pas tort. Après tout, pourquoi ce serait toujours à l'homme d'avoir des préservatifs sur lui ?

— OK, un point pour toi !

Il m'embrasse et me dit en me taquinant :

— Même si j'en avais eu un, je ne l'aurais pas mis… J'avais trop envie d'être en toi pour ça…

Nous nous glissons sous la douche et nous savonnons mutuellement, tendrement, puis il me conduit jusqu'au lit. Je le taquine à mon tour :

— Tu dors avec moi ? Ou tu préfères dormir dans un endroit improbable ?

Il éclate de rire et saute sur le lit.

— Ici, ce sera parfait !

Après avoir réglé mon réveil pour dans quatre heures, je m'allonge auprès de lui. Il est cinq heures du matin et malgré une soirée merdique, je viens de passer un très bon moment en compagnie de Camille. Je suis comblée physiquement, et lorsque ses doigts commencent à me caresser et à me masser en même temps, je ne peux m'empêcher de ronronner en frottant mon nez à son cou.

La sonnerie stridente de mon réveil me fait sursauter. Je ronchonne, je n'ai dormi que quatre heures et je n'ai qu'une envie, c'est de continuer. La place à côté de moi est vide, je suis un peu déçue, mais j'imagine qu'il avait autre chose de prévu. Après tout, nous ne nous sommes rien promis. Je file m'habiller pour le salon, encore une longue journée qui m'attend. Un message de Lily me dit qu'elle est prête et qu'elle me devance avec Dan. Je souffle un peu, je vais pouvoir prendre mon temps.

Alors que je suis encore à la salle de bain à finir de me maquiller, j'entends la porte de la chambre qui claque et un ouragan brun tout transpirant arrive dans la salle de bain, balance ses affaires au sol et file sous la douche. Je souris en admirant le corps de Camille à travers la vitre transparente. Il est beau comme un dieu, son corps est parfait, pas une once de gras, juste des muscles saillants et...

— Le paysage te plaît ?

Il me sort de mes pensées et je rougis.

— À quoi pensais-tu, dis-moi ?

Il s'approche de moi, nu, le sexe tendu vers moi. Il le regarde et me dit avec un sourire en coin :

— Tu sais à quoi je pense, moi ?

J'éclate de rire devant lui. Il est tellement à l'aise avec son corps, j'en serais presque jalouse ! Après, il est parfait ! Cela est sûrement dû à ses heures d'entraînement, je suppose.

— Cam, je dois bouger dans quinze minutes pour aller bosser...

— Oh, pas de souci… Je n'en ai besoin que de cinq pour te faire hurler mon prénom, princesse.

J'éclate de rire, mais il s'approche de moi, m'embrasse puis me retourne face au miroir au-dessus du lavabo. Ses mains passent sous ma jupe, il baisse mon shorty tout en me fixant à travers le miroir. Sa langue parcourt mon cou, je ferme les yeux…

— Regarde-moi, princesse, je veux que tu voies à quel point tu es belle lorsque tu te laisses aller…

J'ouvre les yeux et fixe son regard malicieux. Il relève ma jupe sur ma taille, passe sa main sur mon intimité, saisit mes hanches et s'enfonce en moi d'une poussée. Je pousse un cri de surprise, mais lorsqu'il commence à bouger en moi, je me sens comblée. Je ne quitte pas son regard, c'est si érotique, il me souffle des mots doux à l'oreille :

— Je vais tellement te combler, Louise, que tu ne pourras plus te passer de moi…

Je gémis et ferme les yeux.

— Regarde-moi, princesse.

Je croise ses yeux emplis d'un je ne sais quoi, de la détermination, de la tendresse, je ne sais pas vraiment. Lorsqu'il prend mon genou pour le poser sur le rebord du lavabo, il s'enfonce encore plus en moi et il accélère ses assauts.

— J'aime être en toi, Louise…

— Cam…

Sa main attrape mon cou, l'autre se pose sur ma taille, son torse est contre mon dos, il me maintient contre lui et me susurre :

— Regarde-nous, Louise…

Sa main se pose sur mon intimité et je pars contre lui. Je n'arrive pas à contrôler mes mouvements, ma tête part en arrière contre son épaule, mes jambes sont molles. Cam me soutient, il me rejoint après quelques mouvements du bassin, j'en profite pour le regarder se laisser aller en moi. Lorsqu'il se retire, je vois qu'il enlève un préservatif et le jette à la poubelle. Je remets mon shorty, arrange ma coiffure et mon maquillage alors qu'il sort à nouveau de la douche. Il regarde sa montre et a son sourire espiègle :

— Cinq minutes ! Top chrono !

Un vrai gamin ! J'éclate de rire et le prends dans mes bras pour l'embrasser à pleine bouche. Il grogne contre moi et je sens son sexe se dresser entre nous.

— Tu es insatiable !

— C'est de ta faute ! Tu as vu comment tu es habillée. Un appel au sexe !

— Cam !

Je le repousse gentiment et il commence à s'habiller. Je ne peux m'empêcher de le regarder. Il est si sûr de lui, si nature, si solaire, je me demande pourquoi je lui ai résisté si longtemps ! Un prénom me vient en tête, mais je le chasse tout de suite lorsque Camille se rapproche de moi avec son petit sourire malicieux. Je suis bien, tout simplement...

CHAPITRE 25
Jonas

Je suis assis devant mon café, je ne pense à rien, enfin, j'essaie. Je n'ai pas dormi de la nuit, savoir qu'elle a dormi à quelques chambres de la mienne m'a rendu le sommeil impossible... Heureusement que Jim est resté avec moi, il m'a empêché plusieurs fois de faire la connerie d'aller la rejoindre pour m'expliquer. Voilà pourquoi je ne voulais pas le lui dire, pour ne pas me retrouver seul comme un con. Jim ne m'a fait aucune réflexion, Lily non plus. Ils savent que je me fais assez de mal comme ça tout seul, sans avoir à en rajouter un peu plus.

Lily est partie avec l'auteur avec lequel elle travaille, d'après ce que j'ai compris, Louise les rejoindra plus tard, car « sa nuit a été courte », voilà ce que m'a dit Lily. Elle ne voulait pas en dire plus devant ce Dan, mais je suis sûr qu'après avoir entendu ce que j'ai dit à Jim hier soir, elle m'en veut à mort et a dû ressasser ses pensées toute la nuit.

Je me lève, je dois la voir avant de partir, je dois lui dire à quel point je suis désolé qu'elle l'ait appris comme ça, mais il faut que je lui raconte toute l'histoire à tête reposée, tranquillement, sans agressivité, sans haussement de voix. Ça va être compliqué étant donné nos caractères, mais s'il faut que je ravale ma fierté, je le ferai pour elle.

Je m'avance dans le couloir. C'est aujourd'hui ou jamais, après nous partons pendant deux semaines en tournée et ensuite nous passons en studio et nous aurons un rythme assez soutenu… Je suis dans le couloir lorsqu'elle sort de sa chambre. Elle est toujours aussi magnifique, elle porte une jupe en tulle noire, de longues bottes noires à talons et un petit haut moulant. Ses cheveux sont lâchés sur ses épaules et bougent à chacun de ses pas. Elle avance dans ma direction en rangeant ses clés dans son sac, lorsqu'elle relève la tête et me voit, elle baisse les yeux et me passe à côté sans me parler. Je lui attrape le poignet :

— Louise…

Elle le retire violemment.

— Ne me touche pas ! Tu as perdu ce droit hier soir !

— Écoute, Louise, je veux juste te parler, t'expliquer les choses tranquillement…

— Laisse tomber, Jonas ! Je sais tout ce qu'il y a à savoir ! Tu as été assez précis hier soir lorsque tu as tout raconté à Jim.

— Putain, mais comprends-moi !

— Oh, mais j'ai tout compris ! Pendant tout ce temps tu cachais bien ton jeu, si je ne l'avais pas appris hier soir par hasard, jamais tu ne me l'aurais dit !

Je baisse la tête.

— Ce n'est pas vrai ?

— Tu ne comprendras jamais rien…

— Oh que si Jonas, je comprends que pendant tout ce temps tu m'as menti ! Tu m'as baisée, tu m'as fait croire que tu tenais à moi, alors que tu savais que plus tu attendrais pour me le dire plus tu me détruirais !

— Mais c'est pour ça que je ne voulais pas te le dire ! Pour que tu ne réagisses pas comme ça, pour que tu ne partes pas en vrille comme maintenant !

— Tu me fatigues Jonas, je ne veux plus entendre parler de toi…

Elle se dirige vers la sortie, mais je me place devant elle.

— Louise… Regarde-moi.

Elle détourne les yeux. Je prends mon nez entre mes doigts et souffle avant de lui hurler dessus pour qu'elle relève la tête vers moi :

— REGARDE-MOI LOUISE !

Elle est surprise, j'arrive à capter son regard.

— Réponds-moi franchement, ensuite je ne t'embêterai plus si tu ne veux plus me voir ou me parler…

Elle regarde sa montre.

— Je dois aller bosser…

— MAIS BORDEL ! TU NE PEUX PAS POUR UNE FOIS DANS TA VIE ÉCOUTER ?

— Mais… qu'est-ce que…

— Dis-moi juste une chose, Louise, la dernière fois où nous avons été ensemble chez moi…

Ses yeux se ferment.

— Louise…

Elle souffle en me disant :

— Fais vite.

— Si tout s'était passé comme on le voulait pour une fois entre nous, Louise, si nous étions un couple, que nous vivions ensemble, aurais-tu mieux accepté la vérité ? Où est-ce que tu m'aurais jeté comme tu es en train de le faire ?

— Je n'en sais rien…

Je lui attrape le menton et je me noie dans ses yeux miel :

— Parce que moi, Louise, quand je te dis que je ne peux pas me passer de toi, c'est la vérité, et si je ne t'ai rien dit avant, c'est parce que je ne voulais pas que cette vérité nous sépare… Plutôt ironique, non ?

— Jonas, je dois partir, on m'attend et…

— PUTAIN LOUISE. Tu ne comprends pas ? JE SUIS
FOU DE TOI ! Je ne peux pas me passer de ta présence.
C'est impossible. J'y arrive pas.

Elle regarde derrière moi lorsqu'une porte se ferme.
Je suis son regard et découvre un homme qui sort de sa
chambre. Un grand type brun baraqué qui lui sourit…
Bordel ! Je vais péter un plomb.

— Jonas…

Elle pose sa main sur mon avant-bras. Je me dégage
brusquement et me retiens de ne pas lui faire du mal, mais
j'ai la rage.

— Alors c'est ça hein ? Je t'apprends que nos frères sont
morts par ma faute et au lieu de venir en discuter avec
moi, tu préfères passer la nuit avec le premier mec que tu
croises ?

— Arrête de raconter n'importe quoi !

— Ah ouais ? Et il ne vient pas de sortir de ta chambre ?
Putain Louise, je pensais que tu avais passé la nuit seule à
ressasser la vérité que je t'ai jetée à la gueule alors qu'en
fait, tu te faisais baiser comme la salope que tu es !

Elle s'avance vers moi pour me gifler, mais je retiens
sa main.

— Tu ne vaux pas mieux que les nanas que je baise tous
les soirs, Louise. Adieu !

Je tourne les talons. Je ne veux pas me retourner, je ne
veux pas la voir pleurer. De toute façon, je n'en ai plus
rien à foutre, je vais la rayer de ma vie, je vais l'oublier. Je
pourrais tout casser, je dois me défouler, il faut que je me
barre au plus vite ou je serais capable d'aller défoncer la
gueule de ce connard qui a passé la nuit avec elle. D'ailleurs,
c'est qui lui ? Le mec de la moto d'hier soir ?

Je pousse brusquement la porte de l'hôtel, qui claque violemment contre le mur, et file vers ma voiture. Lorsque je suis au volant, je pousse un grand cri pour évacuer toutes ces émotions contradictoires que je ressens. Tout se mélange en moi : la colère, la haine, la jalousie, la rancœur, mais ce qui domine le plus, c'est la tristesse. Je sais que je ne vais plus la revoir. Il ne faut plus, elle s'est foutu de moi. Je lui dis que je suis fou d'elle, que je ne peux plus me passer de sa présence, et elle, elle était dans les bras d'un autre alors que je pensais qu'elle était triste… Mais quel con j'ai été !

À partir de maintenant, je vais la rayer de ma vie, je ne vais plus penser à elle, plus me préoccuper de ce qu'elle fait, ni d'avec qui elle passe ses journées ou ses nuits.

Je vais définitivement oublier Louise ainsi que Lina. Je vais disparaître de ses deux vies.

Lorsque j'arrive à la salle où nous devons jouer ce soir, j'entends que les gars ont commencé la répétition. Je les rejoins et nous commençons à bosser. Je sens les regards insistants de Jim et malgré toute l'énergie que je mets pour chanter, je n'arrive pas à éteindre la colère qui s'immisce à nouveau en moi. Je fais comme si je ne l'avais pas remarqué, mais à la fin de la répet, j'explose. Je balance mon pied de micro au sol et me dirige vers lui, furieux.

— C'est quoi ton putain de problème, Jim ?

— On va vous laisser… nous dit Stan.

Il part avec Fred et nous laisse tous les deux sur scène. Jim me fixe droit dans les yeux.

— Alors ! Dis-moi ! Tu n'arrêtes pas de m'observer, de me regarder comme si, comme si… Mais PUTAIN ! Je n'en sais rien, moi ! Alors, dis-moi quel est ton putain de problème ?

Je lui hurle dessus, il secoue la tête pour me sortir calmement :

— Tu as pu lui parler ? Comment elle se sent ?

Je ne peux pas me retenir, j'explose de rire. Jim me regarde comme si j'avais perdu l'esprit (ce qui est un peu vrai), mais je ne peux pas m'en empêcher.

— Jonas, sérieux !

— Alors si je comprends bien, tu t'inquiètes pour elle ?

— Putain Jonas, oui ! Après tout ce qu'elle a appris, ça a dû…

Je le coupe :

— Rien du tout.

— Quoi ?

— Ça ne lui a rien fait du tout ! Ou alors, ça lui a fait tellement de choses qu'elle a préféré oublier mes paroles en se faisant baiser toute la nuit par un mec !

Jim me fixe, choqué, je crois, alors j'en rajoute un peu, histoire qu'il comprenne bien la situation.

— Eh oui ! Lorsque je suis monté ce matin pour la rejoindre pour tout lui expliquer calmement, je l'ai croisée dans le couloir, elle sortait de sa chambre avec le sourire aux lèvres. Nous avons discuté, nous sommes engueulés et ce type est sorti quelques minutes plus tard de sa chambre avec le même sourire aux lèvres qu'elle.

— Je ne comprends pas…

— Vraiment ? Alors je vais t'expliquer, c'est très simple : je ne veux plus jamais entendre parler d'elle, ni la voir, ni lui adresser la parole. Pour moi, elle n'a jamais existé. C'est clair ?

— Très, me dit Jim, puis il rajoute : mais tu ne peux pas sortir une personne de ta tête parce que tu l'as décidé,

Jonas… C'est plus compliqué que ça, et je sais de quoi je parle…

— Peut-être, mais j'ai un avantage sur toi, Jim !

— Oh… Et qui est ?

— Je ne vais pas la revoir pendant plusieurs mois et donc ce sera beaucoup plus simple pour moi, et je suis sûr que je trouverai des bras accueillants pour m'y aider…

Je le laisse en plan pour aller me poser un peu dans la loge avant le concert et essayer de faire redescendre la pression.

Ne plus penser à Louise, ne plus penser à Lina. Je ne vais me concentrer que sur la musique et les concerts à venir qui vont m'éloigner quelques mois de toute cette merde.

À suivre...

Playlist

Chapitre 2

Leaving On A Jet Plane, John Denver

Chapitre 5

Salted Wound, Sia

Chapitre 8

Crazy in love remix, Beyoncé

Chapitre 12

To Bring You My Love, PJ Harvey

Océans, Pearl Jam

Chapitre 15

I'm So sorry, Imagine Dragons

Creep, Radiohead

Chapitre 17

I'll Be Your Lover Too, Van Morrison

Chapitre 19

Oceans, Pearl Jam

The Sound Of Silence, Simon and Garfunkel

Vous avez aimé votre lecture ?
Découvrez les autres romans des éditions So Romance
disponibles en format papier et numérique.

You. Always.
Tome 1 : Dans ma peau
Emma et Mathieu s'aiment depuis toujours, sans jamais se l'avouer. Tous les deux remplis d'ambition, ils tracent leur route sans jamais se donner une chance. Lorsqu'Emma le croise par hasard dans les escaliers d'un hôtel londonien, ils mettent leur vie en pause et s'accordent un week-end pour tenter leur chance. La saisiront-ils ? Leur amour est-il assez fort pour vaincre les surprises que la vie leur réserve ?

Chardon bleu
Tome 1 : Regarde-moi
Éliza est une jeune femme partagée entre son métier d'éducatrice, son conjoint Nathan, et sa fille de 3 ans. Elle mène une vie bien rangée et orchestrée, parfois trop. Un soir, elle se retrouve au mauvais endroit, au mauvais moment : elle croise la route d'un groupe d'hommes armés en lutte contre un forcené. Elle réchappe de cette altercation mouvementée grâce au mystérieux Silver, le chef du groupuscule. Pour la soumettre au silence sur cette affaire top secrète, il la soustrait à sa vie, durant un mois. Le cauchemar se transforme petit à petit en opportunité pour une nouvelle vie...

Troubled Hearts
Tome 3 : Le droit au bonheur
Lorsque Clémence, brillante avocate à Paris, retrouve ses amis dans leur propriété bordelaise, elle n'imaginait pas croiser la route de deux mâles aussi séduisants que différents l'un de l'autre. L'un est une relation de Robert, juge réputé, adepte de jeux érotiques très particuliers dont elle-même est friande. L'autre, le trop sage oenologue qui officie sur le vignoble de Suzie, réveille en elle autant de blessures que d'espoirs si longtemps dissimulés.
Alors, entre plaisirs charnels débridés et l'opportunité d'une forme de stabilité, qui de Lucas ou Mateo saura toucher son coeur ?

Attraction
Tome 1 : Hélène
Hélène est perdue : elle n'arrive pas à trouver un nouvel emploi en tant que barmaid. Or, c'est tout ce qu'elle sait faire. Après une soirée de recherches infructueuses, elle sort avec sa meilleure amie qui lui lance un défi : embrasser un inconnu. Prête à tout pour réussir au moins une chose dans sa journée, elle n'hésite pas une seconde et va embrasser un homme ténébreux qui reste seul sur le côté. Une erreur qui marquera sa vie à jamais... car débutera alors une relation difficile, tous les deux étant hantés par leur passé...

Pour en savoir plus
www.soromance.com

© Éditions So Romance, 2020 pour la présente édition

Éditions So Romance
10, rue Jules Cockx
1160 Auderghem
www.soromance.com

D/2020/14.771/52
ISBN : 9782390452072

Maquette de couverture : Philippe Dieu
Photos : © Anna_An / Shutterstock ; Victority / Shutterstock ;
ChrisGorgio / iStock ; d1sk / iStock